Scarlet
스칼렛

www.bbulmedia.com

비
커
밍

비
커
밍

오아란 장편 소설

SCARLET ROMANCE STORY

Contents

"난 궁합이 참 중요하다고 생각하는 남잔데."

이 말에 대한 여자들의 반응은 참으로 다양했다.

'저 교회 다녀요.' 라고 확고한 종교적 신념을 내세운다든지.

'아직도 그런 미개한 걸 믿는 사람도 있나요?' 라고 인간으로 태어나 당연히 지녀야 할 이성적 우월감을 뽐낸다든지.

'그죠? 저희 엄마가 잘 아는 점집이 있는데……' 라고 샤머니즘이 가진 신비한 영적 조화에 관한 경험담을 늘어놓는다든지.

하지만 그에 이어지는 남자의 또 다른 물음에 여자들의 반응은 두 가지로 나뉘었다.

"누가 그런 겉궁합이래요? 속궁합 말이에요. 그것부터 보죠, 우리."

미친놈이라고 욕하며, 물에 주스까지 끼얹는 강경파와,

서로 선에는 관심 없는 것 같은데, 그냥 밥이나 먹고 집에 가서 별로였다고 하자고 대답하는 온건파.

선 자리마다 기이한 행동을 일삼는 이 남자, 고현건. 한국 최고의 호텔 체인이자, 리뉴얼 후, 오일머니로 가득 찬 두바이와 아부다비에 있는 호텔들을 제치고, 월드 트래블 어워드에서 아시아 최고급 호텔로 뽑힌 G.O호텔의 사장이다.

그에게 처음부터 사장 자리에 앉을 생각이 있었던 건 아니었다. 학자로 일생을 바치신 아버지는 경영에 관심이 없으셨기에, 할아버지는 하나뿐인 아들이 낳은 두 명의 자식에게 자신의 사업을 분배하기 시작했다.

형은 가장 수익률이 높았던 정유회사와 유통회사에 자리를 잡았고, 현건은 얼떨결에 수익이 별로 나지 않았던 호텔 사업에 뛰어들게 되었는데, 지금은 경제 일간지에서 근래 가장 성공한 젊은 CEO라는 평을 듣고 있다.

또 작년에 헐값에 사들인 투자증권회사는 업계에서 가장 높은 수익률을 내며 승승장구하고 있는 중이다.

그의 넓고 깊은 정보력과 냉철한 판단력은 회사 경영에서는 빛을 발하는 듯했으나, 청춘사업과는 거리가 멀어 보였다.

형은 벌써 두 번째 결혼에 자녀를 3명이나 두고 있는데, 현건은 여자 보기를 돌같이 하기로 정평이 나 있는 인물이었다. 그 덕에 할아버지의 손자 청춘사업 망에 걸려 있는 그는 일주일에 한번, 매주 금요일 저녁 7시, 자신의 호텔 본점 33층에 있는 프라이빗 룸으로 향해야 했다.

"오늘은 누구래?"

뜻밖의 질문에 당황한 듯 현건의 수행비서인 박 실장은 손수건을 꺼내서 이마를 꼼꼼히 닦아 냈다.

좁은 이마에 송골송골 땀이 맺힌 것이 오늘은 또 무슨 짓을 하려나 싶어서 오금이 저린다는 표정이다. 아마 유능한 박 실장은 오늘 나온 여자에게 보낼 사과문을 미리 작성해 두었을 테고, 호텔 데코팀에 미리 꽃바구니도 만들어 놓으라고 했을 것이다.

"그게……. 저도 오늘은 누구신지……."

선 자리에서 늘 속궁합 타령을 해 대는 판에 현건과 선을 보러 나오겠다는 여자는 이제 바닥이 났다.

뭐, 결혼도 딜이라고 처음에는 그와 선을 보겠다는 여자들이 줄을 섰지만, 그의 엽기적인 행각에 여자들은 이런 미친놈이랑 사느니 차라리 혼자 살겠다는 이야기를 했다고 한다. 남 얘기 좋아하는 증권가 찌라시에서는 그가 게이라는 소문까지 돌고 있었다.

"제발 사장님, 연애라도 하세요. 이러다 저도 장가 못 가겠어요. 다들 저랑…… 사장님이랑……."

"흠. 지난번보다는 낫네. 지난번엔 뭐 내가 외계인 숭배자라고 했다며? 그리고 박 실장 내 스타일 아냐. 난 그렇게 아저씨 양복 입는 남자 안 좋아해."

"사장님. 제발요."

박 실장은 두 손을 모아 쥐고는 절절맸다.

"이제 가 봐. 선 자리까지 따라 들어와서 치정극을 펼칠 게 아니라면. 우리 사랑하는 박 실장."

능청맞게 '사랑하는 박 실장'이라 불러 보이는 현건에게 박 실장은 토라진 듯, 경멸 어린 시선을 보내며 몸을 획 돌려 가 버렸다. 현건은 피식하고 웃어 보이며, 룸 앞에서 옷매무시를 정리했다. 문을 열어 주는 직원에게 고개를 까딱하며 안에 들어선 현건은 예의 바른 목소리로 인사했다.

"늦어서 미안합니다."

현건이 들어온 것도 모르고, 여자는 창밖에 시선을 고정한 채 앉아 있었다. 현건은 무심한 척 가라뜬 눈으로 여자의 뒷모습을 살폈다. 어깨 위로 흘러내린 긴 생머리, 하얀 남방, 청바지……. 청바지? 선 자리에 저러고 나오는 여자는 난생처음 봤다. 이 여자도 혹시 할아버지 작품인가? 하는 생각을 하며 현건은 헛기침을 한번 하고 목소리를 높였다.

"실례합니다."

창밖에 시선을 고정하고 있던 여자가 고개를 돌려 현건을 바라보자, 그녀의 검고 맑은 눈동자가 자신을 꿰뚫어 보는 느낌이 들었다. 심장이 버겁게 두근거렸다. 온몸에 소름이 돋아나고, 등줄기가 긴장하는 것 같았다. 숨이 턱 하고 막혀 와서 갑자기 아무 말도 할 수 없었다.

그토록 그리워했던 여자가 눈앞에 그림처럼 앉아 있었다.

'유정아! 너……'

❈

손가락 마디가 시큰거리며 아파서 유정은 자신의 손을 조물조물 주물렀다. 방학 동안 아르바이트해서 다음 학기 생활비를 마련하려면 오늘도 쉴 수 없었다. 학기 중엔 공부해서 장학금 타고, 방학 땐 죽어라 아르바이트해서 한 학기 생활비를 버는 게 유정의 생활 방식이었다.

새벽엔 고등학생들 상대로 과외를 하고, 오전엔 유치원에 가서 보조 교사 노릇을 했다. 오후에 겨우 한 두어 시간을 쉬고, 유정은 다른 곳보다 시급이 월등히 비싼 한식당으로 향했다.

"안녕하세요?"

"어, 민영 씨 왔어?"

이제 더는 그녀를 유정이라 부르는 사람은 없다. 아니, 자신과 아버지의 존재가 이 세상에서 지워지던 날, 그 후 자신을 유정이라 부르는 사람은 없었다. 차유정은 그날 이후로 윤민영이 되어 살아가고 있다.

직원 전용 탈의실에서 색이 짙은 개량 한복으로 갈아입고 민영은 주방으로 향했다.

지배인은 민영을 향해 환한 미소를 지어 보였다. 안쓰러운 아가씨. 무슨 사연이 있는지 자세히 듣지는 못했다. 그저 스스로 벌어서 대학을 다니고 있는 고학생 정도로만 여겼다.

조심스러운 몸가짐이나 고운 말씨를 봐서 예사 집안 아가씨는 아닌 듯싶다는 생각을 하기도 했었다. 그녀를 마음에 들어 한 여러 손님이 그녀의 사연에 대해 묻곤 했지만, 지배인은 그저 입을 다물고 좋은 직원이라고만 했다.

"민영 씨, 이거 연꽃송이 방으로 들어갈 거야. 우리 한다손 단골이셨는데, 아주 오랜만에 오셨어. 음식 내갈 때 더 잘 부탁해."

"네, 그럴게요."

모든 요리가 다 나가고, 민영은 후식이 오른 찻상을 들고 문지방을 넘고 있었다. 그때 갑자기 머리가 핑그르르 돌더니 발끝에 힘이 빠지며 중심을 잃고 미끄러지고 말았다. 찻상 위에 있던 오미자 식혜와 다식이 손님의 바지 위로 와르르 쏟아졌다.

"죄송합니다. 정말 죄송합니다."

식혜에 젖어 얼룩이 진 바지를 내려다보던 고 회장은 인상을 찌푸리며 민영을 바라봤다. 어디서 봤는지 낯이 익은 얼굴이었다. 고 회장은 안 그래도 주름진 얼굴을 고약한 모양새로 구기며 말했다.

"아가씨. 여기 일한 지 얼마 안 되었는가? 문지방 넘는 법도 모르나?"

고 회장의 호통을 들었는지, 지배인과 한다손의 대표인 심술이 드륵드륵 붙어 있는 돼지상을 한 얼굴의 사장이 달려와 머리를 조아렸다. 민영의 편을 들며 먼저 입을 연 사람은 지배인이었다.

"죄송합니다, 회장님. 일 잘하는 직원인데, 어서 사과 드려."

"죄송합니다."

민영은 귀까지 빨개져서는 머리를 조아렸다. 내일이 월급날인데. 이 꼬투리, 저 꼬투리 잡아서 아르바이트생들의 월급을 깎아대는 사장이 민영의 월급을 깎을 것이 눈에 보이듯 뻔했다.

"아가씨, 이 옷이 얼마짜린지 아는가?"

"아니요. 잘 모릅니다."

차분하고 고운 말투가 그녀의 입을 통해 흘러나왔다. 죄송하다고 사과는 하고 있지만, 목소리에서 떨림 하나 느껴지지 않았다. 자신에게 이런 엄청난 일을 저질러 놓고도 주눅이 들지 않는 아이에게 고 회장은 갑자기 괜한 호기심이 생겨났다.

'어디서 봤을꼬. 그저 흔한 생김새는 아닌데.'

"이 아가씨만 남기고 사람 다 물리시게."

지배인이 민영을 두둔하려 나섰다.

"회장님, 제가 책임지겠습니다. 일개 아르바이트생입니다. 회장님, 너그러이……."

"내가 하는 말을 못 들었는가?"

주름진 눈가에서 차가운 시선이 뿜어져 나왔다. 결국, 지배인과 한 사장은 자리를 비켜 나갔고, 민영은 고 회장 앞에 시선을 내리깔고 앉아 있었다.

"얼굴을 들어 보시게."

민영은 천천히 얼굴을 들어 그를 바라봤다.

돈이라면 차고 넘치는 사람이면서 옷이 얼마인지 아느냐며, 반 백 년도 더 어린 자신을 몰아세우다니.

눈가에 눈물이 가득 차오르고, 아르바이트비를 받을 수 없을지 도 모른다는 생각에 속이 상했지만, 민영은 내색하지 않기 위해 노력했다. 힘들게 살았지만, 사람다운 예의마저 저버릴 정도로 망 가지진 않았기에 민영은 몸가짐을 바르게 했다.

"학생인가?"

"네."

"어디서 뭘 공부하고 있나?"

"한국대학교에서 식품영양학을 공부하고 있습니다. 다가오는 3 월이면 4학년입니다."

회장이라는 노인은 고개를 주억거리며 질문을 이어 갔다.

"흠……. 아르바이트는 왜 하는가?"

"학기 중 생활비를 벌기 위해서 하고 있습니다."

"학비가 아니라 생활비를?"

"학비는 장학금으로 충당하고 있습니다."

상냥한 말투와 엷은 미소가 몸에 밴 것 같은 아이였다. 자신의 시선에도 주눅 들지 않으며, 차근차근 말을 하는 모습이 어딘가 낯이 익어서 고 회장은 가늘게 뜬 눈으로 찬찬히 그녀를 살폈다.

"부모님은?"

"어머니는 돌아가셨고, 아버지는……."

몇 년째 연락이 안 된다는 말을 민영은 차마 할 수가 없었다.

아버지가 어디서 무엇을 하고 있는지 알지도 못했다. 살아 계시기는 한 걸까? 민영은 입을 꾹 다물고 말을 잇지 않았다.

"저런, 쯧쯧쯧."

말 안 해도 안다는 듯, 고 회장은 고개를 끄덕였다. 말간 얼굴과 품새가 귀하게 자란 모습이었다. 왜 이런 곳에서 힘들게 상을 나르며 일을 하고 있는지가 궁금해지려는 찰나, 아이의 모습을 어디서 보았는지 불현듯 떠올랐다.

막내 손자, 현건의 책상 위에 늘 놓여 있는 액자 속, 교복을 입고 있는 아이. 수년 전 교통사고로 세상을 떠났다는 그 아이와 놀라우리만큼 닮은 모습이었다.

그 아이를 잃고 난 뒤 장가도 가지 않고 혼자 살겠다며 기행을 일삼는 손주는 선 자리에 나오는 여자한테 수십 번 퇴짜를 맞았다. 뭐 부모가 없으면 어떠랴. 여자 앞에서 망나니 같은 짓만 일삼는 막내 손주를 잡아만 준다면.

"내 제안을 하나 하지."

"……제안이요?"

자신의 손주와 선을 보라고 했다. 그래서 만남을 이어 간다면, 자신에게 한 실수를 없었던 일로 해 줄 뿐만 아니라, 남은 대학 생활 동안의 생활비 일체를 지원해 주겠다고 했다. 졸업 후 만약 대학원에 진학할 생각이라면 그것도 도와주겠다고 했다.

"제가 거절하면 어떻게 되나요?"

고 회장은 뜻밖의 질문에 고개를 갸웃했다. 자신이 내건 조건

15

앞에서 단 한 번도 그에게 거절의 의사를 밝혔던 이는 없었다. 고회장은 치졸해 보일지 모른다는 생각을 하면서도 말간 얼굴을 빛내는 그녀를 향해 입을 열었다.

"그럼 자네는 내 옷을 물어내야 할 테고, 이 옷은 자네 4년 치대학 등록금보다도 비싸."

"보통 사람과는 감히 비교도 되지 못할 부를 누리시는 분이라고 들었습니다. 졸업할 때까지 기다려 주신다면 취직해서 갚겠습니다."

민영은 고 회장의 대답을 기다리며 앉아 있었다. 고 회장은 당돌한 민영의 말에 슬쩍 미소를 지었다.

"돈의 귀함을 아는가?"

"돈 자체가 귀한 것인지는 잘 모르겠습니다. 하지만 그 돈을 벌기 위한 정직한 노동이 값지다는 건 압니다. 그걸 몰랐다면, 돈을 쉽게 버는 방법을 택했을 겁니다."

"그래. 아가씨가 말한 대로 나도 남이 못 누리는 부를 누리기위해 값진 노력을 했지. 이 양복은 말일세, 아가씨. 내 결혼 25주년이 되던 해에 죽은 내 아내가 선물로 사 준 걸세. 결혼할 때 양복 한 벌 못 해 입을 정도로 가난했거든. 이 양복을 선물 받고, 그다음 해 결혼 기념일이 오기 전에 아내가 세상을 떠났지. 나에게는 이 양복이 아내가 준 마지막 선물이야. 아끼고 아껴서 결혼기념일에 왔었던 이곳에 올 때마다 이 옷을 입는데, 자네가 이 옷에 무슨 짓을 한 것 같은가?"

민영은 눈물이 흘러내릴 것만 같은 것을 가까스로 참아 냈다.

"그뿐 아니지. 이 양복은 이탈리아의 한 디자이너가 만들었는데, 그 디자이너도 유명을 달리해서 이제 그 사람이 만든 양복은 구할 수도 없지. 붉은 오미자 물을 빼내고 세탁을 하려면 내가 수십 년간 아껴 온 이 옷이 어떻게 되겠는가? 그렇지만, 이 옷이 가진 의미보다 훨씬 더 귀한 손주를 자네가 만나 주겠다고 하면, 이 일은 없었던 일로 하겠네. 어때? 이래도 내가 한 제안이 어렵다고 생각되는가?"

노인의 연륜이 묻어나는 아집과 논리에 민영을 고개를 숙이고 말았다. 지금 상황에서 그녀가 선택할 수 있는 일은 한 가지였다. 그의 손자를 만나 보는 것. 시급이 아주 비싼 아르바이트를 한다고 생각하자. 민영은 결심을 굳히듯 작게 한숨을 몰아쉬며 고개를 들었다.

"네⋯⋯. 하겠습니다."

주름 속 깊은 눈동자를 바라보며, 또렷하게 대답했던 자신의 목소리가 귓가에 울리는 것 같았다. 민영은 버겁게 두근거리는 심장을 달래려 자잘하게 숨을 내뱉으며, 자신과는 어울리지 않을 것 같은 공간으로 들어서고 있었다.

저녁을 맞은 호텔 로비는 멀리 있는 사람의 얼굴을 분간하기 어려울 정도로 어두웠다. 반짝거리는 검은색 대리석 바닥에는 천장의 가녀린 조명이 그대로 반영되었다. 진득한 대기가 흐르는 듯

한 로비를 가로지르는데, 마치 우주의 한 공간을 유영하고 있는 듯한 착각조차 들었다.

민영은 어색한 걸음으로 프런트 데스크로 향했다. 데스크에 있는 직원이 민영을 아래위로 훑어보는 것 같았다.

민영은 노인이 준 쪽지를 그에게 내밀었다. 쪽지를 받아 든 지배인은 딱딱한 표정을 풀고는 민영에게 이내 환한 미소를 지어 보였다. 그가 보여 준 미소에 민영은 괜히 안도의 한숨이 흘러나왔다.

그는 어딘가로 전화를 하는 듯했고, 통화가 끝난 후 잠시만 기다려 달라는 정중한 부탁에 민영은 알겠다며 고개를 끄덕였다. 그러고는 어두운 로비 한가운데에서 반짝거리는 구조물을 바라보며, 호흡을 가다듬기 위해 애썼다.

"윤민영 양, 되십니까?"

누군가의 부름에 민영은 고개를 돌려 그를 바라봤다. 작은 키에 다부진 몸, 유독 좁은 이마에는 송골송골 땀이 맺혀 있었다.

"박용원 실장입니다. 제가 안내해 드리겠습니다."

꾸벅 인사를 해 보인 그는 자신을 따라오라며 성긋이 웃었다. 민영은 그의 뒤를 따라 미로 같은 복도를 지나, 마치 벽처럼 생긴 곳에 층 표시도 되지 않는 검은색 엘리베이터 문 앞에 섰다. 엘리베이터에 오른 그는 선 자리에 나온 자신보다 더 긴장한 듯 연신 땀을 닦아 내고 있었다.

핑 하는 소리와 함께 33층에서 엘리베이터가 멈춰 섰다. 그는 복도 끝, 코너에 있는 방으로 민영을 안내했다.

어두운 방 안은 마치 은하수를 그대로 옮겨 놓기라도 한 듯 아름다운 조명이 반짝였다. 반짝이는 조명은 바깥의 야경과 어우러져서 끝도 없는 빛의 향연이 펼쳐지고 있는 것 같았다. 존재하지 않는 우주 어딘가에 빨려 들어온 듯해서 민영은 넋을 놓고 그 광경을 바라봤다.

"잠시만 기다려 주시면, 도착하실 겁니다."

"네."

그가 나가고, 민영은 의자에 앉아 창밖 야경에 시선을 고정했다.

어릴 적 돌아가신 어머니와 지금은 연기처럼 사라진 아버지를 따라 이런 비슷한 곳에 와 본 적이 있었다. 그 시절, 무엇을 해도 행복했고, 무엇을 해도 웃음이 끊이질 않았던.

빛무리가 어려 있는 유리창에 초라하게 앉아 있는 자신의 모습이 설핏설핏 비쳤다. 지금 자신을 행복하게 해 줄 수 있는 것은 아무것도 없었다. 그래서 그랬는지, 아름다운 불빛 한 점에 마음을 빼앗겨 심장 한구석이 저릿해져 왔다.

'대체 뭐 하는 사람일까?'

이름도 알려 주지 않았다. 뭐 하는 사람인지도 알려 주지 않았다. 그저 자신의 손주와 선보고, 계속 만나기만 하면 된다고 했다. 그러면 손가락 마디마디가 쑤시는 생활에서 벗어날 수 있을지도 모른다. 아니, 만남을 이어 가지 못하면 민영은 더 끔찍한 상황에 놓이게 될 것이다.

만나 보면 되는 것이다. 그저 그 만남을 이어 가면 되는 것이다. 사람과 사람이 만나는 일은 수만 가지 경우의 수가 있는 법이니까. 민영은 그저 남자와 여자가 만나는 자리라고, 순간을 정의하려 애썼다.

하지만 돈 때문에 이곳에 나와 있는 자신이 불쌍하고 초라하게 느껴지는 건 어쩔 수 없었다. 황망한 열패감에 사로잡혀서 반짝이는 불빛에 시선을 빼앗긴 채 복잡한 마음을 한곳으로 정리하느라선 상대가 들어온 것도 몰랐다.

"실례합니다."

짓이기고 할퀴어져 이제 더 이상 아플 수도 없을 것만 같았던 가슴속 심장을 울리는 목소리에 민영은 천천히 고개를 돌려 그를 바라봤다.

'……건이 오빠?'

1.
주사위는 던져졌다

마주 앉은 그를 흘끔거리는 자신의 시선이 흔들리는 게 느껴졌다. 손끝이 떨려서 민영은 얼른 테이블 위에 올려 두었던 손을 거두어 맞잡았다. 1분도 되지 않는 시간 동안 사람이 극한의 긴장 상태에 몰릴 수도 있다는 사실이 놀랍기까지 했다.

민영은 긴장한 모습을 감추려 자잘하게 호흡을 가다듬었다. 조금 크게 들리는 듯한 클래식 선율에 자신의 호흡이 묻히는 것이 감사할 정도로 숨이 가빠 왔다.

선 자리에 앉은 여자가 천하태평인 것도 이상할 테지만, 이토록 극도의 긴장감을 내비치는 것도 이상한 일일 터, 민영은 지그시 눈을 감았다가 뜨며 입을 열었다.

"윤민영입니다."

코끝이 찡해지는 것 같아서, 민영은 고개를 푹 숙였다. 그의 눈동자 가득 서려 있는 아련함과 그리움을 견뎌 내기 힘들었다.

5년의 세월 동안 그는 참으로 멋진 모습으로 변해 있었다. 어떻게 변해 가고 있을까? 어떻게 살아가고 있을까? 민영이 상상했던 모습 중 가장 멋진 모습보다 더 훌륭해 보이는 그가 입을 열었다.

"고현건입니다."

짤막한 문장이었지만, 그의 목소리를 들은 심장은 쉴 새 없이 요동쳤다. 예의를 차리고 있었지만, 흔들리는 그의 눈동자로 보아 그가 자신의 눈앞에 앉은 여자의 정체를 의심하고 있음이 느껴졌다.

그는 흔들리는 눈동자로 뚫어져라 마주 앉은 여자를 바라보며 물었다.

"뭐 하시는 분이세요?"

"학생이에요."

학생이라 말하는 민영의 대답에 그는 말도 안 된다는 듯 헛웃음을 지어 보였다. 차유정이 존재했다면, 벌써 대학을 졸업하고도 남았을 나이였다. 차유정은 자신의 나이보다 두 살 어린 윤민영이 되어 살고 있기에, 그녀는 아직 대학생 신분이었다.

그의 헛웃음이 선 자리에 나온 여자의 신분이 학생이어서 터져 나온 것인지, 아니면 차유정일 리가 없다는 뜻인지 가늠이 되지 않았다.

"몇 살인데요?"

"스물세 살이요."

그의 물음은 마치 취조와 같았고, 민영의 목소리는 속삭임을 겨우 면한 정도였다.

"식사부터 하죠."

"네."

나이에 관한 대답에 그의 의구심이 미약하게나마 몸집을 줄이고 있는 듯했다.

문 앞에 대기 중이던 웨이터가 그의 부름에 테이블로 다가왔다. 그는 한참 동안 메뉴판을 훑고 있었고, 민영도 눈에 들어오지 않는 활자들을 좇으며 메뉴판을 들여다보고 있었다.

"주문은 제가 해도 될까요?"

갑작스러운 물음에 두 사람의 시선이 허공에서 마주쳤다. 자상한 듯 들리는 그의 말투에 이끌리듯 민영은 고개를 끄덕였다.

그는 코스나 요리의 이름을 언급하지 않으려는 듯, 웨이터만 보이도록 메뉴판을 들어서는 손가락으로 몇 군데를 가리켰다. 그러고는 와인과 관련한 주문에서만 목소리를 내보였다.

전채 요리가 나오고 난 뒤에도 그는 아무 말 없이 그저 식사에 집중했다. 민영은 그를 흘끔거리지 않으려 자신도 그저 식사를 하는 것에만 집중하려 노력했다. 그렇게 위가 채워지는 동안 머릿속은 하얗게 탈색되어 버리는 것 같았다.

그저 선만 보라는 조건이었으면 좋았을 것을, 민영은 당장 눈앞에 있는 그와 다시 만나기 위해 이 자리에서 최선을 다해야만 했다.

죽도록 보고 싶었지만, 다시는 바라볼 수 없을 거라 생각했던 그였기에 가슴속이 타들어 갈 듯도 했고, 절대 그 누구에게도, 그게 설사 현건이라 할지라도 정체를 드러내지 말라 했던 아버지의 말이 머릿속을 맴돌아 자꾸만 눈시울이 시큰거렸다.

메인 요리가 나오기 시작했을 때, 그와의 만남을 어찌 이어 가야 하나 하는 고민보다, 당장 눈앞에 놓인 접시 위의 요리를 해치우는 것이 더 큰 고민이 되어 버리고 말았다.

그는 여전히 검은 눈동자를 형형하게 빛내며, 자상한 말투로 물었다.

"왜요? 마음에 안 들어요?"

민영은 자신의 앞에 놓인 제주 갯가재 요리를 물끄러미 바라보며 대답했다.

"아니요. 좋아요."

차유정이 갑각류 알레르기가 있다는 것을 그가 기억하고 있는 듯했다. 그는 마치 시험하듯 민영에게 음식을 권했다.

"이번에 새로 생긴 요리예요. 들죠."

그는 민영이 포크와 나이프를 움직이는 모습을 주시하는 듯했다. 민영은 천천히 나이프와 칼을 움직였다. 민영이 머뭇거리는 것을 발견한 그가 물었다.

"혹시 갑각류 알레르기 있어요?"

그는 무심한 듯 와인 잔을 입술에 가져다 대며 민영을 응시했다. 민영은 고개를 가로저으며 여유로운 척 미소 지었다.

"아니요. 얼마 전에 게살 파스타를 먹고 심하게 체한 적이 있었는데, 그 트라우마 때문인지 쉽지가 않네요."

민영이 빙긋이 미소 짓자, 그의 표정이 삽시간에 굳어졌다. 굳은 표정을 애써 외면하며 그녀는 와인으로 목을 한 번 축였다.

거짓으로 살아온 삶에 이골이 난 윤민영이었다. 잠시의 긴장감은 어느새 잊은 듯 민영은 그저 자신에게 주어진 역할에 충실해지려 노력했다.

앞에 앉은 남자의 마음을 얻는 것, 그게 거짓투성이 윤민영이든, 죽은 첫사랑 차유정이든.

"나한텐 궁금한 거 없어요? 선 자리에 나오셔서 아무것도 묻질 않으시네요?"

그는 다정함을 가장한 목소리로 무심하게 물었으나, 눈빛의 날카로움은 사라지지 않았다.

"제가 선은 처음이라 조금 긴장했나 봐요. 죄송해요. 질문을 드려야 할 타이밍을 잡지 못했네요."

민영은 일부러 더 생긋이 웃으며 말끄러미 그를 바라봤다. 그의 눈동자가 한없는 아련함을 품고 흔들리는 것은 모른 척하기로 했다.

"뭐 하시는 분이세요?"

"내가 뭐 하는 놈인 줄도 모르고 여기 나왔어요? 천하의 나쁜 놈이면 어쩌려고?"

황당하다는 듯 묻는 그의 질문에 민영은 가만히 목소리를 가다 듬고 천천히 대답했다.

"아까 제가 뭐 하는지 물으셨잖아요? 똑같은 질문을 드린 것뿐이에요."

민영은 괜한 서글픔에 그를 향한 시선을 슬쩍 거두었다. 그가 천하의 나쁜 놈일 리 없었다. 천하의 나쁜 사람은 아마 자신일 것이라고 민영은 속으로 되뇌었다

"여기 사장이에요."

괜한 상념에 사로잡혀 그의 대답을 듣지 못한 민영이 고개를 갸웃했다.

"네?"

"이 호텔 제가 운영하고 있습니다. 새로 생긴 메뉴에 대한 품평이라도 듣고 싶었는데, 요리에 거의 손을 대지 않으셔서 아쉽네요."

그가 손짓하자 웨이터가 다가와 테이블 위의 접시들을 말끔히 걷어 갔다. 그리고 그녀의 앞에 마치 꽃잎을 펼친 듯한 작은 은그릇이 놓였다.

"아이스크림 드시고 체한 적은 없으시죠?"

현건의 물음에 민영은 그저 옅은 미소를 띤 채, 고개를 끄덕일 뿐이었다. 왜 하필 디저트가 이 아이스크림일까? 차유정의 집 냉장고에 항상 자리하고 있던 아이스크림, 어쩌면 현건의 집 냉장고에도 그녀를 위해 언제나 자리하고 있었을 아이스크림.

체리가 숭숭 박힌 분홍빛 아이스크림을 휘젓던 민영이 젠체하듯 물었다.

"디저트는 아이스크림 전문점에서 가져다 쓰시나 봐요?"

"제가 제일 좋아하는 아이스크림이거든요. 여기 얽힌 추억이 많아서요."

추억이란 단어에 한숨 짓는 그의 목소리가 민영의 심장을 관통할 듯했다. 민영은 괜한 통증에서 벗어나려고 발버둥 치듯 말했다.

"할아버님께서 손자 걱정을 많이 하시던데요?"

그의 얼굴에 설핏 어리는 조소에 민영은 자신의 질문을 잠시 후회했다. 그저 입에서 터져 나오는 대로 둔 자신의 잘못이었다.

"우리 할아버지랑 모종의 거래라도 했어요?"

그의 질문에 말문이 막혀 버린 민영은 그저 말끄러미 그를 바라볼 뿐이었다.

"아니면 노인네가 손자 걱정하는 게 안쓰럽기라도 했나? 그 걱정 덜어 드리려고 여기 있는 건가?"

다정하기만 했던 그의 말투에 서늘한 의구심이 뚝뚝 떨어졌다. 민영은 당황하지 않은 척 미소를 머금었다. 어쨌든 자신이 차유정이 아니라면, 그저 윤민영으로 그의 곁에 있으면, 아무런 문제가 생기지 않을 수도 있다는 얄팍한 이기심과 그가 말한 노인과의 모종의 거래에 충실하기로 했다.

"네, 제가 좀 걱정을 사서 하는 편이거든요."

여유로운 미소까지 지어 보이는 민영을 향해 그는 얄궂게 미간을 좁히며 말했다.

"내가 여자 보는 눈이 까다롭다는 말은 못 들었나 봐요?"

그는 시선을 아래위로 옮겨 가며 민영의 차림새를 살폈다.

"사람을 겉만 봐서 다 알 수 있나요?"

그 질문에 그는 커다란 깨달음이라도 얻은 듯 '아!' 하는 표정을 지었다가, 한쪽 입꼬리를 올리며 웃었다.

"속이 중요하다? 나도 그렇게 생각하는 사람인데……."

그는 비스듬히 의자에 기대앉으며 테이블을 검지로 토도독 두드렸다. 그 소리에 민영의 심장이 쿵쿵쿵 울리는 것 같았다.

"그럼 겉보다 속이 중요하다고 먼저 그러셨으니, 속부터 맞춰 보죠, 우리?"

"네?"

민영은 무슨 뜻이냐는 듯 고개를 갸웃했다.

"제가 궁합을 좀 따지거든요."

그는 진지하다는 듯 눈을 가늘게 떠 보였다.

"여기서 당장 사주라도 대고, 궁합이라도 보자는 말씀이신가요?"

"저도 윤민영 씨처럼 겉보다는 속을 더 중요시하는 사람이라……."

"네?"

민영의 미간이 미세하게 좁아졌다. 그 미묘한 변화를 눈치챈 그가 타이밍을 잡았다는 듯, 의자에 기대 있던 몸을 일으켜 세우며, 테이블 위에 깍지 낀 손을 올리고는 몸의 중심을 옮겨 왔다. 그의 시선이 이 방 안에 들어온 이후, 가장 가까운 곳에서 느껴졌다.

"궁합에는 크게 두 가지 종류가 있다는 거 알아요?"

"아니요."

그는 대강 스타일을 파악했다는 듯 고개를 슬쩍 끄덕였다.

"윤민영 씨가 말한 사주로 어쩌고 하는 건 겉궁합이죠, 그리고……."

일부러 뜸을 들이며 젠체하는 것은 그가 짓궂은 장난을 하겠다는 선전포고와 같은 것이었다. 그런 그의 성격을 민영이 모를 리 없었다. 민영은 장단을 맞추듯 되물었다.

"그리고요?"

"사람이 살아가면서 가장 기본적으로 필요한 게 뭐죠?"

마치 자신이 셜록 홈즈라도 된 듯 그는 허공으로 시선을 향한 채 엉뚱한 질문을 하고 있었다.

민영은 오랜만에 마주하는 그의 장난기 어린 모습에 피식 웃음이 새어 나올 것 같기도 했고, 그리웠던 감정이 자꾸만 밀려와 눈이 따끔거리기도 했다.

"글쎄요."

"의식주죠. 뭐 스타일은……."

그는 민영을 다시 한 번 아래위로 훑으며 말을 이었다.

"바뀔 수도 있는 거고, 음식은 안 맞으면 각자 입에 맞는 거 따로 먹으면 되는 거고. 주는……."

"주는? 집이요?"

민영의 되물음에 그는 고개를 더 비스듬히 기울이며, 되물었다.

"남녀가 집에서 같이 살면 뭘 하게 되죠?"

어떤 대답을 내놓아야 할지 몰라 민영은 입을 꾹 다물었다.

"남녀가 같은 침대에서 잠들면 뭘 하게 되죠?"

그 질문에 민영의 입에서 헛! 하는 소리가 절로 새어 나왔다.

"그래요. 그거. 그 속궁합을 말하는 거예요, 난."

그는 이제 결론에 도달했다는 듯 팔짱을 끼며, 또다시 의자에 비스듬히 기대앉았다. 고개를 한쪽으로 기울인 그의 모습은 민영의 대단한 반응을 기대하고 있는 듯했다.

"그래서 그 속궁합을 지금 당장 보셔야겠다, 그런 말씀이신가요?"

그는 그렇다는 듯 고개를 끄덕였다. 그러면서도 시선은 여전히 민영에게 닿아 있었다. 민영은 고심하듯 미간을 찌푸렸다. 이렇게 무례한 언행으로 선 자리를 파투 내고 내내 외로이 지냈을 거라 생각하니 괜히 마음이 쓰려 오기도 했다.

"그러시죠."

다른 선택안은 없었다. 무례하다고 자리를 박차고 일어난다면, 고 회장과의 거래는 극악한 상황으로 치닫게 될 것이고, 무엇보다 다시 만나게 된 그를 앞으로 볼 수 없을지도 모른다.

"되게 쿨하게 구시네? 이쯤 되면 화를 내거나, 차분히 이만하자 하는 게 일반적인 반응인데?"

"제가 화를 내거나, 차분히 이만하자 한다고 해서, 무례함을 그만두실 건 아니시죠?"

민영의 물음에 그는 피식 웃어 보였다. 긍정의 대답이었다.

"저도 관심이 있어서요. 그 속궁합에."

말투는 단호한 듯했지만, 민영의 목소리는 긴장감으로 미세하게 떨리고 있었다. 제발 그 떨림을 그가 다른 의미로 받아들이기를 바라며, 민영은 그와 시선을 마주했다.

대찬 반응에 당황한 듯 그는 잠시 시선을 피하고는 뜸을 들였다. 이윽고 생각이 정리된 듯 그가 입을 열었다. 그의 시선은 검다 못해 푸른빛을 띠며 형형히 빛나고 있었다.

"그럼 잠시 기다려 주시죠. 자리가 길어질 줄은 예상 못 했습니다. 급한 일부터 처리하고 오겠습니다."

그는 손목에 있는 시계를 한 번 확인하고는 정중히 덧붙였다.

"20분 정도 걸릴 것 같습니다."

"네, 다녀오세요."

민영은 여유로운 미소를 지으며 그를 바라봤고, 그는 정중히 고개를 한번 숙여 보이고는 방을 나섰다.

방을 빠져나온 현건은 가장 가까운 곳에 있는 화장실로 뛰어들어 갔다. 세면대 앞에 선 그는 정신 나간 사람처럼 찬물로 얼굴을 씻어 냈다.

청바지에 흰 남방, 선 자리에 나온 여자치고는 너무도 단출한 차림새에 고개를 갸웃한 것도 잠시, 고개를 돌린 그녀의 얼굴을 마주한 순간 심장이 멎는 줄 알았다.

평생을 꿈꾸고, 그리고 보고파 했던 그녀의 모습이었다. 그저 닮은 이라 여기고 싶었다. 그런데 자신의 앞에 마주 앉았던 여자는 죽은 그 아이와 생김새뿐 아니라 목소리, 말투, 그리고 예뻤던 그 미소까지 쏙 빼닮아 있었다.

그녀가 세상을 떠난 지 5년, 살아 있었다면 어떤 모습이었을까 하는 상상을 수만 번도 더 했었다. 그런 상상이 현신이 된 듯했다. 5년 전보다 조금 성숙해진 아름다운 얼굴, 여전히 긴 생머리, 윤민영이라는 여자는 그 자체로 차유정 같았다.

현건은 복잡해지는 머릿속과 답답해지는 가슴속을 달래려 얼굴에 연신 찬물을 끼얹었다. 상상이 만들어 낸 허구일지도 모른다. 방에 들어가면 전혀 다른 여자의 모습이 있을지도 모른다. 그리움이 격해져 헛것을 만들어 냈을지도 모른다 생각하며 현건은 거울 속 자신의 모습을 물끄러미 바라봤다.

만약 허구가 아니라면, 헛것이 아니라면, 대체 마주 앉았던 여자의 정체가 무엇일까? 만약 차유정이라면 절대 갯가재 요리에 손을 대지 않을 거라 여겼다. 만약 차유정이라면 체리 아이스크림을 보고 그보다 더 예쁜 빛으로 뺨을 물들이며 미소 지을 거라 생각했다.

그녀는 마치 짜여진 각본을 수행하듯 교묘히 식음을 피했다. 그 모습에 현건은 심장이 한없이 죄어 오는 것만 같았다.

하지만 죽은 이가 기적처럼 부활해서 살아 돌아온 게 아니라면, 그 여자는 그저 차유정을 지독히도 닮은 여자일 뿐인 것이다. 다른 선 자리를 끝냈던 것과 마찬가지로 얄궂게 굴었지만, 이에 돌아온 반응은 참으로 차유정다웠다.

장난에 적당히 응해 주며, 자신의 손바닥 위에 올려 놓고 이리저리 재 보던 유정의 모습이 그녀의 모습에 오버랩 되면서 현건은 거의 이성을 잃고, 유정의 이름을 부를 뻔했다.

그의 뜻을 따르겠다는 그녀에게서 달아나듯 현건은 다급하게 방 안을 빠져나왔다. 정말 뭐에 홀리기라도 한 것 같은 순간이었다.

현건은 젖은 얼굴을 린넨 손수건으로 닦아 내고는 헝클어진 앞머리 모양을 바로 했다.

'Alea iacta est.'

주사위는 던져졌다.

프라이빗 룸 문을 열고 들어서자 그녀는 이곳에 처음 들어섰을 때처럼, 야경에 시선을 빼앗긴 채 고요히 앉아 있었다. 현건의 등장에도 개의치 않는다는 듯 행동하는 그녀에게는 묘한 조바심을 불러일으키는 재주가 있는 듯했다.

이윽고 현건이 입을 열려고 하는 찰나, 그녀가 고개를 돌려 그를 바라봤다. 혹여 그녀가 돌아봤을 때, 전혀 다른 얼굴을 하고 있는 다른 여자가 앉아 있지는 않을까 하는 의미 없는 기대는 수포로 돌아갔다.

그녀는 5년 전 죽은 차유정의 현신과 같은 모습으로 그저 고요히 앉아 있을 뿐이었다.

"일어나죠."

나지막하고 건조한 음성이 방 안에 울려 퍼지자, 그녀가 슬쩍 얼굴을 붉히는 것 같았다.

"네."

짧은 대답과 함께 여자가 자리에서 일어났고, 현건은 예를 갖추며 그녀와 함께 방을 나섰다.

어떻게든 이 여자를 붙들고 싶은 생각이 들었다.

어떻게든 이 남자의 곁에 더 머물고 싶은 생각이 들었다.

2.
동화 같은 이야기는

몽글몽글 개나리가 피어나는 이른 봄날이었다. 입학 통지서를 받은 뒤로 유정은 날마다 몇 밤 자면 학교 갈 수 있느냐고 엄마에게 묻곤 했다. 그럴 때마다 유정의 엄마 윤옥은 하나밖에 없는 딸내미를 놀려 먹기 바빴다.

입학식 전날 저녁, 유정의 초등학교 입학을 축하하는 자리가 유정의 집에서 마련되었다. 식탁 앞에 둘러앉은 이들은 또다시 시작된 윤옥의 장난에 장단을 맞추려는 듯 입을 삐죽거리는 유정을 향해 한마디씩 거들었다.

"유정아, 그렇게 국에서 파 골라내고 먹으면, 학교 못 들어간다?"

"책가방이 얼마나 무거운데? 우리 유정이 그거 들 힘은 있나?"

"유치원은 신발주머니 없지? 초등학교는 신발주머니도 들고 다녀야 해."

평소와 같은 놀림에 울음을 터뜨릴 거라 예상했던 것과 달리, 유정은 그날따라 학교 따위 못 가도 아무렇지 않다는 듯 숟가락을 내려놓았다.

"그럼 시집이나 가지, 뭐."

이제 겨우 초등학교 입학을 앞두고 있는 꼬마 숙녀의 대찬 대답에 어른들은 모두 멍한 표정으로 서로를 바라보다가, 웃음이 터져 버리고 말았다.

"뭘 가? 어딜 가?"

그렇게 되물은 건 유정의 아버지 강석이었다. 느지막이 얻은 귀한 딸이 초등학교 입학식 전날 한다는 말이 입학 대신 시집을 가겠다니! 강석은 대체 요 작은 머릿속에 뭐가 들었나 싶어서 괜히 조바심이 났다.

유정이 시집을 가려면 앞으로 십수 년도 더 걸릴 테지만, 딸의 입으로 전해 들은 결혼이란 단어에 아버지가 발끈하는 것은 당연지사.

"치, 학교 못 가면 그냥 시집가면 되지."

"누구한테?"

유정을 한없이 사랑스럽다는 듯 바라보며 물은 이는 옆집에 사는 현건의 엄마, 혜숙이었다. 시커먼 아들 둘만 있는 혜숙은 오밀조밀한 마론 인형처럼 생긴 유정을 볼 때마다, 저런 딸 있으면 인생이 두 배는 더 즐겁지 않을까 하는 상상을 하곤 했다.

"건이 오빠요!"

그리 외친 유정은 예쁘게 솟아오른 뺨을 붉게 물들이며 배시시 웃었다. 이를 지켜보던 현건은 내려놓았던 젓가락을 다시 들어서는 유정이 골라 놓은 파를 집어서 입안으로 욱여넣기 시작했다.

"건아, 너 뭐 하니?"

혜숙의 물음에 물을 한 모금 꿀떡 삼킨 현건이 말했다.

"파는 내가 대신 먹었고, 책가방 별로 안 무거워, 내가 들어다 줄게. 신발주머니도 내가 들면 되니까, 너 내일부터 학교 꼭 가라."

새빨개진 얼굴로 그리 외친 현건은 '잘 먹었습니다!' 하고 외치더니, 거실로 가 버렸다. 그 모습을 지켜보던 어른들은 또다시 웃음이 터졌고, 밝은 얼굴을 빛내던 유정은 울상이 되어 버렸다.

"유정아, 오빠는? 오빠는 어때? 건이는 결혼 생각 없나 본데?"

울먹이는 유정의 머리를 쓰다듬으며 현건의 형, 현준이 유정에게 물었다.

"싫어."

입술을 삐죽이던 유정은 고개를 절레절레 흔들어 보였다.

"왜 싫어? 오빠가 더 멋있잖아."

한참을 망설인 유정은 자신의 대답이 현준에게 상처가 될까 싶었는지, 조심스레 속삭였다.

"오빠는 너무 늙었잖아."

현건보다 6살이 많기는 했지만, 고작 19살밖에 안 된 청춘에게

늙었다고 말하는 꼬마 유정의 속삭임에 어른들은 또다시 웃음이
터졌다.

"유정아. 꼭 우리 막내아들한테 시집와. 아줌마가 건이 잘 키워
놓을게."

"네!"

혜숙의 말에 금세 웃음을 되찾은 유정은 씩씩하게 대답하며,
소맷부리로 눈물을 닦아 냈다. 그런 유정의 머리를 쓱쓱 쓰다듬으
며, 윤옥은 '나도 우리 딸 잘 키워야겠네.' 하고는 푸시시 웃었
다.

남아일언이 중천금이라 했다. 현건은 매일 아침, 하얀 철제 대
문 앞에서 유정을 기다렸다. 작은 체구에 제 덩치보다 커다란 책
가방을 메고는, 신발주머니를 달랑거리며 나오는 꼬마의 모습은
귀엽기 그지없었다.

하지만 사나이 자존심이 있지, 아무리 어린애라도 여자가 결혼
이 어쩌고 떠들어 대는 데 괜한 반발심이 피어나서 꼬마 유정에
게 떽떽거리기도 했다. 그럴 때마다 유정은 '오빠, 부끄럽구나!'
하면서 까르륵거리곤 했다.

"오빠!"

오늘도 유정은 해사한 웃음을 지으며 대문을 열고 나왔다. 유
정의 집 담벼락에는 빨간 담쟁이넝쿨 장미가 흐드러지게 피어 있
었다. 아침의 청아한 공기와 함께 향긋한 꽃 내음이 현건의 코끝

을 간질였다.

유정은 현건의 커다란 손을 꼭 잡으며 배시시 웃었다. 기분이 좋아지는 게, 자신의 손을 잡고 있는 유정이 때문인지, 아침 공기 속 기분 좋은 꽃 냄새 때문인지 분간이 되질 않았다.

"가자. 가방 줘."

"응."

현건이 유정의 가방을 가뿐히 둘러메자, 대문 안쪽에서 윤옥의 목소리가 들려왔다.

"건아! 이제 유정이가 들게 해."

"졸업하기 전까지만 제가 들게요."

윤옥을 향해 그리 외친 현건은 꾸벅 인사를 해 보이고는 뒤돌아서 걷기 시작했다. 커다란 눈망울이 호기심 가득한 질문을 해 온 것도 그때였다.

"오빠, 졸업이 뭐야?"

"이제 초등학교 그만 다니는 거."

"왜? 오빠 왜 초등학교 그만 다녀?"

"중학교에 가야 하니까."

현건의 대답에 유정의 표정이 한순간에 일그러졌다. 꼬마 유정은 아무래도 앞으로 계속 이렇게 함께 다닐 수 있을 거라 생각했나 보다. 현건은 그저 유정의 손을 꼭 붙잡고 걷기만 할 뿐 더 이상의 설명은 할 수 없었다.

이 녀석 혼자 학교를 왔다 갔다 한다고 생각하니, 괜히 자신도 기분이 묘해지는 것 같았다. 걱정이 되기도 하고, 안쓰럽기도 하고, 또 서운하기도 하고. 현건은 이상해진 기분을 덜어 내려는 듯 유정의 이름을 불렀다.

"유정아."

"응."

언제 그랬냐는 듯 아이는 예쁜 미소를 지으며 현건을 올려다보았다. 그 미소에 현건의 마음도 스르륵 누그러졌다.

그날 오후, 노란 먼지가 폴폴 이는 운동장에서 축구를 하고 있는데, 스탠드 한쪽이 소란스러웠다. 현건은 한달음에 스탠드로 달려갔다. 구름 떼처럼 아이들이 몰려 있을 때는 언제나 사건 사고가 함께하는 법이니까. 학생회장인 현건의 의협심이 빛을 발해야 하는 순간이 왔음에 자부심 어린 미소가 얼굴에 떠올랐다.

"무슨 일이야?"

현건의 등장에 동심원처럼 무언가를 둘러싸고 있던 아이들에게 틈이 생겨났다. 원 안에 두 주먹을 움켜쥔 채로 어깨가 들썩이도록 씩씩거리며 분을 삭이고 있는 유정과 그 또래 남자아이, 그리고 5학년 남자애들과 여자애들 여러 명이 보였다.

"어? 고현건 형이다."

무리 중 남자애 한 명이 그렇게 소리치자, 여자아이들은 얼굴을 붉히며 속닥거렸고, 남자아이들은 경외심 가득한 눈으로 현건을 바라봤다.

학생회장인 이유도 있겠지만, 현건은 학교에서 제일 유명한 아이였다. 두뇌는 화학 박사인 아버지의 핏줄을 물려받았고, 미모는 대학 시절 메이퀸이었다던 어머니의 유전자를 물려받았기에 그는 교내의 시선을 전부 끌어모을 만했다.

또 치고받고 싸우는 것에 취미가 있는 것은 아니었지만, 시비를 거는 놈에게 져 본 적은 없었고, 감히 그에게 그렇게 시비를 거는 경우도 드물었다.

"무슨 일이냐고."

"형, 이 계집애가 내 동생 괴롭혀서 내가 혼내 줬어."

유정이보다 덩치가 두 배는 더 커 보이는 남자애의 어깨를 감싸며, 5학년 남자애는 의기양양해했다. 학생회의에서 본 적 있는 얼굴이었다.

"너 5학년 3반 반장이지?"

"응."

현건이 자신을 알아봤다는 사실 때문인지, 아니면 자신이 반장이라는 감투 때문인지 남자애는 의기양양해서는 제 동생의 어깨를 꼭 감싸 안았다.

현건은 고개를 숙인 채 분에 겨워하고 있는 유정의 곁으로 다가섰다. 누구를 괴롭힐 만큼 성정이 고약한 아이가 아닌데, 오히려 괴롭힘을 당하지는 않을까 걱정이 되는 여리고, 순한 아이인데. 현건은 그리 생각하며 조심스레 물었다.

"네가 쟤 괴롭혔어?"

유정은 목소리도 내지 못하고 고개를 절레절레 저었다. 상급생이라는 놈들이 달려와서 고작 1학년밖에 되지 않은 여자아이에게 얼마나 겁을 줬는지, 유정은 바들바들 떨고 있었다. 그 모습에 화가 치밀어 올랐지만, 현건은 꾹 참으며 무리를 돌아봤다.

"안 괴롭혔다는데?"

"아, 아니에요! 괴롭혔어요!"

"어떻게 괴롭혔는데?"

현건의 물음에 유정의 짝이라는 남자애는 입을 꾹 다물고는 머뭇거렸다.

"막, 그게, 막. 그러니까. 막 나한테. 막."

말을 더듬는 모양새가 의심스러웠다.

"어떻게 괴롭혔는지 말도 못하는데?"

현건의 서늘한 물음에 남자애 형이라는 놈이 대꾸했다.

"괴롭혔으니까 괴롭혔다고 하지. 난 내 동생 믿어!"

참으로 눈물겨운 형제애 앞에 현건은 기가 차다는 듯 고개를 내저으며 말했다.

"얜 내 동생이야. 그러니까 난 얠 믿어. 괴롭힌 적 없다고 하잖아?"

현건은 유정의 손을 끌어다 꼭 잡았다. 작은 손의 떨림이 느껴지자, 현건은 그 손은 더 꼭 잡아 주었다.

시커먼 형만 있는 현건은 어릴 때부터 동생 한 명 낳아 달라고 엄마한테 졸랐다. 동생이 갖고 싶었던 이유는 단 하나였다. 자신은 형의 '부하' 노릇을 하고 있으니, 자신도 '부하'가 필요하다는 아주 단순한 논리.

옆집 아줌마가 아기를 가졌다고, 엄마가 방긋 웃으며 이야기했을 때, 현건은 내심 속으로 기뻐했다. 옆집이면 우리 집에서 한달음에 달려갈 수 있는 곳이니까, 엄마는 옆집 아줌마랑 무지무지 친하니까. '태어날 아기가 건이한테는 동생이 되겠네!' 하고 아줌마가 말씀하셨으니까.

그런데 태어난 아기는 현건의 기대와는 달리 작고 어여쁜 여자아이였다. 내심 남자아이이길 바랐는데, 현건의 실망은 이만저만이 아니었다. 그 실망감이 눈 녹듯 사라진 건 유정이 두 살쯤 되었을 무렵이었다.

'우이 오빠.' 유정이 말한 우리 오빠라는 호칭에 현건은 피식 웃음이 터져 나오고, 입꼬리가 올라갔다. 그래, 내가 오빠지.

그렇게 아이의 오빠가 되어 주기로 결심한 지 어언 6년, 제 형제 편을 드는 아이들 사이에 껴서 주눅이 들어 있는 모습을 발견한 현건은 제대로 오빠 노릇을 해야겠다고 생각했다.

"근거 없이 와서 애 괴롭히지 마. 내가 보기엔 네가 애 괴롭히고 있는 것 같은데?"

그 말에 아이들이 웅성거리기 시작했고, 형이란 놈이 동생에게 닦달하듯 물었다.

"어떻게 괴롭혔어? 말해 봐."

"그게, 형. 있잖아. 그게."

"어떻게 괴롭혔는지 말해 보라고! 너 때문에 형만 망신당하고 있잖아."

현건의 손을 꼭 잡은 유정이 그제야 꾹 다물고 있던 입을 열었다.

"엊그제 받아쓰기 보는데, 내 거 보여 달라고 하는데 내가 안 보여 줬어. 난 받침 하나 틀려서 95점 맞고, 쟤는 50점 맞았는데, 내가 안 보여 줘서 엄마한테 혼났다고 나한테 그랬어. 학교에 왔으면 공부하고, 공부한 만큼 점수 받는 거라고 내가 그랬는데, 나보고 잘난 척한다고 하면서, 자기 형이 5학년이라고 불러서 나 혼내 준다고 했어."

"들었지? 괴롭힌 건 내 동생이 아니라, 네 동생인데?"

현건이 무섭게 두 형제를 노려보자, 둘은 놀란 듯 얼굴을 찔끔 거렸다.

"사과해."

"미, 미안해."

"앞으로 사이좋게 지내."

현건의 말에 유정이 반 남자아이는 고개를 끄덕이며, 눈물을 훔쳐 냈다.

"공부도 좀 열심히 하고, 남자가 돼서 여자애한테 받아쓰기 보여 달라고 하는 게 말이나 돼? 또 이렇게 우리 유정이 괴롭히면, 형도 가만히 안 있는다. 그리고 5학년 3반 반장?"

"으, 응?"

"선배면 후배들을 도와줄 생각을 해야지. 동생 말만 믿고 이렇게 달려와서 괴롭히면 쓰겠어? 앞으로 우리 유정이뿐 아니라 다른 애들도 잘 보살펴 줘. 내가 지켜볼 거야."

그리 말하는 현건을 올려다보던 유정의 입가에 서서히 미소가 번졌다. 우리 유정이랬다.

현건은 자신을 올려다보는 유정을 가만히 내려다보았다. 눈물이 그렁그렁하게 맺힌 커다란 눈을 예쁜 모양으로 휘어 보이며 미소 짓고 있는 아이의 얼굴을 바라보자, 잔뜩 화가 났던 게 스르륵 풀리는 것 같았다.

흐릿했던 무언가가 분명해지는 순간이 있다. 받아들이고 말고의 문제가 아닌 그저 인생의 한 부분처럼 무언가 자신에게 다가오는 느낌 말이다.

열세 살 현건은 아침나절 하얀 대문 앞에서 기분이 좋아졌던 게 장미꽃 내음 때문이 아님을 깨달았다. 그리고 지금도 자신이 일을 중재하는 모습을 우러러보고 있는 아이들 때문에 우쭐해서 기분이 풀린 게 아니었다.

한없는 믿음으로 자신을 바라봐 주는 아이의 환한 미소에 자신이 미소 짓고 있다는 확신에, 저 환한 미소를 앞으로 계속 지켜볼 수 있으면 하는 기대감에, 현건도 아이를 향해 빙긋이 미소 지었다.

어제 스탠드 위에서 벌어졌던 난리는 전교생에게 소문이 난 듯했다. 그 덕에 유정이 교실에는 쉬는 시간마다 유정을 영전하러 온 상급생들로 북새통을 이뤘다.

"옆집에 살아요. 우리 아빠랑 건이 오빠네 아빠랑 대학 동기랬어요. 지금은 같은 대학교에서 교수님으로 일하세요. 아! '건이'라고는 가족들만 부를 수 있어요. 특별히 나는 건이 오빠라고 불러도 돼요. 나도 가족이나 다름없으니까."

상급생 언니들의 질문이 쏟아질 때마다 유정은 무심한 얼굴로 대답했다. 언니들은 유정에게 초콜릿, 사탕, 하트 모양 메모지, 곰돌이 모양 지우개, 빵 봉지 안에 들어 있는 특이한 모양의 띠부씰까지 갖다 주며, 아부를 해 댔다.

가족이나 다름없다는 유정의 말에 정말 동생이라고 여긴 여자애들은 유정에게 잘 보여서 현건에 대한 정보를 캐내기 위해 애썼고, 유정은 자신이 알고 있는 정보를 별거 아니라는 듯 대답해 주었다.

하지만 가족이나 다름없다는 말의 뜻은 유정이 입장에선 크게 달랐다.

'내가 건이 오빠한테 시집가면 가족인데? 아줌마가 나보고 꼭 시집오라고 했는데?'

언니들의 분위기를 봐서는 왠지 그것까지는 말하면 안 될 것 같아서 유정은 자신이 현건에게는 가장 친한 사람이라며 언니들의 속삭임에 장단을 맞출 뿐이었다.

그날 하굣길, 토요일이어서 전 학년이 함께 끝나는 날이었기에 현건과 유정은 나란히 손을 붙잡고 교문을 나섰다.

학교 앞 문방구를 지나고 있는데, 부회장인 지은이 현건을 불러 세웠다.

"고현건!"

한달음에 두 사람 앞으로 달려온 지은의 손에는 잠자리채와 플라스틱 채집 상자가 들려 있었다.

"나 다음 주 월요일까지 내야 하는 곤충 표본 못 만들었는데, 네가 좀 도와주면 안 될까?"

그리 묻는 지은을 유정은 뾰로통한 얼굴로 쏘아보았다. 학생회 부회장이라는 지은은 날마다 현건과 붙어 다니며, 선생님들의 칭찬을 받곤 했다.

'치, 내가 지금 6학년이면 언니보다 더 잘할 수 있는데.'

유정은 괜히 발부리에 걸리는 돌멩이를 괴롭히며, 현건의 대답을 기다렸다.

"안 되겠는데, 오늘 얘랑 실내 수영장 가기로 했거든."

현건의 대답이 들려오자, 유정의 얼굴에 묘한 미소가 번져 갔다. 그 기분은 마치 받아쓰기 100점을 맞았을 때와 달리기에서 1등을 했을 때와 날아오는 피구 공을 가까스로 피했을 때와 비슷했다.

승리감에 도취된 유정의 발그레한 얼굴과 달리, 지은의 얼굴에는 그늘이 드리웠다.

"그래? 그럼 난 표본 못 내겠다. 아무리 잡으려고 해도, 내 눈엔 개미 한 마리 안 보이더라고."

힘없이 내뱉는 지은의 말에 유정은 괜히 심사가 뒤틀리는 것 같았다. 저렇게 연약한 척하면서 건이 오빠 옆에 지은이 들러붙어 있을 것을 생각하니 기분이 나빠지는 것 같았다. 차라리 그 곤충인지 벌레인지 같이 잡으러 가는 게 낫겠다 싶었다.

"나도 같이 갈까, 오빠? 수영장 가는 대신 곤충 잡으러 가는 것도 재미있을 것 같아."

배시시 웃으며 속삭이는 유정을 내려다보며 현건이 머뭇거리자, 지은이 얼른 거들었다.

"그래, 네 동생도 같이 가면 되겠다. 그렇지? 꼬마야?"

"나 꼬마 아닌데, 유정인데."

유정은 여전히 뽀로통한 표정으로 지은을 노려봤다. 그 모습을 보고 지은은 귀엽다며 유정의 머리를 쓰다듬었다.

"정말 곤충 잡으러 가도 되겠어?"

"응."

현건의 물음에 유정은 고개를 끄덕이고는 그의 손을 더 꼭 잡으며, 지은을 바라봤다. '건이 오빠는 내가 해 달라는 건 다 해 준다?' 유정은 마치 그렇게 말하고 싶은 듯했다.

생글거리며 제 손을 잡고 재잘거리는 유정의 말에 현건은 지은과 함께 동네 공원으로 향했다. 오빠로서 느끼는 책임감인지 모르겠지만, 분명한 건 아이가 미소 지으며 부탁을 해 올 때는 그 어떤 거절의 말도 꺼낼 수 없다는 것이다.

어느덧 채집 상자 안에는 넓적사슴벌레와 장수풍뎅이가 네 마리나 자리하고 있었다. 현건이 살금살금 움직여서 한 마리씩 놈들을 낚아챌 때마다 여자애 둘은 찬탄 어린 시선으로 그를 바라봤다.

전장에서 승리한 장군이라도 된 듯, 현건은 우쭐해지는 기분이었다.

"이 정도면 된 것 같은데?"

자신의 뒤를 졸졸 따르고는 있었지만, 어린 유정의 얼굴에는 피곤함이 역력해 보였다. 얼른 집에 데려가야겠단 생각에 현건은 공원 화장실로 달려가며 말했다.

"잠깐 둘이 있어. 손에 묻은 흙 좀 씻어 내고 올게."

공용 화장실 건물 안으로 현건이 쏙 들어가 버리자, 지은이 유정을 내려다보며 물었다.

"어이, 꼬마."

"꼬마 아니라니까! 유정이라니까."

"뭐, 암튼. 너 정말 쟤 동생이야? 고현건 동생 없는데?"

유정은 어깨를 으쓱해 보이며 대답했다.

"친동생은 아닌데?"

"그렇지? 내가 알기에는 현건이 동생 없는데. 너 그런데 왜 매일 현건이랑 붙어 다녀?"

"원래 그러니까."

유정은 새초롬한 표정으로 지은을 올려다봤다. 자신이 지은을 올려다봐야 하는 것조차도 유정은 괜히 기분이 상했다. 지은은 유정이 보기에도 꽤 예쁘장하게 생긴 언니였다. 소문에 의하면 회장인 현건과 부회장인 지은은 성적도 1, 2등을 다투는 사이라 했다.

한 번은 심부름 때문에 갔던 교무실에서 둘이 나란히 앉아 시시덕거리며 선생님 책상에서 무언가를 나르고 있는 것을 본 적도 있었다. 그 모습에 샘이 나서 그날은 온종일 기분이 좋지 않았던 것 같다.

"현건이 국제중 간다고 했는데, 나도 거기 갈 거야. 우린 중학교 때도 같이 다닐 수 있을 텐데, 꼬마는 여전히 초등학생이겠네?"

지은의 말에 유정의 심기가 불편해진 것은 당연한 일이었다.

"그래도 우리는 옆집 사니까 매일 볼 수 있어! 거의 매일 저녁도 같이 먹으니까. 그리고 건이 오빠 엄마가 나보고 시집도 오라고 했단 말이야!"

그 말에 지은의 눈동자가 휘둥그레졌다. 이게 소문나면 괜히 자신만 피곤해질 텐데 하는 후회와 무언가 쐐기를 박았다는 쾌감이 동시에 밀려오자, 유정은 턱을 치켜들며 기고만장한 표정을 지어 보였다.

그 미묘한 표정 변화를 눈치챈 지은이 무릎을 굽히며, 속삭였다.

"현건이도 그러라고 했어? 그 아줌마만 그러신 거 아니야? 그리고 그거 알아? 그 아줌마 나도 되게 좋아하신다?"

유정은 시무룩함을 감추려 두 눈에 힘을 주어 보였고 두 여자 사이에 묘한 스파크가 튀겼다. 지은이 뭐라 말을 덧붙이려는데, 저 멀리서 현건이 달려오는 소리가 들려왔다.

"가자, 이제. 유정아, 힘들지? 오빠가 업어 줄까?"

"응!"

유정은 지은에게 혀를 날름거리고는 현건의 너른 등 뒤에 납작 업혔다. 땀으로 젖은 등에 얼굴을 기대자 시큼한 땀 냄새가 코끝을 찔러 왔다. 유정은 괜히 기분이 좋아서 등판에 얼굴을 비벼 댔다.

귀를 쫑긋 세우고 두 사람의 대화를 엿들어도 부족할 판에 유정은 그만 그의 등에 업혀서 잠이 들고 말았다. 지은은 유정이 잠든 틈을 타 조용조용 속삭였다.

"너 국제중 지원했어?"

"어."

현건의 짧은 대답에도 지은은 얼굴을 붉히며 덧붙였다.

"잘됐다. 나도 거기 지원했는데. 우리 그럼 중학교도 같이 다닐 수 있겠다."

"지원했다고 다 붙는 건 아니잖아?"

시큰둥한 현건의 말에 지은은 기분이 상한 듯 새침한 표정을 지었지만, 현건은 아랑곳하지 않았다. 등 뒤에 착 감겨 있는 유정을 데리고 얼른 집에 가야겠다는 생각만 들 뿐이었다.

"있잖아."

무슨 말을 하려는지 지은이 뜸을 들이며 몸을 비비 꼬기 시작했다. 저렇게 여자애들이 자신의 앞에서 몸을 비비 꼬기 시작할 때 무슨 말을 하려고 하는지, 현건은 이미 여러 번 겪어서 잘 알고 있었다. 현건은 무심한 듯 쏘아붙였다.

"알아, 너희 집에 중학생 형 있는 거. 앞으로 이런 숙제는 그형한테 도와 달라고 해. 오늘은 내 동생이 가자고 해서 온 거야. 그리고 숙제는 원래 자기 능력껏 하는 거야."

"얘, 네 친동생 아니라고 하던데?"

"그래, 친동생은 아니야."

"암튼…… 내 말은 그게 아니라."

지은은 무언가 결심을 한 듯 자리에 멈춰 서서는 크게 숨을 들이마셨다. 한 걸음 앞서가던 현건이 지은을 돌아봤다.

"나, 너 좋아해."

현건은 무심하게 고개를 돌리고는 발걸음을 재촉했다. 등 뒤에서 유정이 꼼지락거리는 게 느껴진 것도 그때였다.

"야, 고현건. 넌 여자가 이런 말을 했는데, 왜 아무런 대답도 없냐?"

"얘, 내 친동생 아니야."

"뭐?"

지은이 무슨 뜻이냐는 듯 되물었다.

"내 친동생 아닌데, 내가 이렇게 챙기는 이유가 뭐라고 생각해?"

"뭐?"

또래 남자아이들은 유치하기 짝이 없었지만, 현건은 마치 중학생 오빠들보다 더 오빠 같은 아이였다. 지금 현건이 하는 말도 딱 그랬다. 지은은 그가 말하고자 하는 바를 이해하지 못한 듯 되물었다.

"뭐라는 거야, 지금?"

"못 알아듣겠으면, 말아라. 가라. 난 너한테 관심 없다. 이럴 때는 좋아한다고 말하는 게 아니라, 고맙다고 하는 거야. 내가 네 숙제 도와줬으니까."

현건이 말을 뱉자마자, 지은은 울먹이며 뒤돌아서서 달리기 시작했다. 그 모습을 물끄러미 바라보며 현건이 작게 속삭였다.

"너 깬 거 다 알아."

"나는 오빠 말 무슨 뜻인지 알아."

등 뒤에서 유정이 짓고 있을 표정이 훤히 보이는 것 같았다.

'옛날 옛적에.'

그리 시작하는 동화에나 나올 법한 그런 이야기가 자신의 인생 한 자락에 있었다. 민영은 차유정의 어린 시절을 떠올리며, 앞서 걷고 있는 그의 너른 등을 물끄러미 바라보았다.

3.
그리 감춰졌다

널찍한 호텔 복도를 조용히 그를 따라 걸었다. 사위는 적요했고, 심장은 크게 두근거렸다.

공허히 그의 뒤를 따르고 있자니 어쩐지 쓸쓸한 상념이 몰려왔다. 그렇게나 그리워했던 그를 목전에 두고도 알은체할 수 없는 현실은 계속 현실감 없이 흘러가고 있었다.

그의 전용 엘리베이터인 듯 금빛 카드키를 이용해 탑승한 엘리베이터는 마치 우주의 한 공간을 부유해 어디론가 이동하는 것 같았다.

할리우드 공상과학 영화처럼 이 작은 공간이 멈춰 서면 거짓말처럼 그를 오빠라 부를 수 있는 곳이었으면 좋겠다는 생각에 사로잡히기까지 했다. 부질없는 상상에 민영의 얼굴 위로 자조적인 미소가 떠올랐다 그는 아무 말도 없이 엘리베이터에서 내려서 걷기 시작했다. 열 발자국 정도 그의 뒤를 따랐을까? 커다란 흑단(黑檀) 문 앞에 멈춰 선 그는 복잡해 보이지만 익숙한 동작으로 잠금장치를 해제하고 문을 열었다.

무거운 문을 열고 들어서자, 문 안은 호텔 방이라기보다는 거대한 이층집을 옮겨 놓은 듯한 모양새를 하고 있었다. 1층엔 거실, 주방과 함께 여러 개의 방문이 보였고, 2층은 그곳으로 올라가는 은회색 대리석으로 장식된 계단만 보일 뿐 무엇이 있는지 가늠할 수 없었다.

현건은 호기심 어린 시선으로 이리저리 방 안을 두리번거리는 민영을 물끄러미 내려다보았다. 자신과 나란히 섰을 때, 어깨 언저리에 닿는 키도 유정과 비슷했다. 현건은 그녀의 시선을 따라 방을 한번 훑어보았다.

호텔 리뉴얼과 함께 야경뿐 아니라 주경도 멋진 곳에 자신만의 공간을 만들었다. 호텔에서 일이 늦어지면 집에 돌아가지 않는 날도 더러 있었기에, 이곳은 현건의 간이 집무실이자 거처나 마찬가지인 곳이었다.

유정과 차 교수가 세상을 등지고, 더는 그곳에 살 수 없다 느낀 현건의 가족은 할아버지가 계신 평창동 집으로 들어갔다. 형은 결혼하면서 집을 떠났고, 현건은 공식적인 독립은 아니었지만, 이 공간에서 따로 지내고 있었다.

"마음에 들어요?"

"멋져요. 꼭 호텔 안에 집을 지어 놓은 것 같네요?"

고개를 살포시 돌리며 희미하게 미소 짓는 민영을 마주하자, 현건의 미간이 좁아지며 입술이 비틀렸다. 자신이 아껴 두고 싶었던 미소와 지독히도 닮은 모습. 화가 날 만큼 닮은 그 모습에 누군가 자신을 농락하고 있는 게 아닌가 하는 생각마저 들었다.

오늘 밤 이 여자를 안고 난 후, 푹 자고 일어나면 혹시 유정이 없었던 지난 5년의 악몽에서 깨어나지는 않을까 하는 헛된 희망마저 가슴속 깊은 곳에서 부풀어 나고 있었다.

"2층에 있는 욕실 써요. 난 여기 1층에 있는 욕실 쓸 테니."

그 말이 무슨 뜻인지 단박에 알아차린 듯 그녀의 얼굴이 새빨갛게 달아올랐다. 수줍은 듯 얼굴을 붉히는 모양새에 현건의 심장이 요동쳤다. 그녀가 2층으로 올라가는 것을 지켜보던 현건은 무심한 척 1층 욕실로 향했다.

차가운 물줄기가 머리를 타고 내려가며, 세차게 뛰고 있는 심장을 지나 후들후들 떨리는 다리를 타고 바닥으로 흩뿌려졌다. 오늘 밤 그녀를 품어서, 그걸 빌미 삼아 그녀를 곁에 묶어 두고 싶었다. 아주 치사하고, 옹졸하게라도.

유정이 아니라도, 그저 혼자서만 유정이라 생각하면 된다고 여겼다. 윤민영이라는 여자에게는 미안한 일이지만. 현건은 이기적인 생각으로 머릿속을 가득 채우며 수전을 잠갔다.

2층에는 커다란 침대와 작은 테이블, 의자 몇 개가 놓여 있는 게 전부였다. 민영은 자신의 발자국이 남는 것도 아닌데, 조심조심 발걸음을 옮겨 욕실로 보이는 곳으로 향했다. 문이 없는 좁지 않은 대리석 통로를 지나자, 야경이 내려다보이는 커다란 욕실이 나타났다.

욕실 안에는 상아색 자쿠지 욕조와 커다란 샤워부스가 있었고, 세면대 옆으로는 현건이 사용하는 것으로 보이는 화장품과 향수가 놓여 있었다.

'여전히 이거 쓰는구나.'

민영은 떨리는 손으로 향수병을 들어 코에 가까이 대 보았다.

코를 통해 들어온 향기가 폐부 깊숙한 곳에 억센 그리움을 돋아나게 했다. 이와 비슷한 향을 풍기는 남자가 지나가기만 해도 가슴이 저릿했었다. 보지 않으려, 듣지 않으려 하는 것보다, 그리운 향내를 맡지 않으려 하는 것이 때론 가장 어려운 일처럼 느껴지곤 했었다.

다시 그를 만난다면 어떨까 하는 생각을 하기도 했었다. 아주 잠시라도 다시 그와 만나 봄날 같은 시간을 보낼 수 있다면 어떨까 하는 상상을 하며 스스로를 괴롭히기도 하고, 운명이라면 언젠가는 다시 만나게 될 거라는 진부한 표현을 믿으며 무지갯빛 상상으로 헛된 희망을 품기도 했었다.

그 헛된 희망이 현실이 되려는 듯 눈앞에 나타난 현건 앞에서 민영은 아무것도 할 수 없었다.

무슨 생각으로 자신이 이곳에 따라왔을까 하는 후회가 밀려온 것도 잠시, 오늘 밤만 보내고 사라진다 해도, 잠시 그와 꿈결 같은 시간을 보낸다 해도 괜찮을 것이라 생각하며, 민영은 한숨을 집어삼켰다.

절대 자신의 존재를 누군가가 알아서는 안 된다고 했던 아버지의 말이 머릿속을 스치고 지나자, 민영은 쓰게 웃었다. 그래, 차유정만 아니면 되는 거다. 자신은 지금 윤민영이니까.

따스한 물로 몸을 데워 가는 동안, 가슴속은 이미 현건의 생각으로 가득 차 들끓고 있었다. 아련한 그의 눈동자가 자신을 윤민영이 아닌 차유정으로 보고 있다는 것을 민영은 알고 있었지만, 애써 무시했다.

그저 누구도 아닌, 서로를 원하는 두 남녀가 되는 것이라 여기며, 민영은 떨리는 몸을 샤워 가운으로 여민 뒤 욕실 밖으로 향했다.

조금 전에 지나왔던 통로를 걷는데, 들어올 때는 미처 신경 쓰지 못했던 곳에 걸려 있는 액자가 눈에 들어왔다. 액자 속 사진을 마주한 민영은 누군가 자신의 심장을 꽉 틀어쥔 채 이리저리 흔들고 있는 것 같았다. 마치 자신의 운명과 같이.

유정의 영정사진으로 쓰인, 고등학생 시절 증명사진이 작은 액자에 들어가 그곳에 걸려 있었다. 마치 사진 속 그녀를 기리듯 액자 위에는 호박빛깔 할로겐램프가 환히 빛나고 있었다.

아침에 일어나서 욕실로 향하는 길, 그는 이 사진을 보고 인사를 건넸을 것이다. 또 일을 마치고 돌아와 침대로 들어가기 전 이

사진을 보고 안부를 전했을 것이다. 민영은 벅차게 차오르려는 눈물을 지그시 눈꺼풀을 가라앉히며 막아 냈다.

다시 차유정으로 살 수는 없을까. 행복했던 그 시절로 돌아갈 수는 없을까.

눈물을 삼켜 내고 숨을 몰아쉬었다.

어쨌든 지금 당장은 그가 곁에 있으니까.

눈물진 얼굴에 살며시 미소가 떠올랐다. 현건의 존재는 차유정이라는, 윤민영이라는 여자에게 그런 남자였다. 존재를 가늠해 보는 것만으로도 피식 웃음 지으며 찰나의 행복을 만끽할 수 있는.

침실로 나가자, 1층에 있을 거라 여겼던 현건이 올라와 있었다. 머뭇거리며 서 있는 민영을 현건이 가라뜬 눈으로 바라봤다. 검은 그의 눈동자에는 깊이를 가늠할 수 없는 슬픔이 배어 있었다.

물기가 뚝뚝 떨어지는 머리카락이 이리저리 흩어져 있었고, 민영과 같은 샤워 가운을 입고 있는 그에게서 익숙하고도 달콤한 향수 냄새가 풍겨 왔다. 민영은 그의 체취와 섞인 달콤함을 오랜만에 폐부 깊숙한 곳까지 밀어 넣었다.

"여기 앉아요."

"네."

그는 민영의 앞에 놓인 크리스털 잔에 장밋빛 와인을 채우고 있었다. 조용한 공간을 휘젓는 와인 따르는 소리에 민영은 작게 들려오는 음악을 그제야 인지했다.

'오빠, 이거 누구야?'

'작곡가를 묻는 거야? 연주가를 묻는 거야?'

영어 독해 문제와 씨름하며 인상을 잔뜩 찌푸리고 있던 유정이 고개를 들고 현건을 바라보았다.

'작곡가는 바흐, 연주가는 파블로 카잘스야.'

'아, 근데 뭐 연주가 이름까지 알아?'

'바흐의 첼로 조곡은 연주가의 기술이나 표현력에 따라서 그 깊이가 달라져. 그중 최고라 불리는 사람이 파블로 카잘스야. 이왕 들을 거 최고로 들어야지.'

'잘난 척 대마왕.'

유정은 키득거리며 식탁 밑에서 발을 움직여 현건의 발등을 간질이며 장난쳤다. 현건도 지지 않으려는 듯 두 발을 벌려 유정의 발을 자신의 발 사이에 가두고는 옴짝달싹 못하게 만들었다.

'잡았다!'

'아파!'

'그럼 처음부터 장난을 치지 말았어야지. 얼른 문제나 풀어.'

'치.'

'장난 못 치게 계속 이러고 있을 거다.'

발이 얽힌 채로 둘은 식탁 앞에 마주 보고 앉아서 피식거리며 책 속에 시선을 묻었다.

"파블로 카잘스."

시린 추억이 서린 고요한 그녀의 목소리가 첼로 선율 사이로 스며들었다. 낮고 건조한 음성이 들려온 것도 그때였다.

"음악을 잘 아시나 봐요?"

"아니요."

민영은 서글픈 현실과 함께 와인을 한 모금 삼켰다. 상념 어린 한숨이 입 밖으로 새어 나왔다.

"그런데 어떻게 연주자를 맞추죠? 흔한 재주는 아닌데?"

그의 물음에 또다시 의구심이 묻어났다.

"아는 연주자가 많지 않아서요. 그냥 어림짐작해 본 건데, 들어맞았을 뿐이에요."

거짓말이 계속되니 목이 말라 왔다. 민영은 크리스털 잔에 남아 있는 와인을 단숨에 들이켰다.

"술, 잘하나 봐요?"

민영은 피식 웃으며 작게 속삭였다.

"아니요."

"와인은 참 위험한 술이죠. 앉아서 들이켤 땐 모르는데, 자리에서 일어나면 머리가 핑 돌면서 취기가 한꺼번에 올라오거든요."

민영은 자신의 앞에 놓인 빈 크리스털 잔을 다시 장밋빛 와인으로 채우는 현건을 물끄러미 바라봤다.

"그리고 술에 취하면 참 신기한 일들이 많이 일어나잖아요?"

"어떤?"

민영의 되물음에 현건은 부드럽게 미소 짓고 있던 얼굴을 무섭게 굳히며 대답했다.

"취중진담이라는 말이 있죠. 예를 들면 숨겨진 비밀 같은 걸 털어놓을 수도 있고."

그의 눈동자가 형형하게 빛나고 있다고 느껴지는 것이 자신의 기분 때문만은 아니라 여긴 민영은 천천히 채워진 잔으로 손을 뻗으며 웃었다.

"겁나요?"

"뭐라고요?"

"날 안는 게 겁나요?"

민영은 그에게서 눈을 떼지 않은 채 와인을 한 모금 머금었다. 그를 도발하기는 했지만, 긴장감 때문에 목 언저리가 타오르는 듯했다.

"그런 겁을 내는 남자도 있나?"

그는 검은 눈동자를 빛내며 영혼마저 관통해 버릴 듯한 시선으로 민영을 바라봤다.

"그럼 이상한 취미라도 있어요? 관음증 같은?"

"뭐라고요?"

어이가 없다는 듯 의자에 비스듬히 기대앉으며 그는 팔짱을 꼈다. 무슨 말이든 더 해 보라는 듯 턱을 슬며시 치켜들어 보이기까지 했다. 약이 바짝 오른 것 같은 현건의 모습에 민영은 티격태격 서로를 놀려 먹던 동화 같은 지난날이 떠올라 가슴 한구석이 아릿해져 왔다.

그래 봐야 쓸모없는 기억인 것을, 민영은 와인잔 밑동을 잡고는 뱅그르르 돌리며 입을 열었다.

"속궁합이 어쩌고 하면서 데리고 와 놓고, 비밀이 어쩌고 하면서 캐묻는 거 웃기잖아요. 일종의 정신적 관음 증세인가 해서요. 원래 그렇게 남에 대해 이러쿵저러쿵 넘겨짚고 캐묻는 거 좋아해요?"

"관심이라는 좋은 말도 있는데, 관음이라는 말은 너무 격하지 않나? 그리고 누구나 비밀은 궁금해하지 않아요?"

민영은 크리스털 잔 내벽을 흘러내리는 장밋빛 흐름을 바라보다가 천천히 시선을 옮겨 그를 바라봤다.

"비밀은 여자를 더 매혹적으로 만드는 법이죠."

술기운 때문인지 머리가 핑그르르 도는 것 같았다. 머릿속은 온통 뒤죽박죽된 과거와 현재의 상황들로 어지러운데, 그녀의 몸은 온 힘을 다해 그를 유혹하려 애쓰고 있었다.

커다란 눈망울에는 남자를 자극하기에 충분한 물기가 어렸고, 두 뺨은 불꽃에 데기라도 한 듯 붉게 물들어 갔다.

그저 자신의 비밀을 숨기려 했던 거짓 언어들까지 그를 유혹하기 위한 문장으로 변해 갔다. 눈물이 흘러나올 것만 같은 상황에, 그를 붙들고 목 놓아 울고 싶은 순간에, 민영은 진심을 숨겨야만 했다. 아이러니하게도 그의 품에 안길 수 있기를 간절히 바라며.

"더 이상 캐묻지 말라는 뜻인가?"

그의 질문에 민영은 대답 없이 와인을 단숨에 들이켰다. 그녀는 천천히 테이블 위에 와인 잔을 내려놓으며 나긋이 속삭였다.

"궁금증을 해결하는 데도 순서가 있죠, 먼저 궁금해했던 것부터 해결하시죠?"

민영이 고개를 갸웃하며 한쪽 입꼬리를 올리고는 웃었다. 그 웃음이 신호탄이 된 듯 그가 자리에서 일어났다.

현건은 천천히 그녀의 옆으로 다가섰다. 자신이 다가가자 그녀도 의자에서 일어났다. 여자를 내려다보는 내내 심장이 터질 듯 두근거렸다. 모호한 말을 내뱉으며 자신을 유혹하는 이 여자를 향해 자신이 뭘 해야 하는 지 머리는 알지 못했지만, 몸은 분명하게 알고 있는 듯했다.

육체적 결합으로 다 알아낼 수 없는 일이라 하여도, 지금 당장은 서로의 욕망에 충실하는 것이 전부라 여기기로 했다. 현건은 엄지로 민영의 아랫입술을 느리게 훑어 냈다. 그 움직임에 그녀의 입에서 떨리는 숨결이 새어 나왔다.

그 숨결을 집어 삼키듯 현건은 얼굴을 내려 민영의 입술 위에 자신의 입술을 포개었다. 커다란 손으로 여린 턱을 감싸 쥐었다가 목선을 따라 움직였다. 샤워 가운을 손으로 젖히며 그녀의 맨 어깨를 그러쥐자, 놀란 듯 작은 몸이 움찔하는 게 느껴졌다.

그 움직임에 현건은 입술을 슬쩍 떼어 내고 속삭였다.

"겁이 나는 건 그쪽 아닌가?"

"여기까지 와서 뭘 겁내겠어요?"

"그럼 뭘 그렇게……."

놀라느냐 물으려던 현건의 말은 거기서 멈췄다. 민영은 현건의 목에 팔을 감으며 그의 입술에 자신의 입술을 겹쳤다. 그의 말처럼 술은 참으로 신기한 액체인 듯 영문 모를 용기를 샘솟게 했다.

민영의 그런 유혹에 화답하듯 그는 품 안 깊숙이 그녀를 끌어안고는 움직이기 시작했다. 뒷걸음질 치던 그가 어디선가 멈춰 섰고, 민영은 자신의 몸이 풀썩 침대 위로 눕혀지는 게 느껴졌다.

순식간에 가운 깃이 활짝 벌어졌고, 그의 커다란 손이 왼쪽 가슴을 움켜잡았다. 아픔이 느껴지지는 않았지만, 목울대에서 가느다란 신음이 새어 나왔다. 그 소리에 그는 입술을 옮겨 가기 시작했다.

붉은 입술이 뜨거운 도장을 찍어 내듯 민영의 목덜미와 쇄골을 따라 내려갔다. 야들야들한 피부를 깨물고 빨아들이던 그의 입술이 덥석 가슴을 입에 물자, 민영의 입에서 더운 숨이 터져 나왔다.

허리를 비틀며 신음을 삼키고 있는 여자의 얼굴이 보고 싶어서 현건은 다시 입술을 옮겨 갔다. 좀 전보다 더 높은 온도로 달아오른 그녀의 입술을 집어삼키고, 입안을 이리저리 유영했다. 무자비한 달콤함이 입안으로 퍼지며 온몸이 잠식당할 것만 같아서 현건은 천천히 입술을 떼어 냈다.

동그란 그녀의 이마에 자신의 반듯한 이마를 맞댄 채, 현건은 잠시 차오른 숨을 골랐다. 슬며시 눈을 뜨자, 그녀의 떨리는 속눈썹이 보였다. 핑크빛으로 물든 뺨에 수없이 입을 맞추고 핥아 내고 싶은 충동을 따르려는 찰나, 현건은 정신이 번쩍 들고 말았다.

도자기를 빚어 낸 듯 결 고운 그녀의 피부에 남아 있는 작은 결점이 현건의 머리를 어지럽히며, 사고를 멈췄다. 왼쪽 볼 아래 파인 아주 작은 수두 자국, 웃을 때면 보조개와 겹쳐져서 가까운 데서 보지 않으면 절대 발견할 수 없는 흉터였다.

눈썹을 찌푸린 그가 시선을 대각선으로 올렸다. 오른쪽 눈썹 위에 자리한 흐릿한 갈색의 작은 점.

현건은 재빨리 침대에서 몸을 일으켜 그녀를 등지고 앉았다. 윤민영이라는 여자로 인해 차오르던 심장이 바닥을 나뒹구는 듯했다.

외모가 닮았을지라도, 목소리가 닮았을지라도, 어떻게 얼굴에 남은 작은 흉터와 점까지 같을 수 있을까? 누군가 심한 장난을 치고 있는 것인지 아니면 자신의 열망이 일으킨 착각과 함께 급기야는 실성한 것인지.

현건은 무엇인지 정체 모를 불안감을 떨치기 위해 그녀에게 시선을 돌렸다. 침대에 몸을 누이고 있던 그녀도 이상한 낌새를 알아챘는지, 가운 깃을 여미며 몸을 일으킨 상태였다. 윤민영이라고? 현건은 괜히 차오르는 분노를 가라앉히며 입을 열었다.

"일을 좀 해야 할 것 같네요. 결재할 서류를 깜빡한 게 있어서. 좀 자 둬요. 피곤해 보이네요."

나지막한 그의 목소리가 방 안을 부유했다. 그가 1층으로 급하게 발걸음을 옮기는 모습은 위태로워 보이기까지 했다.

멀어지는 그의 뒷모습을 민영은 허망한 두 눈으로 좇았다. 앞뒤 재지 않았던 불장난은 여기까지다. 민영의 얼굴에 쓴웃음이 떠올랐다. 5년을 숨어 살았는데, 노인의 제안에 바보같이 이곳까지 발걸음한 자신이 한심하게 느껴졌다. 그마저도 숨어 버렸으면 될 것을.

민영은 그가 누워서 잠을 청할 침대에 가만히 손을 가져다 대었다. 내가 차유정이었다면, 지금 이 자리에 누워서 사랑을 속살거릴 수 있었을까? 아무짝에 쓸모없는 상상을 치워 내듯 민영은 몸을 일으켜 욕실로 향했다.

세면대 위에 곱게 접어 두었던 옷을 입으며 괜한 눈물이 흘러내리려는 것을 민영은 꾹꾹 참아 냈다. 처음부터 부질없는 희망이었고, 헛된 밤이었고, 소용없는 재회였다.

조용히 계단을 내려와, 두꺼운 나무 문 앞에 선 민영은 한숨을 폭 내쉬었다. 문을 어떻게 열어야 하는지 몰라 머뭇거리는데 그의 건조한 음성이 들려왔다.

2층에서 내려온 현건은 곧장 1층에 있는 서재로 향했다. 방문을 닫은 현건은 박 실장에게 전화를 걸었다. 투자회사를 사들이면서 그는 정재계에서 유명하다는 정보통을 여럿 포섭해 둔 터였다. 그들과 내일 오후 차례대로 회의를 잡으라고 지시했다.

차유정과 윤민영의 관계가 대체 무엇인지, 모든 수단과 방법을 가리지 않고 알아내고야 말겠다고 생각하며, 현건은 서재를 나섰다. 쿵쾅거리는 심장을 달래며 곧장 2층으로 향하려는데, 어둠 속 문 앞에 서 있는 인영이 눈에 들어왔다.

"뭐 해요, 거기서?"

".……아……."

그녀는 갑작스러운 부름에 놀란 듯 흠칫하며 돌아섰다.

"피곤해 보인다고 좀 쉬라고 했던 말, 못 들었나?"

낮게 가라앉은 목소리는 자신의 귀에도 서늘하게 들렸다. 그만큼 심기가 불편하다는 증거였다. 자신의 품에 안기겠다고 온몸으로 유혹할 때는 언제고, 도망치듯 사라지려 한 여자의 존재가 괘씸해졌다.

그녀는 오도 가도 못하는 상황에 그저 그 자리에 붙박인 듯 서 있기만 했다. 대담하게 놀리던 그 작은 입은 짧은 대꾸조차 하지 못했다.

"올라가요."

현건은 민영의 손을 잡아채서는 2층으로 향했다.

욕망에 휩싸여 제대로 보지 못했던 것이 있었다. 그저 닮았다는 생각에 닮은 점만 생각하고, 그리운 점만 들춰내려 했다. 그런데 계단을 비추는 호박색 등 아래서 보니, 민영은 참으로 안쓰러운 모양새를 하고 있었다.

곧 쓰러질 듯 창백한 얼굴, 가냘프다 못해 메마른 몸, 현건은 심장이 죄어 오는 듯 통증이 느껴지는 것만 같았다. 왜 똑같은 얼굴을 하고 이리도 불쌍한 모습을 하고 있는지, 숨이 턱 막혀 왔다.

침대 앞에 선 현건은 엉망이 된 마음을 정돈하듯 마른세수를 하며, 한숨을 한번 내쉬었다.

"일단 좀 쉬어요. 여기서 나가려면 내가 동행해야 하는데, 내가 지금 나갈 수 없어서 그래요. 괜찮으면 내일 아침 일찍 같이 나가요."

현건의 목소리는 이제 평상시와 다를 바가 없었다. 그 평삼심 속에 묻어난 복잡다단한 서글픔에 민영은 그저 고개를 끄덕였다.

민영이 침대에 몸을 누이자, 현건도 그녀의 옆에 풀썩 몸을 누였다.

커다란 통유리 창으로 들어오는 햇살이 반쯤 쳐진 커튼에 가려 민영의 얼굴에는 닿지 않았다. 현건은 그녀가 따사로운 햇살로 인해 고운 잠에서 깨어나지 않도록 두꺼운 커튼을 유리창에 드리웠다.

지금쯤 아마 선본 여자와 이곳에서 밤을 보냈다는 소식이 할아버지의 귀에 들어갔을 것이다. 당분간 선보란 말은 없을 거라는 생각과 눈앞에 있는 이 여자를 어떻게 해야 할까 하는 번민이 현건의 입가에 쓴웃음을 만들어 냈다.

침대에 팔을 괴고 누워서 여전히 새록새록 숨소리를 내며 자고 있는 민영의 얼굴을 한참 동안 바라봤다.

'민영이라……. 윤민영…….'

하얀 뺨 위로 흘러내린 머리칼을 귀 뒤로 넘겨 주려는데, 그녀가 살포시 눈을 떴다. 현건과 눈이 마주친 그녀는 깜짝 놀라 허둥대더니 입을 열었다.

"지금 몇 시예요?"

"8시."

그녀는 다행이라는 듯 한숨을 내쉬었다.

"왜요? 어디 급하게 가야 해요?"

"10시에 약속이 있어서요."

현건은 침대에서 몸을 일으키며 말했다.

"그럼, 아침 먹고 9시쯤 나랑 같이 나가요."

"죄송해요. 집에서 챙겨 나가야 할 게 있어서, 지금 가 봐야 할 것 같아요."

"그럼, 데려다줄게요. 준비하고 있어요."

1층으로 향하는 현건의 뒷모습에는 스산함이 가득했다.

4.
눈물겹도록 아름다웠던

　현건과 함께 방에서 나온 민영은 복도를 걸으며 주변을 두리번
거렸다. 어두울 때는 깨닫지 못했던 것들이 날이 밝으면 괜한 수
치를 불러일으킬 때가 있다. 그런 그녀의 움직임을 눈치챈 현건이
짓궂게 민영의 어깨를 감싸며 속삭였다.

　"누가 볼까 겁나요?"

　"이 호텔 운영한다고 했잖아요. 잃을 게 많은 건 그쪽이죠."

　자신을 위한 것이 아닌, 현건을 위한 행동이었다는 그녀의 말
에 괜한 미소가 피어올랐다.

　"난 겁 안 나는데?"

　현건은 보란 듯이 그녀의 허리를 감싸서 자신의 쪽으로 끌어당
겼다. 엘리베이터 앞에 선 민영은 그의 품에 안겨 있는 꼴이 되어
버렸다.

"겁 안 나요. 당신이 누구든. 나에게 뭘 하든. 다른 누가 보든. 내가 뭘 잃든. 그러니까."

현건은 일부러 시간을 끌었다.

"그러니까 어젯밤처럼 겁먹고 도망가려고 하지 마요."

그 순간 핑 하고 엘리베이터가 도착하는 소리가 들려왔다.

그 소리에 민영의 심장은 더 크게 두근거렸고, 현건은 자신이 놓치고 있는 그 어떤 지점을 찾으려고 애쓰듯, 과거 어딘가를 되돌리고 있었다.

✻

새벽녘까지 친구들과 술자리를 함께 했던 현건은 미처 옷도 갈아입지 못하고 침대에 누워 뻗어 버렸다. 그런 그를 깨운 것은 어머니의 지독한 잔소리도, 시끄럽게 울어 대는 알람 시계도, 커다란 창을 통해 들어오는 따사로운 햇살도 아니었다.

이마를 시작해 콧등을 타고 내려와 인중 언저리에 맴을 돌고 있는 여린 손끝, 현건은 눈을 번쩍 뜨며 유정의 손목을 낚아챘다.

"너 내가 자고 있을 때 방에 들어오지 말라고 했지?"

그 물음에 유정은 새초롬한 표정을 지으며 대답했다.

"당연히 깨 있을 줄 알았지, 지금이 몇 신데?"

"언제부터 와 있었어?"

"방금 왔어."

"그리고 너 누가 외간 남자 침대에 이렇게 벌러덩 누우래?"

그 물음에 유정은 예쁜 미소를 지어 보이며 속살거렸다.

"오빠가 외간 남자였어?"

유정이 제 옆에 엎드린 채로 팔에 얼굴을 묻으며 수줍게 웃자, 현건도 피식 웃으며 몸을 일으켜 유정과 똑같은 자세로 엎드렸다.

이대로 그냥 일어났다가는 가뜩이나 아침이면 꼿꼿해지는 그곳이 유정이 덕에 부풀 대로 부풀어 올라 입고 있는 트레이닝복을 뚫고 나올 것만 같았다.

올해 열아홉이 된 유정은 막 피어나려는 복사꽃처럼 싱그러웠다. 피 끓는 스물넷 현건이 얼마나 많이 참고 있는지를 이 녀석은 아는지 모르는지, 휴일 아침이면 이렇게 침대에 누워서 자신을 깨우곤 했다.

"어젠 왜 또 술을 그렇게 많이 마셨어?"

"넌 오늘 아침엔 또 왜 왔어?"

"보고 싶어서. 내가 묻는 말엔 대답 안 해 줄 거야?"

"친구가 느지막이 군대 가서."

"아."

유정은 샤프를 검지와 중지 사이에서 빙그르르 돌리며 물었다.

"이건 어떻게 풀어?"

"줘 봐."

현건은 유정의 문제집에 풀이 과정을 써 가며 미적분 문제를 풀기 시작했다. 풀이 과정이 아래로 늘어짐과 동시에, 현건의 아랫도리도 어느새 서늘해지는 것 같았다.

"오빠 내가 있어서 안 외로웠지?"

"응?"

"오빠 군대 갔을 때."

"글쎄."

날마다 편지를 보내오고, 때마다 면회를 오던 순정파 소녀 유정은 현건이 군 생활을 무사히 마칠 수 있던 버팀목이었다. '그럼'이라고 당연하다는 듯 대답해 주기 싫어서, 대답을 얼버무렸다.

"자, 됐지?"

"치."

"뭐가?"

유정은 현건의 손에 있던 샤프를 뺏어다 문제집 빈 공간에 무어라 쓰기 시작했다.

[얼굴은 잘생겼는데, 미적분 문제도 척척 풀 만큼 똑똑한데…….]

그러고는 잠시 뜸을 들이는 유정에게 현건이 물었다.

"근데?"

"못돼 처먹었어."

"뭐? 요게 아주!"

현건이 유정의 목을 팔로 감고는 마구 간지럼을 태우기 시작했다. 유정은 까르륵거리며 몸을 뒹굴었고, 항복이라 소리치며 발버둥 쳤다.

"항복?"

현건이 그리 물었지만, 유정은 대답이 없었다. 장난을 치다 보니 유정의 위에 현건의 몸이 자연스레 포개져 있었다. 하얀 두 빰이 붉게 물든 채, 까만 눈을 반짝이며 자신을 올려다보는 유정을 발견한 현건은 급하게 몸을 일으키며, 머리를 긁적였다.

"나가 있어. 나 옷 갈아입게."

"응? 응."

문제집을 들고 나오는 유정의 얼굴에는 수줍은 미소가 떠올라 있었고, 현건은 그저 더운 숨을 뱉어 낼 뿐이었다.

1년만 참자, 1년만. 현건은 고작 1월밖에 되지 않았는데, 올 한 해는 며칠이나 남았는지를 손가락으로 꼽아 보고 있었다.

유정이 스무 살이 되면 딱 2년만 진하게 연애하고, 그녀가 스물둘이 되고, 자신이 스물일곱이 되는 해에 결혼해야지 하고 생각했다. 어릴 적에는 그저 자신의 동생이라 여겼던 아이, 그 후로는 지켜 주고 싶었던 아이, 아이가 원하는 건 뭐든 다 들어주고 싶었던 그.

성인이 되고 난 후, 현건은 날마다 그녀의 나이를 탓했다. 자신은 속이 컴컴한 남자가 되어 가고 있는데, 유정은 여전히 어렸다.

어린 유정을 두고 대체 무슨 생각을 하느냐며 자신을 자책하기도 했었지만, 그래도 결론은 하나였다.

평생을 꿈꿔 온 단 하나뿐인 나의 연인.

현건은 자신의 아래에 몸을 누이고 어쩔 줄 모르는 표정을 지었던 유정의 얼굴을 계속 떠올렸다. 언젠가는 유정을 사랑으로 품을 수 있을 거라 여기며.

유정이 수능을 마친 겨울, 이제 그녀는 수학 문제가 아닌 대학교 입시 설명회에서 받은 정보지를 갖고 현건의 방을 찾곤 했다. 이제는 정말 숙녀가 된, 스무 살 유정의 모습에 현건은 자꾸만 가슴이 벅차올랐다.

유정은 대학교 입시 설명회 자료를 펼쳐 보이며 울상을 지었다.

"오빠네 학교 영문과는 못 가겠다. 너무 높아."

"어차피 나도 1년 있으면 졸업인데, 뭐."

알아서 잘 하던 아이였는데, 수능을 생각했던 것보다 잘 보지 못했다며 유정이 울먹였을 때, 현건은 함께 울고 싶었다. 1년이라도 유정이와 함께 캠퍼스를 누비고 싶었는데, 현건은 한숨을 폭 내쉬었다.

"그럼 여기랑, 여기랑, 여기 넣으면 되겠다."

유정이 고른 대학교의 정보지를 한데 모아서 옆으로 치운 현건은 여대 정보지를 유정의 앞으로 슥 밀었다.

"여대 가라고?"

"응."

"왜? 나 여중, 여고 나왔어! 대학은 여대 가기 싫어."

발끈하며 팔짱을 껴 보이는 유정을 향해 현건이 미간을 좁히며 물었다.

"차유정."

"왜?"

"너 다른 남자 필요해?"

"뭐? 무슨 소리야? 여중, 여고 나와서 여대 가기 싫다는 거랑, 그거랑 무슨 상관이야?"

유정은 영문을 모르겠다는 듯 어깨를 으쓱해 보였다.

"그러니까 다른 남자 필요하냐고, 나 말고."

그리 말하는 현건의 음성에는 평소의 장난기가 쏙 빠져 있었고, 진중하기 이를 데 없었다. 그제야 유정의 얼굴에 미소가 피어올랐다.

"오빠는 남대 아니고 남녀가 함께 다니는 대학 다니고 있잖아? 뭐 남대가 없기는 하지만. 근데 왜 나는 여대 가야 해? 오빠가 대학에서 미팅을 했을지, 소개팅을 했을지 어떻게 알아? 그리고 내가 어린 나이에 남자 보는 눈이 좀 떨어져서 잘못 골랐을 수도 있잖아?"

유정은 장난이라 떠들고 있었는데, 현건의 표정이 무섭게 굳어 갔다.

"오, 오빠?"

그의 턱이 잔뜩 굳은 채로 입술이 가늘게 맞물려 있었다. 미간에는 미세한 주름이 잡혀 있었고, 한쪽 눈썹이 치켜 올라가 있는 상태, 명백하게 현건이 화가 났다는 증거였다.

"그래서 다른 놈이랑 그런 것도 해 보고, 저런 것도 해 보시겠다?"

낮게 울리는 현건의 음성에 유정은 움찔해서는 대답 없이 그를 바라봤다.

"그러기만 해 봐, 차유정. 그 새끼 내가 찢어 죽일 테니까."

유정은 천천히 자리에서 일어나 현건이 앉아 있는 의자 옆에 섰다. 그는 유정이 다가왔음에도 시선조차 돌려 주지 않았다. 유정은 후드 티셔츠 주머니 속에 넣어 두었던 여러 번 접힌 A4용지를 꺼내어 그의 앞에 내려놓았다.

"이게 뭐야?"

"펴 봐."

현건은 한숨을 내쉬며 꼬깃꼬깃한 종이를 펼쳤다. 종이를 펼치는 동안 현건은 화를 삭이려 노력했다.

한 번도 유정에게 직접적으로 화를 낸 적은 없었다. 그런데 다른 남자랑 뭘 해? 대학이고 뭐고 꽁꽁 묶어서 자신의 곁에만 두고 싶은 마음이 굴뚝같았다.

그런데 종이를 편 순간, 현건의 얼굴에 허탈한 미소가 떠올랐다.

"차유정, 너 진짜!"

[○○대학교, 영문학과, 2차 수시 합격을 축하합니다.]

현건은 냉큼 자리에서 일어나 배시시 웃고 있는 유정을 내려다보았다.

"나는 워낙 똘똘해서, 어릴 때부터 사람 보는 눈이 있었다니까. 내가 다른 남자가 왜 필요해. 오빠만 있으면 되는데."

현건은 유정을 와락 끌어안았다. 더 이상 감정을 억누르고 싶지 않았다. 품 안에서 속살거리는 유정의 목소리가 들려왔다.

"오빠 심장 되게 크게 쿵쾅거려."

"너 때문이야."

"오빠 때문에 내 심장도 쿵쾅거리는 거 알아?"

유정의 물음이 현건의 입가에 미소를 만들어 냈다. 기쁨이 충만해서 도저히 입꼬리를 올리지 않고는 견딜 수 없는 그런 표정 말이다.

"몰라. 모르니까 매번 알려 줘. 알겠지?"

가슴팍에 머리를 기댄 유정이 끄덕이는 게 느껴졌다. 현건은 입술을 내려 유정의 정수리에 슬쩍 입을 맞췄다.

첫 데이트가 있던 토요일, 유정은 데이트할 때는 남자가 데리러 오는 거라고 했다며, 현건에게 자신을 데리러 오라고 했다. 바로 옆집에 살면서 새삼스럽게. 그리 생각하면서도 현건은 피식 웃으며 집을 나섰다.

생각해 보니 유정이 아주 어릴 적부터 현건은 그녀를 데리러 이곳에 자주 오곤 했었다. 그럼 그때도 데이트라 할 수 있나? 그 어릴 적 등하굣길도. 피식 터져 나오는 웃음을 참지 못하고 대문 앞을 서성이는데, 유정의 목소리가 들려왔다.

하얀 철제문을 열고 나오는 유정의 모습에 현건은 넋을 잃고 그녀를 바라봤다. 다홍색 반코트에 까만 미니스커트를 입고, 까만 부츠를 신은 그녀는 긴 생머리를 찰랑거리며 웃어 보였다. 늘 보았던 모습인데, 그날따라 그녀의 미소에 현건은 심장이 터질 듯 두근거리는 것 같았다.

겨울이면 흔히 상영되는 로맨틱 코미디 영화를 손을 꼭 잡은 채로 봤다. 그 시절 유행했던 패밀리 레스토랑에서 함께 저녁을 먹었고, 둘은 손을 꼭 붙들고 집으로 돌아왔다. 예전에도 함께 영화를 보고, 밥도 먹고 했지만, 그날은 여느 때와 다른 기분이 들었다.

"추워?"

"괜찮아."

현건은 잡고 있던 유정의 손을 놓고는 그녀의 어깨를 감싸 안았다.

"이럴 땐 춥다고 하는 거야."

유정이 수줍게 웃으며 현건을 올려다보았다. 두근거리는 그의 심장은 갈피를 잡지 못하고 제멋대로 튕기며 심장박동 수를 올리고 있었다.

가만히 서로를 바라보고 있는데, 클랙슨 소리가 들려왔다. 좁은 골목길에 차 두 대가 마주쳤고, 현건은 유정을 벽에 붙여 세운 뒤 그 앞을 가로막고 섰다.

현건의 뒤로 아슬아슬하게 두 자동차가 지나쳐 갔다. 현건은 차의 후미등이 점멸하며 멀어지는 것을 물끄러미 바라보다 시선을 옮겨 유정을 바라봤다. 그의 한쪽 팔은 유정의 머리 옆 벽을 짚고 있었고, 다른 쪽 팔은 여전히 유정의 어깨를 감싼 채였다.

어색한 듯 유정이 배시시 웃어 보였다. 그 미소가 너무 예뻐서 현건은 심장을 가눌 길이 없었다. 현건은 천천히 유정의 이마에 입을 맞추며 크게 숨을 들이마셨다. 향긋한 샴푸 냄새가 현건의 폐부 깊숙이 들어와 심장을 간질였다.

"좋다. 우리 유정이 냄새."

"나도 오빠 냄새 좋아."

"정말?"

그리 묻는 현건의 입술은 여전히 그녀의 이마 위를 떠나지 못하고 있었다.

"응, 어릴 때 오빠 등에 업혔을 때 나던 시큼한 땀 냄새부터……다 좋았어."

현건은 홍조를 띤 얼굴로 빙긋이 웃고 있는 유정의 얼굴을 비스듬히 고개를 기울여 바라봤다. 물끄러미 그녀의 까만 눈동자를 들여다보는데, 아무런 말을 할 수가 없었다. 달콤한 기대감이 녹아 있는 서로의 숨결이 섞일 만큼 거리는 가까웠다.

그녀의 입술로 입술을 가져다 댔다. 따스하고 부드러운 입술이 닿았다. 폭신하고 짜릿한 느낌에 현건은 욕심이 나기 시작했다. 입을 살짝 벌려서 탐스러운 아랫입술을 머금었다가, 윗입술을 머금었다.

그 덕에 작은 틈이 생겨났고, 현건은 자신의 혀를 유정의 입안으로 조심스레 집어 넣었다. 유정이 움찔거리는게 느껴졌지만, 어느샌가 아찔한 그의 입맞춤에 따르기 시작했다. 어색하게 얽히던 혀가 서로의 뜨거운 입맞춤을 따르느라 떨어질 줄 몰랐다.

한 번도 다른 누군가와 입을 맞춰 본 적 없지만, 이런 건 누가 가르쳐서 깨우치는 게 아니라는 생각이 들었다. 그저 본능에 이끌려 유정은 현건의 코트 깃을 꽉 움켜잡았다.

그 움직임에 현건은 어깨를 감싸고 있던 손으로 그녀의 머리를 감싸서 자신을 향해 더 끌어당겼다. 벽을 짚고 있던 그의 손은 어느새 유정의 허리를 강하게 감싸 안고 있었다.

두 사람이 난생처음 하는 키스였고, 길고 긴 입맞춤이었다. 아쉬운 듯 입술을 떼어 낸 현건은 유정의 뺨에 입을 맞추며 속삭였다.

"오늘 꼭 기억해야겠다. 그렇지?"

유정은 숨을 고르듯 어깨를 들썩이며 고개를 끄덕였다. 현건은 다홍색 코트보다 더 붉게 달아오른 유정의 뺨에 다시 한 번 입을 맞추었다. 아쉽고, 아쉬워서 그녀와 떨어지고 싶지가 않았다.

교수 연수 때문에 집을 비우신 자신의 부모님 핑계를 대며 유정을 집으로 데려가 버릴까 하는 생각도 들었다. 자신이 남자가 되어 가는 동안 참고 있던 욕망의 포문을 활짝 열고, 그녀를 마음껏 취하고 싶었다.

현건은 그녀의 떨리는 속눈썹을 물끄러미 바라봤다. 아직 그녀도 첫 키스의 설렘이 온몸을 잠식하고 있는지, 숨을 고르는 소리가 거칠기도 했다. 그녀의 평생을 그리고 그녀가 기억하는 모든 삶을 함께한 그였다. 이제 막 시작된 두근거리는 연애에 대한 연인의 기대를 저버릴 수 없었다.

이 예쁜 미소가 기대하는 만큼, 파르르 떨리는 속눈썹이 꿈꾸는 만큼 그녀를 아껴 주고 사랑해 주리라 현건은 다짐했다. 그깟 욕망이나 충동쯤이야, 유정의 박자에 맞추어 천천히 함께하겠다며, 현건은 가슴이 부풀어 오르도록 만족스러운 한숨을 내쉬었다.

유정이 대학 입학을 며칠 앞둔 어느 일요일 아침, 현건은 일어나자마자 그녀에게 전화를 걸었다. 오늘은 유정이 데리고 백화점에 가서 대학 입학 선물을 사 줘야지, 하고 생각하며 푸시시 웃었다.

항상 자신보다 먼저 일어나서 문자를 보내오던 그녀였는데, 오늘은 전화를 받지도 않았다. 현건은 씻고 나와서 다시 연락을 해 보잔 생각에 거실로 나갔다.

그곳에는 어두운 표정의 부모님과 형 현준이 자리하고 있었다. 다들 검은색 정장을 입고 앉아서는 현건이 나오길 기다렸다는 듯 바라보았다.

"일요일 아침부터 시커먼 옷 입고 뭐 하세요? 어디 초상이라도 났어요?"

현건은 자신의 물음에 불길한 기운이 스쳐 지나가는 것을 느꼈다. 갑자기 전화를 받지 않는 유정이 생각나면서, 심장이 쿵 하고 내려앉았다. 자신의 물음에 어머니가 울음을 토해 내셨다.

"무슨 일인데요, 대체!"

불안한 마음을 떨쳐 내려는 듯 현건은 소리를 버럭 지르고 말았다. 거친 호흡을 내뱉고 있는 현건의 곁으로 형이 다가왔다. 머리가 크고 나면 형제 사이의 살가운 스킨십은 사라진다. 그런데 형이 자신을 끌어안고는 가만히 등을 토닥여 주었다.

"왜 그래, 왜 그래, 형? 대체 왜 그래?"

"건아, 유정이가…… 우리 유정이가……."

내 유정이가 왜?

말도 안 되는 소리라며, 거짓말하지 말라며, 자신이 아직 잠에서 깨지 않아 악몽을 꾸고 있는 거라며, 다들 미쳐 버린 거라며 현건은 소리를 질러 댔다.

짐승처럼 날뛰며 현건은 그녀의 집으로 향했다. 아무리 초인종을 눌러도 안에서는 대답이 없었다. 현건은 유정이 항상 열쇠를 숨겨 놓는 담벼락 장미 넝쿨 사이에서 열쇠를 찾아내어 대문을 열었다.

떨리는 손으로 현관 비밀번호를 누르고 집 안으로 들어섰다. 거짓말처럼 아무도 없었다. 주인을 잃은 집은 텅 비어 있었고, 베란다 유리를 통해 들어오는 햇살에 먼지가 이는 것이 보였다.

반쯤 정신이 나간 채로 다시 집으로 돌아와 현관에 들어서자, 어머니가 얼른 씻고 나오라고 했다. 그런 모습으로 보낼 수는 없지 않느냐며, 마지막까지 멋진 모습을 보이라고 했다.

현건은 옷장에 걸려 있는 검은색 슈트를 꺼내어 입었다. 그녀의 입학식 날 입으려고 했던 옷을 꺼내 입으며, 심장이 무너져 내리는 것 같았다. 이 옷을 이렇게 입으려고 산 게 아니었는데.

자신이 무언가 많이 잘못해서 그런 거라고, 유정이에 대한 마음이 진심인지 시험해 보려고 그런 거라고, 사실 거짓말이라고 누가 말해 주지는 않을까 생각했지만, 그런 기적은 일어나지 않았다.

현건의 가족이 탄 차는 어느새 유정의 아버지와 자신의 아버지가 교수로 근무하는 대학교의 부속 병원 장례식장 앞에 도착했다.

말도 안 되는 일이 현실로 다가온 것을 본 현건은 그녀의 영정 사진 앞에 가만히 서 있었다. 고등학교 학생증에 있던 사진. 사진 속 유정이와 눈을 맞추기 위해 현건은 꿈쩍도 하지 않고, 계속 그 자리에 서 있었다.

그녀의 친구들이 다녀가도, 다른 조문객이 잠시만 비켜 달라고 눈치를 줘도, 현건은 그대로 그 자리에 서 있을 뿐이었다.

현건의 가족 중 누구도 그를 말리거나, 그를 부르거나, 그를 위로하려 들지 못했다. 세상 그 무엇도 그의 마음을 어루만져 줄 수 없다는 것을 모두 잘 알고 있기에 그저 안타깝게 바라볼 뿐이었다.

'이제 정말 연애도 하고, 흔히들 말하는 예쁜 사랑도 실컷 하고, 그러다 결혼도 하고, 너 닮은 예쁜 딸 하나, 나 닮은 아들 하나 낳고, 그렇게 살고 싶었다. 내 인생에 여자는 너 하나였는데, 너 기다리느라 스물다섯이 되도록 오빠는 연애 한 번도 안 하고, 한눈 한 번 안 팔았는데, 넌 어디 갔니? 어디 있어, 유정아.'

속으로 수만 번 외치고, 수만 번 유정의 이름을 불러 보았지만, 대답하는 이는 없었다.

외아들에 부모님을 일찍 여의고, 유정이 어릴 적 아내도 세상을 등지고, 이렇다 할 친척도 없었던 차 교수였기에 두 사람의 장례식은 현건의 가족에 의해 마무리되었다.

발인식이 있던 날 아침, 현건은 멍하니 서 있다가 유정의 영정사진을 품에 안았다. 평생을 함께할 수 있을 거라고 생각했던 인연이었다. 삶을 다하고 훗날 죽음이 서로를 갈라 놓을 때까지 마음껏 사랑할 수 있을 거라고 생각했던 연인이었다.

그 이별이 아쉽지만 조금 빨리 온 것뿐이라고, 여전히 내 인연은, 나의 소중한 연인은 하나뿐이라고, 현건은 그리 생각하며 유정의 영정사진을 들고 장례 행렬 제일 앞에 섰다.

신호대기에 차가 멈춰 서자 현건은 조수석에 앉은 민영에게 시선을 돌렸다. 두 눈 똑똑히 뜨고 장례식을 지켜보았는데도 이 여자가 차유정일지도 모른다는 의구심은 점점 더 강해지고 있었다.

자신을 바라보고 있는 시선이 느껴져 민영은 천천히 고개를 돌려 그를 바라봤다. 이윽고 차가 출발했고 그의 시선은 다시 도로로 향했다. 민영도 다시 고개를 돌려 차창 밖을 바라봤다. 그날처럼 창밖에는 눈과 비가 섞인 끈적한 하늘의 눈물이 떨어져 내리기 시작했다.

"유정아, 아빠가 하는 말 잘 들어."

오랜만에 밖에서 아빠와 데이트를 하자며 불러낸 그는 영화 속 이야기 같은 말을 내뱉기 시작했다.

"앞으로 차유정으로는 살 수 없어. 내일부터는 윤민영이라는 사람으로 사는 거야. 지방에 가서 고등학교 2학년부터 다시 다니게 될 거야. 지금까지의 삶은 다 잊어. 그래야 우리가 살 수 있어."

"말도 안 돼. 아빠 거짓말하는 거지? 나 대학 간다고, 방탕한 생활 하지 말라고 나 놀리는 거지?"

유정의 장난기 어린 되물음에 그는 고개를 내저었다. 왜라는 질문에 그는 나중에 알려 주겠다는, 아니면 영영 알려 줄 수 없을지도 모른다는 답답한 대답을 내놓았다. 중학교 때 엄마가 난소암으로 돌아가시고, 가족은 아빠뿐이었다. 아니, 건이 오빠네 가족 또한 자신의 가족이었다.

"건이 오빠네는?"

아빠는 미안한 듯 고개를 떨어뜨리며, 작게 속삭였다.

"건이한테도……."

아빠 정말 나쁘다며, 이기적이라며 소리쳤다. 그럼 혼자 살겠다고, 사라질 거면 아빠만 혼자 사라지라고 화도 내 봤지만 소용없었다.

"안 그럼 우리 둘 다 죽을 수도 있어!"

차라리 그냥 죽자고 했다. 그렇게 다른 사람이 될 바엔 죽자고, 다른 방법은 정말 없는 거냐고, 밤을 꼴딱 새워 가며 아빠를 설득했지만, 허사였다.

"건이가 알면 그 아이도, 그 가족도 위험해질 수 있어."

그가 위험해질 수도 있다는 말에 유정은 아빠를 설득하는 일을 포기할 수밖에 없었다.

세상일이 이렇게 미치도록 쉽게 돌아갈 수도 있구나 싶었다. 자신의 죽음은 빙판길 교통사고로 위장되었다. 사람들은 아무 의심도 하지 않고 그 사고를 믿었다. 심지어 건이 오빠까지도.

"아빠, 마지막으로 부탁이 있어."

"뭔데?"

"건이 오빠 한 번만 볼 수 있게 해 줘."

"절대 안 돼."

"그냥 지켜보기만 할게. 응? 그런 다음엔 아빠가 시키는 대로 살게. 꼭꼭 숨어서 아무한테도 들키지 않고, 윤민영으로 살게."

눈물이 흘러나오려는 것을 꾹 참으며 한 마지막 부탁에 아빠는 슬쩍 고개를 끄덕였다.

새까맣게 선팅이 된 차가 장례식장 주차장 맨 앞에서 멈춰 섰다. 그 차의 뒷좌석엔 바깥세상에선 이미 고인이 된 유정과 그녀의 아버지 차 교수가 타고 있었다.

하늘에서 눈과 비가 섞여 내려서 세상은 질척질척해 보였다. 그날이 바로 두 사람의 발인식이 있던 날 아침이었다.

"저 바보. 나중에 장가갈 때 흠잡히면 어쩌려고, 내 영정사진을 들고 나와."

자신의 영정사진을 들고 행렬의 맨 앞에 서서 울음을 토해 내고 있는 현건의 모습을 보고, 유정은 당장에라도 달려 나가 그의 앞에 서고 싶었다. 나 여기 살아 있다고. 나 이렇게 멀쩡히 숨 쉬고 있다고. 딸꾹질을 해 대며 우는 자신의 손을 아빠가 조심히 잡아 주었다.

우리가 살려면 이 방법밖에 없다, 미안하다.

응.

고개를 휘저으며 한숨을 내쉬는 그의 무언의 속삭임에 유정은 눈물을 닦아 내고 고개를 끄덕였다.

'오빠, 여기서 더 나빠질 것도 없네. 그게 그나마 다행이라고 해야 할까? 마지막으로 오빠 얼굴 볼 수 있는 것도……. 나 없다고 너무 많이 울지 마. 바보같이 혼자 있지 말고. 좋은 사람 만나서 사랑도 하고, 오빠가 말한 진한 연애도 하고, 그렇게 행복하게 살아. 그렇게 다른 좋은 사람 만나서, 다 잊고 살아. 오빠만 좋으면, 오빠만 행복하면 그래도 돼. 많이 그리울 거고, 많이 보고 싶을 거야. 철없이 굴어도 다 받아 주고, 많이 예뻐해 줘서 고마웠어. 나 그 기억으로 평생을 살게.'

장례차량이 주차장을 떠나는 모습을 바라보며, 유정은 한없는 눈물을 흘렸었다.

"여기예요?"

과거의 기억 속에서 허우적거리고 있는 자신을 구원하듯, 그의 목소리가 들려왔다.

"네, 맞아요."

한 동밖에 없는, 지은 지 30년도 더 된 낡은 아파트 앞에 주변과는 어울리지 않는 현건의 고급 승용차가 멈춰 섰다.

"데려다주셔서 감사해요. 그럼 조심히 가세요."

민영이 차에서 내리려는데, 현건의 목소리가 들려왔다.

"원래 그렇게 성격이 급해요?"

"아뇨."

비꼬는 듯한 그의 말투에 괜히 발끈한 민영은 정색을 해 버리고 말았다.

"차 문은 남자가 열어 줄 때까지 기다리는 거예요. 내 차가 꽤 좋은 편에 속해서 문이 좀 무거워요. 그 손목으로 밀었다가는 삐끗할 수도 있어요."

그의 거드름에 민영이 피식 웃으며 대꾸했다.

"세상에 차 문 열다가 손목 부러진 여자는 못 봤는데요?"

"말이 그렇다는 거지. 한마디도 지지 않고 덤비는 건 꼭 누구 같네."

보통 이런 말이 나오면, 누구요? 내가 누구 같은데요? 하고 발끈해야 정상이건만, 민영은 입술을 비틀어 깨물며 숨을 멈췄다.

뭐라 대꾸라도 해야 할 것 같은데, 당황해서 말이 나오질 않았다. 그가 이렇게 직접적으로 표현할 줄은 전혀 예상하지 못했기에 당혹감은 더했다. 민영은 침착하려 숨을 골랐다.

"제가 누구 같은데요?"

민영은 부러 엄한 표정을 지으려 노력했다. 눈에 힘을 주어 부릅뜨자, 그의 얼굴에 아련한 미소가 떠올랐다. 괜한 짓을 했나 싶은 생각이 들려는 찰나, 그가 휴대전화를 내밀었다.

"우리 아직 서로 번호도 모르네요?"

"타인에 대한 관음이 취미이신 분께서 전화번호엔 관심이 없으신가 보죠."

"신소리 그만하고 얼른 입력해 줘요."

민영은 긴장한 탓에 또다시 입술을 깨물며 그의 전화를 받아 들었다. 전화번호를 입력하려는데, 화면 속 사진이 눈에 들어왔다. 붉은 넝쿨 장미 앞에서 마치 남매인 듯 나란히 손을 잡고 서 있는 아이들, 남자아이의 손은 여자아이의 손을 꼭 붙들고 있었고, 둘은 똑 닮은 웃음을 해사하게 짓고 있었다.

민영은 무심한 척 휴대전화를 현건에게 건넸다.

"제가 이 기종은 써 본 적이 없어서요. 그냥 불러 드릴게요."

엉뚱한 번호를 입력하고 도망쳐야 하나 하는 멍청한 생각이 들 만큼 그에게 차유정의 존재는 참으로 위대했다.

"불러 봐요."

현건은 미세한 표정 하나라도 놓치지 않으려는 듯 민영의 옆얼굴을 주시했다. 민영은 떨리는 목소리가 새어 나올까 두려워 한숨을 집어삼키고는 조용히 번호를 중얼거렸다. 끝자리를 부름과 동시에 코트 주머니에 있던 민영의 휴대전화가 진동했다.

진동 소리를 확인한 그는 빙그레 웃으며 말했다.

"이상한 번호 알려 줄 줄 알았는데, 아니네?"

"그런 장난 칠 만큼 저질은 아니에요."

완벽한 반어법이었다. 아니면 '죽었다고 숨는 것도 아니고, 전화번호쯤이야.' 하는 가벼운 농담일지도 모른다 생각하며 피식 웃었다.

"근데 아침부터 어디 가는지 물어봐도 돼요?"

"관음증을 앓고 계신 분답게 궁금한 게 참 많으시네요?"

민영의 되물음에 현건은 한술 더 뜬 질문을 내놓았다.

"관심이요, 관심. 좋은 단어 두고 일부러 비꼬는 건, 사물이나 사람을 정상적인 상태로 보지 못하는 윤민영 씨의 변태적 기질이라고 정의해도 될까요?"

"뭐라고요?"

발끈해서 그에게 고개를 돌렸는데, 장난기 어렸던 그의 질문과 달리 그의 얼굴에는 또다시 그리움 가득한 감정이 묻어나고 있었다.

"과외 가요. 보시다시피 제가 형편이 넉넉하지는 않아서요."

"아, 그럼 그건 제외."

"뭘 제외하겠다는 거예요?"

그는 마치 커다란 깨달음이라도 얻은 듯 굴더니, 빈정거리기 시작했다.

"선 자리에 나오는 조건으로 거액의 돈을 받고 할아버지와 모종의 거래를 했을지도 모른다는 가설, 제외."

그의 빈정거림이 민영을 도발하고, 발가벗기고, 붙잡아 두려는 일종의 덫이라는 것을 눈치챈 그녀는 아무렇지 않은 척 미소 지었다.

"다행이네요. 오해를 풀게 되셨으니. 전 그럼 9시 50분에 그 집 초인종을 누르지 않으면 노발대발하는 부모가 있는 학생을 가르치러 가야 해서요."

민영이 차 문을 열려고 고리를 잡아당겼지만, 열리지 않았다.

이런 고급 자동차는 처음 타 보기에 잠금장치를 어떻게 풀어야
할지 난감했다.

"왜 안 내려요?"

"알면서 그렇게 묻는 거 되게 치사하다고 생각 안 해요?"

"호텔에서도 마음대로 나오기 힘들었고, 내 차에서도 마음대로
내릴 수 없다는 게 무슨 뜻인지 알아요?"

민영은 기가 차다는 듯 헛웃음을 지으며 대꾸했다.

"당신이 고급스럽고, 값비싼 것들을 많이 갖고 있고, 난 이런
건 처음 접해 보는 서민이라는 거?"

그는 틀린 답이라는 듯 고개를 가로저었다.

"내 방, 내 차, 그리고 이번엔 나한테서 쉽게 벗어날 수 없을
거라는 거."

이번엔? 그의 검은 눈동자가 의미심장하게 빛났다. 민영은 고
개를 갸웃하며 되물었다.

"관음증에 소유욕도 강하신가 보다. 번호 알려 줬다고 바로 확
인해 보시는 거 보면 집착도 꽤나 할 것 같고. 그다지 좋아 보이
지는 않네요?"

그는 허탈하게 웃음 지으며, 운전석 문을 열고 차에서 내렸다.
보닛을 돌아 조수석으로 다가오는 그를 민영은 물끄러미 바라봤
다.

유정과 함께 장난을 치다 졌다는 듯 웃어 보일 때, 그때의 표정
이었다. 심장이 두근거리는 게 어쩐지 아프고, 죄스럽게 느껴졌

다. 그에게 유정은 죽은 존재여야만 했다.

그는 차 문을 열어 주면서도 여전히 미소를 머금고 있었다.

"내려요."

"고마워요. 드디어 내릴 수 있게 해 줘서."

그는 친절하게 민영에게 손까지 내밀었다. 그의 손을 민망하게 할 수는 없어서 민영은 슬쩍 커다랗고 따스한 손 위에 자신의 차갑고 작은 손을 올렸다. 그는 민영의 손을 꼭 잡으며 말했다.

"손이 차네."

그냥 따뜻한 그의 손에 차가운 손이 닿아서 그리 말했을 수도 있는데, 그의 세심함과 다정함이 느껴져 눈물이 왈칵 솟아올랐다.

윤민영으로 살면서 누군가에게 살가운 대접을 받는 것이 처음이었다. 누군가 자신에게 신경을 써 주고 있고, 무언가를 염려해 주고 있다는 느낌, 낯설고도 익숙한 감정에 가슴이 먹먹해져 버리고 말았다.

민영은 슬며시 손을 빼내며 주머니 속에 넣었다.

"가세요."

"들어가는 거 보고 갈게요."

민영은 어색하게 뒤돌아서서 걷기 시작했다. 걸음걸이는 그 사람을 보여 주는 일종의 신호일지도 모른다는 생각을 한 적 있었다.

멀리서 걸어오는 모습만 봐도 그가 현건인지, 아닌지를 알 수 있었던 그때, 그 골목길. 자신의 뒷모습을 보며 차유정을 떠올리지 말기를 바라며, 민영은 빠르게 발걸음을 옮겼다.

"아가씨. 오늘은 외박했나 봐?"

이제 막 아파트 공동 현관에 도착하려던 그때, 섬뜩하게 들려오는 목소리에 민영은 걸음을 멈췄다. 곧이어 시커먼 정장을 입은 남자들 여럿이 민영을 에워쌌다.

"아버지는 아직 연락이 없으신가?"

"네."

"또 거짓말이네. 하나밖에 없는 딸내미한테도 연락이 없다고?"

그들이 한 걸음 더 가까이 민영에게 다가왔다.

"예쁘장하게 생겨 갖고 험한 꼴 좀 당해 봐야 정신 차리려나?"

무리 중 키가 작고, 나이가 가장 많아 보이는 남자가 민영의 턱을 움켜잡았다.

"아니, 하늘 아래 하나밖에 없는 귀하고 어여쁜 딸을 치지도외(置之度外)하는 어리석은 아비가 있는고?"

"그러게요. 저도 궁금하네요. 대체 무슨 생각으로 이렇게 사는 건지."

민영이 그리 대답하자, 사내는 어이가 없다는 듯 헛웃음을 지으며 손을 들어 올렸다.

"터진 주둥이라고 잘 놀리네, 이걸 확!"

두껍고 거친 손바닥이 그녀를 내리치려는 찰나, 민영은 두 눈을 꾹 감아 버렸다. 커다란 손바닥이 뺨을 내려치려나 싶었는데 누군가 민영의 어깨를 감싸 왔고, 그의 목소리가 들려왔다.

"뭣들 하는 짓입니까?"

민영은 감고 있던 눈을 떠 주위를 살폈다. 사내는 현건에게 손목을 잡힌 채 인상을 찌푸리고 있었고, 현건은 매서운 표정으로 그를 노려보고 있었다.

"뭐 하는 짓이냐고 물었습니다."

으르렁거리는 듯한 낮고 음산한 음성이었다. 그의 목소리에 남자가 움찔한 듯 손을 빼려 하자, 현건은 더욱 거세게 그의 손목을 틀어쥐었다.

"아그들아, 뭐 하냐? 느그들 형님이 이러고 손목을 잡혀 부렀는데."

무리를 돌아보며 말하는 그에게 현건은 눈 하나 깜짝하지 않고 대꾸했다.

"날 건드려서 좋을 건 없어 뵈는데, 누구한테 덤비는지는 알고 움직이지?"

현건의 물음에 사내들 네댓 명이 서로 눈치를 보며 머뭇거렸다.

"반반하게 생긴 계집이라, 어디서 돈 많은 기둥서방이라도 얻었나?"

"여기 여자분한테 무슨 볼일이냐고 물었을 텐데?"

"이것부터 놓고 이야기하쇼."

현건은 그의 손을 풀어 주며, 민영을 자신의 품으로 더 끌어당겼다. 사내는 뻘겋게 된 손목을 문지르며 말했다.

"이년 애비가 돈을 빌려 썼거든. 근데 이자고 원금이고 갚을 생각을 안 하시네?"

"얼마나 썼습니까?"

"글쎄. 난 사람 찾아 주는 게 전문이지, 돈 빌려주는 건 내 소관이 아니라?"

현건은 재킷 주머니에서 명함지갑을 꺼내어 명함 하나를 남자에게 건넸다.

"제 변호삽니다. 이 여자분 아버님의 채무 관계와 관련된 사항은 이쪽으로 연락하라고 하십시오."

"생각했던 것보다 능력이 훨씬 좋으신가 봅니다?"

명함을 받아 든 사내는 요상한 모양으로 눈썹을 구부리며 고개를 까딱해 보이고는, 연락하겠다는 말을 남기고 황황히 사라졌다.

현건은 어금니를 꽉 다문 채로 사라지는 무리를 향했던 시선을 민영에게로 옮겼다.

"괜찮아요?"

"네, 괜찮아요. 근데 왜 그러셨어요? 저 사람들이 어떤 사람들인 줄 아시고."

"돈이 목적인 놈들이었다면, 당장 나에게 돈부터 요구했을 거예요. 다른 목적이 있는 놈들이에요. 여기 혼자 살아요?"

"네."

"일단 차로 가죠. 놈들이 다시 돌아올지도 모르니."

현건은 그녀를 감싸 안은 채 곧장 차에 태웠다.

"저기, 이러지 않으셔도 돼요."

"저 사람들 언제부터 찾아왔어요?"

민영은 그저 고개를 숙인 채 자신의 손가락 끝을 바라보고 있었다.

침묵을 지키는 그녀를 바라보며 현건은 미소를 짓고 있었다. 그녀가 위험에 처해 있는 것이라면, 그러다 자신의 앞에 나타나게 된 것이라면, 기어이 백마 탄 왕자가 되어 주어야 하지 않을까. 동화적 상상력과 함께 자신의 옆에 이 여자를 묶어 두고 정체를 밝혀 낼 수 있지 않을까 하는 기대감이 빚어낸 오묘한 감정이 피어올랐다.

그녀는 말을 고르는 듯 시간을 끌었다.

"여기 이사 오고 나서부터 찾아왔어요."

"여긴 언제 이사 왔어요?"

"육 개월 정도 됐어요."

현건은 전혀 의심해서 물어보는 게 아니라는 듯 건조한 목소리를 내기 위해 노력했다.

"아버지가 사업하셨어요?"

아버지가 뭐 하시는 분이셨냐는 질문을 그는 에둘러서 묻고 있었다.

"그냥 평범한 직장인이셨어요."

이제 여자의 언어적 특질이 조금씩 드러나는 것 같았다. 거짓을 말할 때는 고분고분해지고, 자신의 의견이 담겨 있는 장난기 어린 진심에는 위트가 묻어났다.

"뭔가 다른 걸 쫓는 눈친데?"

"그건 저도 잘 몰라요. 아빠하고는 연락 안 된 지 꽤 됐어요."

이건 진실일지도 모른단 생각이 든 건 고분고분한 문장에서 그녀의 서글픔이 드러나서였다.

"어머니는요?"

"선 자리에서 물으셨어야 하는 걸 지금 물으시는 거 아세요?"

진실을 회피하기 위한 방어기제 같은 되물음에 현건은 이번엔 에둘러 말하지 않았다.

"그러니까 지금에라도 묻잖아요. 어머니는요?"

"돌아가셨어요."

하! 어머니는 돌아가셨고, 혼자 살고 있고, 아버지는 누군가에게 쫓기는 삶을 살고 있다. 현건의 머릿속에 점점 더 복잡하게 얽혀 갔다. 그 질문 이후 현건은 침묵을 고수했다. 그녀가 무언가 다른 말을 더 해 주기를 바라며 일부러 질문을 던지지 않았다.

그녀의 목소리가 들려온 건 차가 신호대기에 멈춰 섰을 때였다.

"요 앞 전철역에서 내려 주세요."

"어디 갈 데 있어요?"

"과외도 가야 하고 그리고……."

시선을 내리자 그녀는 애꿎은 손톱 굳은살을 피가 나도록 뜯어 내고 있었다. 험한 일을 겪은 이에게 의심 어린 질문을 쏟아 내

고, 날 선 침묵을 유도한 것이 미안해졌다. 현건은 손을 뻗어 그
녀의 두 손을 꼭 움켜잡았다.

"그만해요, 아프겠네."

현건은 한숨 쉬듯 말했다.

"그 방에서 지내요."

"네?"

"집에서 혼자 지내는 건 위험한 것 같으니, 당분간 거기 있으
라고요."

차 안은 숨 쉬기 어려울 만큼 고요했다. 적요 속 현건의 검은
눈동자 안에는 민영의 모습이 위태롭게 아른거렸다.

5.
줄리엣은 죽었다

그의 방 밖으로 한 발자국도 나가지 않은 지 벌써 삼 일째였다.

민영이 어디론가 사라진 것을 눈치챈 사내들이 여기저기 들쑤시고 다닌 덕에 이제 정말 그녀가 돌아갈 곳은 없었다.

그와 함께 이 방으로 돌아온 토요일부터 오늘 아침 출근 전까지 그도 역시 방 밖으로 나가지 않았다.

호텔 일 때문인지 그는 계속해서 누군가와 통화하고, 누군가에게 보고를 받고, 소파에 앉아 노트북으로 무언가를 작성하기에 바빴다.

그는 마치 혼이 나간 사람처럼 그 일에 매달리는 것 같았다. 방 안에 여자를 두고 어떻게 그렇게 일에만 매달릴 수 있느냐며 농담이라도 해 볼까 했지만, 그의 심각한 표정은 접근조차 하지 말라고 이야기하는 것 같았다.

그러다 식사를 위해 식탁 앞에 앉으면 그는 세심하고 다정한 남자가 되었다.

"특별히 싫어하는 음식이나, 입맛에 안 맞는 음식 있으면 말해요."

식탁에 오른 음식은 호텔 주방에서 올라오는 요리였고, 그녀는 그저 고맙다는 말로 배려에 답할 뿐이었다. 그러다 큰 사달이 나게 될 줄은 몰랐다.

토요일, 저녁 식사를 마친 민영은 2층으로 향했다. 그는 주로 1층에서 일을 하고, 그곳에 있는 작은 침실에서 잠을 청했다.

온 도시가 잠든 것 같은 깊은 새벽, 민영은 머릿속에서 벌레가 기어 다니는 것 같은 간지러운 느낌에 잠에서 깨어났다. 손을 뻗어 스탠드를 켜고 보니, 온몸에 두드러기가 나 있었다. 갑작스레 숨이 차올랐다. 손가락도 퉁퉁 부어서 굽히기 힘들 정도였다.

목구멍이 꽉 막혀 오는 느낌이 나서 민영은 재빨리 1층 부엌으로 향했다. 낮에 컵을 꺼내려고 열었던 부엌 찬장 어딘가에서 구급상자를 본 기억이 나서였다.

겨우 손을 더듬어 부엌 불을 켜고, 싱크대 문을 열어젖혔다. 식은땀이 흐르고, 시야가 흐릿해지는 것 같았다.

숨 쉬기가 점점 힘들어져서 호흡이 거칠어지고 있었다. 구급상자를 집어 들려고 하는데, 온몸에서 힘이 쏙 빠져나가는 것 같았다. 회색 카펫이 시야 가까이 들어오는 것을 보며 민영은 눈을 감았다.

현건은 새벽녘까지 잠을 이루지 못하고 뒤척였다. 투자를 위해 정보를 사고파는 집단이 있는데, 그들은 아주 작은 정보라도 돈이 된다 생각되면 놓치는 법이 없었다. 현건은 어제 오후 이들과의 회의를 잡았지만, 민영을 이곳으로 데려오면서 그들과의 회의는 무산되었다.

대신 비용은 얼마든지 지불할 테니 수단과 방법을 가리지 말고 윤민영의 존재에 대해 캐내고, 차유정의 죽음에 대하여 조사하라고 지시했다. 또 발견되는 것이 있을 때에는 시간에 구애받지 말고 그 즉시 자신에게 연락하라는 말도 했다.

첫 번째로 연락을 해 온 이는 고위 경찰 공무원으로 퇴직한 이였다. 차유정과 차강석 교수의 사고는 차량 통행이 잦지 않은 경기도 가평의 국도에서 일어났으며, 눈이 많이 온 탓이라고 했다. 여기까지는 현건도 알고 있는 점이었다.

그런데 자세한 사고기록과 주변 폐쇄회로 화면 같은 기록들이 남아 있지 않다고 했다. 그리고 사고가 나고 나서 단 한 대의 견인차와 단 한 대의 구급차가 출동했다고 했다.

흔히 견인차를 모는 이들은 그들만의 네트워크가 있어서 사고가 나면 여러 대가 한꺼번에 출동하기도 하는데, 그러지 않았다는 것이다. 현건은 어두운 밤, 시골구석에서 그럴 수도 있지 않느냐며 반문했다.

두 번째로 그에게 연락을 해 온 이는 제약회사에서 영업을 하는 이로 병원 사정에 밝은 사람이었다. 병원 원무과에 로비를 하며 그가 얻어 오는 정보들은 꽤 쓸 만한 것들이 많았다. 가령 어디 회장이 사실 굉장히 위독하다든지, 그 연예인이 곧 임신설이 나돌아 이미지 실추로 관련 주가가 떨어질 것이라든지.

그는 현건에게 놀라운 사실 한 가지를 알려 주었다. 차유정과 차강석이 사망 진단을 받기 전, 누군가에 의해 장례식장이 미리 예약되었다는 것이다. 사망진단을 받은 시각은 새벽 1시 58분이었고, 그들의 장례식장이 예약된 시각은 1시 50분이었다고 했다.

어디 시계가 빠르거나 느리면 그럴 수 있지 않겠느냐고, 8분의 오차가 그리 크게 느껴지지 않는다고 현건이 반문하자, 두 사람이 사망진단을 받은 것은 구급차 안이었고, 장례식장 예약은 전화로 이루어졌는데, 구급대원은 아니었다고 했다.

혹시 차유정이 태어날 때 쌍둥이는 아니었느냐는 질문에는 명백하게 여자아이 한 명이었다는 사실도 알려 주었다.

자꾸만 커져 가는 의혹들이 그를 괴롭혔다. 죽었다고 한 이가 살아 있을 수가 있나, 진정 그럴 수가 있나? 잠들지 못하는 새벽 거친 한숨만 내쉬고 있는데, 밖에서 무언가 와장창 깨지는 소리가 들려왔다.

현건은 침대에서 몸을 일으켜, 소리가 난 곳으로 달려갔다. 컵과 구급상자가 와르르 쏟아져 싱크대 위가 난장판이었다. 그리고 바닥에는 민영이 쓰러져 있었다.

"윤민영 씨!"

민영의 상체를 안아 든 현건은 그녀의 목과 얼굴에 돋아난 두드러기를 보고 숨이 턱 막히는 것 같았다. 저녁 식사 메뉴에 킹크랩 스프가 있었다. 처음 먹어 보는 스프지만, 맛있다는 그녀의 말에 그저 슬며시 웃기만 했었는데, 불길한 기운이 머릿속을 스치고 지나갔다.

갑각류 알레르기 반응. 현건은 등 뒤에서 식은땀이 나는 것 같았다.

잠시 후, 현건의 부름으로 호텔에 상주하는 메디컬팀이 올라와 그녀를 살폈다.

"언제부터 이러셨습니까?"

"내가 발견한 건 5분 전이고, 갑각류 알레르기 같아 보이는데."

"확실하십니까?"

의사의 질문에 현건은 잠시 망설이는 듯했다. 그러나 이윽고 그는 고개를 끄덕이며 대답했다.

"확실해."

"그럼, 에피네프린부터 주사하겠습니다."

주사를 맞은 뒤 붉은 두드러기는 점차 가라앉았고, 쌕쌕거리던 소리도 줄어들며 호흡도 정상으로 돌아왔다. 현건은 가만히 그녀의 얼굴에 손을 올렸다.

'대체 뭐가 어디서부터 잘못된 것일까?'

그녀가 깨어나면 묻고 싶었다. 차유정이라는 여자를 혹시 알고 있느냐고, 당신의 이전의 삶은 어땠느냐고, 당신은 진정 누구냐고.

하지만 현건은 자신이 그럴 수 없으리라 생각했다. 그리 물어서, 그녀의 대답을 듣고 나면 판도라의 상자가 열린 듯 온갖 고난과 역경이 닥쳐올 것 같았다. 사랑한다 고백하면 떠날 것만 같은 짝사랑처럼, 그녀는 누구냐고 묻는 순간 자신의 곁을 떠나 버릴 것 같았다.

그녀에 대해 알아 갈수록 수심은 깊어졌고, 깊이를 알 수 없는 심연을 나뒹구는 것 같았다. 하지만 현건의 본능은 온 힘을 다해 그녀를 곁에 두라 말하고 있었다.

천천히 손을 뻗어 작은 손을 꼭 잡았다. 이렇게 손을 잡는 느낌조차 같은데, 어떻게 다른 이라 할 수 있을까? 울음을 토해 내듯한숨이 흘러나왔다.

슬며시 눈을 뜨자, 그의 얼굴이 보였다.

"어떻게 된 거예요?"

"부엌 바닥에 쓰러져 있는 걸 내가 발견했어요. 어디가 아팠으면 날 불렀어야죠."

나무라는 그의 목소리에는 염려가 가득했다.

"그냥 몸살 기운이 좀 있었어요."

"그래요. 이거 다 맞아야 해요. 일어나지 말고, 쉬어요."

그는 민영이 덮고 있는 이불을 가슴께까지 끌어 올려 주고는 볼일이 있다며 아래층으로 향했다.

새벽녘 부엌으로 향했던 것 같은데, 어느새 날은 밝아 있었다. 팔을 슬쩍 들어 보니 수액 바늘이 꽂혀 있었고, 유리병 안에서는 노란 액체가 한 방울씩 떨어져 내리고 있었다.

알레르기 약이 제때 투여되지 않았다면, 자신은 목숨을 잃었을지도 모른다. 그가 어떻게 알았을까?

액체가 한 방울씩 떨어지는 미세한 소리조차 들리는 것 같았다. 그만큼 민영은 긴장해 있었다. 혹시 알아챈 걸까? 불현듯 그도 위험해질 수 있다 했던 아빠의 말이 떠올랐다.

자신이 대체 무슨 일을 저지르고 있는 건지, 민영은 온몸이 식은땀으로 뒤덮이는 듯했다. 이불을 잡은 손이 새하얗게 변하고, 손가락 관절 뼈가 툭 불거질 만큼 손에 힘이 들어갔다. 그러고는 갑자기 걷잡을 수 없는 눈물이 흘러내렸다.

"뭘 할 수 있는 거지, 대체?"

민영은 낮게 속삭이며, 작게 울음을 토해 냈다. 한참을 그렇게 눈물을 흘리던 민영은 누군가 계단을 오르는 소리에 얼른 이불 속에 얼굴을 묻었다.

"잠드신 것 같습니다."

"일단 주삿바늘부터 빼죠. 다 들어간 것 같은데……."

간호사가 이불 속을 더듬어 자신의 팔을 빼 갔다. 민영은 두 눈을 꼭 감은 채로 잠이 든 척 숨을 고르려 애썼다. 달그락거리는 소리가 연이어 나고, 간호사와 의사가 현건에게 주의 사항을 전달하고는 아래층으로 향하는 소리가 들렸다.

그 역시 그들을 배웅하려 1층으로 향했을 거라고 여겼는데, 누군가 풀썩 옆에 눕는 느낌이 났다. 놀라지 않으려 했지만, 몸이 저절로 움찔하는 것까지 막을 수는 없었다.

"안 자는 거 알아요."

민영은 이불 속에 얼굴을 숨긴 채로 대답했다.

"고마워요."

목소리가 미세하게 떨렸다. 그가 민영의 허리에 팔을 둘러 왔다.

"아무 생각 하지 말고, 좀 쉬어요. 의사가 견과류 알레르기 같다고 하네요. 샐러드에 견과류가 들어가 있었는데, 그게 문제가 됐나 봐요. 좀 자 둬요."

그의 말에 민영은 그저 다행이라 여기며 대꾸했다.

"쉬라면서 여기 계속 있을 거예요?"

"또 아프면 어떡해요? 나도 어제 새벽에 깬 이후로 계속 못 잤어요. 여기서 잘 거니까, 그냥 좀 자요."

그의 목소리는 점점 잠에 취해 가듯 깊게 가라앉아 있었다.

잠에서 깨어 보니, 그가 의자에 앉아 민영을 지켜보고 있었다.

"잘 잤어요?"

"언제부터 그렇게 보고 있었어요?"

"윤민영 씨가 다섯 번 뒤척이고, 세 번 코를 찡긋하기 전부터
요."

그의 대답에 민영은 피식 웃음이 터져 나왔다.

"관음이 취미인 거 맞네요. 다른 사람 자는 것도 몰래 지켜보
고."

"이게 좀 살겠나 보네? 농담도 하고."

그의 대구에 민영은 심장이 쿵 하고 내려앉는 듯했다. 거리를
전혀 두지 않은 듯한 친근한 목소리와 말투가 심장을 한없이 내
달리게 만들었다.

"저녁 올라왔어요. 내려갈 수 있겠어요?"

민영은 고개를 끄덕이며 상체를 일으켰다. 그는 침대 가로 다
가와 민영을 부축하려 했다.

"그 정도는 아니에요. 혼자 일어설 수 있어요."

침대에서 내려와 바닥에 섰는데, 몸이 휘청했다. 중심을 잡으
려는 찰나 현건이 민영의 허리를 감싸 안았다.

"내려가는 건 무리가 있겠어요. 갖고 올라올 테니까 여기 있
어요."

그는 민영을 가뿐히 안아서 침대 위에 도로 눕혀 놓고는 1층으
로 향했다.

침대에 누운 몸은 몇 시간 전보다 훨씬 가볍게 느껴졌는데, 온

종일 아무것도 먹지 않고, 약 기운에 취해 누워 있었던 탓인지 현기증이 난 것 같았다. 그는 마치 아기 새를 보호하려는 어미 새처럼 민영을 살뜰히 보살펴 주려 애썼다.

베드 트레이에 오른 죽 그릇이 다 비워지자, 그가 트레이를 저만치 치워 주고는 말했다.

"아무 생각 없이 며칠 쉬어요. 뒷일은 컨디션 회복되고 나면 그때 생각해 봐요, 우리."

우리라 일컫는 그의 목소리가 미세하게 떨리고 있었다. 그건 마치 우리라 당장 정의 내리는 것이 아닌 동의를 구하는 물음 같았다.

"고마워요. 다 갚기 어려운 은혜를 입은 것 같네요, 꼭."

"갚기 어려운 부채라는 뜻인가? 빚은 톡톡히 돌려받을 테니까 걱정 말고. 내일 아침에 난 일찍 나갈 거예요. 1층 부엌 옆의 두 번째 문이 서재예요. 거기 들어가면 서가에 책 많으니까, 무료하면 거기서 시간 좀 때워요. 당장 어디 나가려고 생각하지 말고."

그리 말한 그는 트레이를 들고 또다시 1층으로 향했다. 그러고 나서 다시 되돌아온 그의 손에는 약봉지와 물 한 컵이 들려 있었다.

"먹어요."

"이게 뭐예요?"

"약이요."

민영은 그를 올려다보며 물었다. 그가 바로 침대 바로 옆 의자에 앉으면서 민영의 시선은 자연스레 그를 따라 아래로 내려왔다.

"알레르기 반응은 가라앉았지만, 약은 3일 정도 복용하는 게 좋대요. 먹어요, 일단."

"알레르기 반응인지 어떻게 알았어요?"

조심스러운 민영의 질문에 그는 별스러울 것 없다는 듯 대답했다.

"전에 비슷한 걸 본 적 있거든요."

민영이 당혹스러움을 감추지 못하고 입술을 깨물었다. 그러자 그는 손을 뻗어 엄지로 민영의 입술을 한번 훑어 내고는 슬쩍 벌어진 틈으로 작은 알약 두 개를 넣어 주었다.

"군대 갔을 때, 후임이 그랬어요. 그래서 의무실까지 업고 뛴 적 있어요. 그렇게 놀랄 일 아니니까 신경 쓰지 마요. 누가 죽거나 한 거 아니니까."

놀란 자신을 안심시키려는 듯 그는 빙긋이 웃었다. 그가 건넨 물을 한 모금 머금고 약을 삼킨 민영도 알겠다는 듯 빙긋이 웃어 주었다.

"누워요."

그는 민영의 어깨를 감싸 안아, 침대에 누울 수 있도록 도와주었다. 몸을 못 가눌 정도는 아닌데, 그는 민영을 섬세한 유리 인형을 다루듯 했다. 얇은 유리로 만들어진 인형이 세게 쥐면 부서질까, 험하게 놓으면 깨질까 두려운 눈치였다.

"나 그렇게 아프지는 않아요."

"이래야 내 마음이 편해서 그래요. 신세 지고 있으면 대접하는 사람 마음도 헤아릴 줄 알아야 하는 거예요. 그러니 내가 하라는 대로 해요."

민영이 눕고 나자, 낮에 그랬던 것처럼 그가 민영의 옆에 누웠다.

"자요."

심장이 두근두근 뛰었다. 그가 침대 옆 협탁 위에 놓인 리모컨을 누르자, 벽을 희미하게 비추는 노란색 할로겐 등 몇 개만 남고 모든 불빛이 사라졌다.

깜깜한 방 안 호박색 불빛에 민영은 또다시 마음을 빼앗기고 말았다. 어둠 속에서 만난 희미한 불빛은 참으로 반가운 법이다. 누군가가 자신의 어두운 인생에 그런 희미한 불빛이 되어만 준다면, 그런 사람이 있기만 하다면, 그런 생각을 수없이 했던 적이 있었다.

사실 엄청나게 위대하고, 고귀한 업적을 남길 만한 일에 연루되어 그간 고생했던 거라며 누군가 엄청난 상을 주지는 않을까 하는 영웅론적 상상을 하기도 했었다.

그런 과거의 상상들을 떠올리며 피식 웃을 수 있을 만큼, 갑자기 행복해진 것 같았다. 무언가 잘 되지 않을까 싶은 생각마저도 들었다. 언젠가는 내 뒤에서 누워 있는 그에게 내가 차유정이라고 말할 수 있는 날이 오지 않을까 싶었다.

진작 말하지 못해서 미안하다고, 화 많이 났느냐고, 많이 그리

웠노라고 말하고 싶었다. 민영은 그런 날을 상상하며 가슴이 한껏 부풀어 올랐다. 그에게 진정한 사랑이 될 수 있는 날이 오기를 기도하며 민영은 낮게 속삭였다. 지금의 진심은 꼭 전해야 할 것 같았다.

"고마워요."

물기 어린 목소리가 이상한 톤으로 흘러나왔다. 그는 대답이 없었다. 너무 작게 중얼거렸나 싶었다. 이상한 목소리가 툭 하고 튀어나와서 잘 못 들었나 싶었다.

"정말 고마워요."

이번에는 목을 한번 가다듬고 말했다. 여전히 목소리가 젖어 있기는 했지만 의도는 분명히 전달된 듯했다.

"알아."

돌아온 그의 대답에 민영은 온몸이 굳어지는 것 같았다. 이윽고 그가 또다시 떨리는 몸을 감싸 안았다. 그의 강인한 팔이 허리를 감싸 왔고, 목덜미에서는 그의 숨결이 느껴지는 듯했다. 소리가 다 들릴 정도로 그는 깊게 숨을 들이마시더니, 날숨과 함께 속삭이듯 말했다.

"윤민영 씨, 나보다 일곱 살이나 어린 거 알아? 내가 말 편하게 해도 기분 나쁘지 않겠지?"

그의 질문에 민영은 안도의 한숨을 내쉬며 고개를 끄덕였다.

"자, 어서."

약 기운 때문인지 몸이 노곤했다. 등에 맞닿은 그의 심장이 쿵

쿵거리는 게 느껴졌다. 리드미컬한 그의 심장박동을 느끼며 민영
은 스르륵 잠이 들었다.

일어나 보니, 그는 이미 출근한 뒤였다. 협탁 위에는 작은 메모
지가 하나 놓여 있었다.

[식탁 위에 아침 있어. 아침 데워서 먹고, 약도 잘 챙겨 먹어.
12시 반쯤 점심 먹으러 올라올게.]

반듯한 그의 글씨를 대체 얼마 만에 마주하는 것인지, 민영은
마치 그의 손을 어루만지듯 종이를 한번 훑어 냈다.

1층으로 향한 민영은 식탁 위에 오른 음식을 훑어보았다. 하얀
사기그릇에는 먹음직스러운 송이버섯 죽이 담겨 있었다. 그리고
그 옆에는 약도 한 봉지 놓여 있었다. 아침 일찍 이곳을 나서면서
도 이걸 다 챙겨 놓고 갔을 그를 생각하니 마음 한구석이 따뜻하
게 데워졌다.

식사를 마친 민영은 곧장 그가 말했던 서재로 향했다. 서재 문
을 연 민영은 그 웅장함에 입이 떡 벌어지고 말았다. 그곳은 밖의
공간과 맞먹는 크기의 공간이었다. 서재는 1층과 2층으로 나뉘어
있었고, 깔끔한 그의 성격답게 서가는 정해진 규칙에 의해 정리되
어 있었다.

1층과 2층을 한번 쭉 훑어본 그녀는 그의 책상이 있는 곳과 가

장 가까운 곳에 있는 서고로 향했다. 그리고 그곳에서 민영은 오래전 그녀의 흔적과 마주했다.

아주 어릴 적에 썼던 그림일기부터 학창시절 유행을 따르느라 만들었던 사진이 가득 담겨 있는 다이어리들, 민영은 그중 한 권을 뽑아서 안을 살펴보았다. 함께 찍은 스티커 사진이 죽 붙어 있는 면을 발견했을 땐 피식 웃음도 새어 나왔다.

다시는 볼 수 없으리라 생각했던 물건들이 그곳에 가득했다. 그 시절 차유정은 현건이 준 작은 메모지 한 장조차 버리지 않고 고이 모아 두었었다. 그런 차유정의 개인 컬렉션이 모두 현건의 서고에 보관되어 있었다.

민영은 그중 표지가 너덜너덜해지고 내용을 외울 정도로 보았던 원서를 하나 꺼내 들었다.

[Romeo and Juliet by William Shakespeare]

그의 향기가 밴 듯한 가죽 의자에 앉아 표지를 넘기고 첫 장을 폈다.

[로미오와 줄리엣은 죽었지만 그들의 사랑은 영원하다.]

차유정의 글씨였다.

[영원한 사랑은 세상에 정말 존재할 것이다. 그쯤이야 내가 증명해 줄 수도 있다.]

고현건의 글씨였다.

어쩐지 눈물이 핑 돌 것 같아서, 민영은 침을 한번 꿀꺽 삼키고, 한숨을 한번 내쉬었다. 인기척이 들려온 것도 그때였다. 서재 문가에 그가 비스듬히 서서 자신을 지켜보고 있었다.

"언제부터 거기 있었어요?"

"방금 왔어. 점심 먹어야지."

"아침 먹은 지 얼마 안 됐는데."

민영은 자신이 보고 있는 책이 무엇인지 그가 발견하지 못하도록 자연스레 일어나며, 의자 위에 책을 올려 두었다.

"일하다 괜찮은지 보려고 일부러 올라왔는데, 앞에 앉아 있기라도 하면 안 돼? 무슨 책 읽고 있었어?"

"나가요. 아침에 죽을 먹어서 그런지 좀 허기진 것 같아요."

민영은 재빨리 의자를 밀어 책이 놓인 부분이 책상에 가려 보이지 않게 했다. 그의 마호가니 책상은 완벽한 가림막이 되어 주었다.

"많이 바빠요?"

식탁에 앉은 민영은 그를 살피려 일상적인 대화를 유도했다.

"월요일은 항상 정신없지. 회의가 많아서 금방 내려가야 해."

그는 식탁 위에 그대로 놓여 있는 약봉지를 보며 인상을 찌푸렸다.

"이거 왜 안 먹었어?"

"아. 깜빡했어요. 식후 30분이라고 적혀 있어서, 30분 있다가 먹는다는 게 그만."

"꼭 약을 입에 넣어 줘야 먹나 봐?"

그의 잔소리에 민영은 입술을 삐죽 내밀어 보였다. 그 모습을 본 그가 피식 웃음 지었다. 그 미소가 너무도 해맑고 아름다워서, 민영은 가슴이 시린 것만 같았다. 그가 웃음 지을수록 자꾸만 미안해졌다. 그가 자신에게 다정해질수록 죄책감이 더해 갔다.

식사를 마친 그는 민영을 데리고 당부할 것이 있다며, 서고로 향했다.

"여기부터 여기까지는 되도록 손대지 마."

그가 가리킨 곳은 정확히 차유정의 물건이 놓여 있는 곳이었다. 그는 사라진 물건이 없나 감시하듯 서고를 살피더니, 고개를 한 번 갸웃했다. 그러고는 책상 의자를 빼내어 그 위에 놓인 로미오와 줄리엣을 제자리에 꽂아 두었다.

"이거 보다가 또 흘려 놨었나 보네."

그는 흔히 있는 일이라는 듯 행동했다. 어쩐지 그 행동이 이제는 미심쩍어지기 시작했다. 일부러 자신을 안심시키려는 듯 그리 행동하는 것처럼 보이기까지 했다. 민영은 그런 의심을 견디지 못하고 물었다.

"남자가 셰익스피어의 로미오와 줄리엣을 즐겨 봐요?"

그는 잠시 생각에 잠긴 듯하다가 입을 열었다.

"이걸 좋아했던 이와의 추억을 즐겨 보는 거지."

"첫사랑이 그 책을 좋아하기라도 했나 보죠?"

너무 많이 나갔다 싶었다. 그냥 '그래요?' 하고 되물은 뒤, 화제를 돌렸으면 좋았을 거란 뒤늦은 후회가 밀려왔다.

"어."

아무렇지 않다는 듯 그는 대답했다.

"그 애는 항상 안타깝다고 말했어. 줄리엣이 조금만 더 빨리 깨어났다면, 로미오가 조금만 늦게 줄리엣이 있는 지하 무덤에 도착했더라면."

"그렇게 비극이 해피엔딩으로 바뀌었다면, 둘의 사랑이 진부해졌을지도 모르죠. 또 이만큼 유명한 작품이 되지 않았을지도 모르고요."

민영은 건조하게 셰익스피어의 글에 대해 말했다.

"만약에 말이야."

그는 팔짱을 끼고는 서고에 기대어 서며, 미간을 좁혔다.

"만약에 줄리엣이 진정 죽은 게 아니라는 걸 로미오가 알았더라면, 어떻게 되었을까?"

질문을 마치며, 그의 날카로운 시선이 민영에게 꽂혔다.

"둘은 도망쳐서 결혼했겠죠. 행복하게 살면서 애도 여럿 낳았을 거고요. 그러고 난 뒤에는 로미오는 결혼 생활이 무료해지고, 줄리엣은 자기 남편이 점점 못마땅하다는 생각이 들 거예요. 그러다 로미오는 그러겠죠. 캐플릿가의 딸과 결혼하다니 내가 미쳤지. 줄리엣은 그럴 거예요. 몬테규가의 아들과 결혼하려고 도망치다니, 멍청한 유모의 도움을 받는 게 아니었어. 그러면서 가슴 두근거리는 다른 누군가를 찾을지도 모를 일이죠."

"본인이 지나치게 염세적이라고 생각하지 않아?"

민영은 피식 웃으며 대답했다.

"염세적이기보다, 문학 작품을 그대로 받아들이려 노력한 것뿐이에요. 그들은 죽었기 때문에 영원히 사랑할 수 있었던 거예요. 세상에 영원한 건 없어요. 줄리엣의 죽음을 로미오가 몰랐기 때문에 의미 있는 거죠."

그 뒷말을 덧붙이지 말았어야 했다.

"첫사랑이 참 감상적이었나 봐요? 이 두 사람을 안타까워하고 가엽게 여긴 걸 보니. 어떻게 살고 있을지, 참 안됐네요. 그런 감상적인 삶이란."

자신은 차유정이 아니라고 당장 그에게 부정이라도 하고 싶었던 걸까, 입을 가볍게 놀린 자신이 참으로 멍청하다 느껴졌다. 서고에 몸을 기댔던 그가 민영의 앞으로 천천히 다가왔다. 민영은 그의 움직임에 기가 눌려 뒷걸음질 치다 서고에 등을 바짝 기댔다.

그가 민영의 얼굴을 천천히 살폈다. 그의 눈동자에는 증오와 번민이 가득 차 있는 것 같았다.

"줄리엣의 죽음이 의미 있다?"

그는 눈썹을 들썩이며 되물었다.

"그렇잖아요? 그게 아니었다면, 아주 평범한 이야기가 되었겠죠. 어느 셰익스피어 학자는 말이죠. 로미오와 줄리엣을 '운명과 악의가 만들어 낸 사랑과 파국'이라 정의했어요. 그 파국의 절정은 줄리엣의 거짓 죽음이에요."

"아니."

그는 내젓던 고개를 아래로 떨어뜨렸다가 한숨을 내쉬며 다시 민영의 시선을 마주했다. 숨결이 섞일 정도로 가까운 거리였다.

"줄리엣의 거짓 죽음을 로미오가 알았더라면, 아주 오래 행복하게 살았습니다, 하는 모든 사람의 사랑을 받는, 마치 동화 같은 사랑이야기가 됐겠지. 그리고."

그는 분노를 가라앉히듯 또다시 한숨을 내쉬고는 말을 이었다.

"그쪽이 줄리엣의 죽음에 의미가 있다고 떠들어 대는 것보다도, 셰익스피어 학자인지 나부랭인지가 잘난 척하는 것보다도 훨씬 남자의 첫사랑은 의미가 깊어. 그러니까 그 입 함부로 놀리지 마. 내가 사랑한 사람에 대해 함부로 입 놀리는 거, 그게 누구라도 듣기 싫으니까."

그리 말한 그는 쌩하니 뒤돌아서서 서재를 나가 버렸다. 육중한 나무 문을 여닫는 소리가 들려온 것으로 보아 그는 방 안을 아예 나가 버린 듯했다. 민영은 그 자리에 그대로 주저앉아 버리고 말았다. 걷잡을 수 없는 눈물방울이 뺨으로 흘러내렸다.

6.
레테의 강을 거슬러 온 것처럼

저녁 식탁 앞에서 마주한 그녀의 얼굴엔 수심이 가득해 보였다. 현건은 아무렇지 않은 척 식사에만 열중했다. 신경 쓰이는 일이 있는 건지, 아니면 단순히 입맛이 없는 건지 식사를 하는 둥마는 둥 한 그녀가 수저를 내려놓고는 조심스레 입을 열었다.

"미안해요. 아까 점심때."

숟가락을 움직이던 그는 동작을 멈추고 민영을 바라봤다.

"괜찮아. 일부러 그런 것도 아닌데, 뭐."

자신이 한 사랑을 누군가에게 평가당한다는 것은 참으로 서글픈 일이다. 특히 감상적인 그녀의 지금 삶이 어쩌고 한 부분에서는 참지 못할 분노가 치밀어 올랐었다.

그런데 아이러니하게도 그녀가 지금 자신의 삶을 비관하여 그런 말을 한 것이라면 어쩌나 하는 생각이 불현듯 머릿속을 스쳤다.

유정이 당한 교통사고에서 미심쩍은 부분이 있다 했던 이의 말, 그녀의 장례식장이 누군가에 의해 미리 예약되어 있었다는 이의 말, 그리고 눈앞에 앉아 있는 차유정과 똑같이 생긴 여자.

민영은 마치 자신은 차유정이 아니라고 일부러 연기를 하고 있는 것처럼 보였다. 줄리엣의 죽음에 대해 논할 때 그녀는 그 작품에 대해 꽤 깊은 지식을 갖고 있는 듯했다. 좋아하는 것을 싫어하는 척 연기하는 것은 어쩌면 가장 쉬운 위장술인지도 모른다.

또 그것을 가장 잘 알 때는, 부정하는 방법도 파악하기 쉬운 법이다. 차유정에 대해, 그녀가 좋아했던 것들에 대해 잘 알기에 그녀를 부정하고, 다른 사람인 척 연기할 수 있을 것 같은 여자, 윤민영처럼 말이다.

현건도 수저를 내려놓고는 물을 한 모금 들이켰다.

"무척이나 감상적인 사람이었어. 책이나 영화에 한번 빠지면 수십 번이고 곱씹어 보며 그 감정에 동화되곤 했었어. 그중 그 사람이 가장 좋아했던 작품이 로미오와 줄리엣이야. 책도 수십 번을 읽고, 영화도 수십 번은 봤을 거야."

그녀는 아무런 대꾸 없이 건조한 표정으로 자신을 바라보고 있었다.

"미안해. 아까 나도 좀 심하게 굴어서."

그녀의 얼굴에 희미한 미소가 떠올랐다. 그 미소는 참으로 쓸쓸하게 느껴졌다.

"삶이 어떠네 하는데."

현건은 한숨을 한번 내쉬고는 말을 이었다.

"감상적인 그 애가 지금 어떻게 살고 있는지, 나로서는 알 방법이 없어."

그녀는 왜요, 하고 작게 중얼거렸다.

"죽었어. 사고로."

그의 대답에 미안한 듯 고개를 숙여 보이며 입술을 깨무는 민영의 모습에 현건은 심장이 툭 하고 떨어져 버리는 것만 같았다.

"안됐네요, 참. 그래서 그렇게 연애도 안 하고, 사랑도 안 하고, 선 자리에서도 무례하게 굴고……. 계속 혼자 지냈어요?"

웅얼거리는 그녀의 물음에 현건은 진심을 다해 대답했다.

"어. 내 인생에 사랑은 그 여자 하나라고 생각했으니까."

"어리석은 남자네요, 참."

"그래서 안 어리석게 살려고, 이제."

그 말에 그녀는 놀란 듯 고개를 들어 자신을 바라봤다.

"네?"

"왜 네가 내 앞에 앉아 있는 거겠어?"

그녀는 시선을 피하듯 또다시 고개를 숙였다.

"그래도 어리석어요."

"뭐가?"

"그런 순애보를 지금 곁에 있는 여자에게 고백하는 거. 어리석다고요."

현건은 피식 웃으며 자리에서 일어나 그녀의 곁으로 다가섰다. 그녀는 여전히 시선을 피한 채 손끝만 바라보고 있었다.

"나 좀 보지."

민영은 천천히 고개를 돌려 현건을 바라봤다. 그는 손을 뻗어 민영을 일으켜 세우고는 자신의 품에 끌어당겨 안았다. 머뭇거리는 움직임이 품 안에서 느껴졌다.

"다 줘 봐서, 그걸 잃었을 때 아픔이 어떤지 난 잘 알아. 그래서 두렵기도 하고. 누군가에게 마음을 내줬다가 그걸 잃게 될까 봐, 그 누군가가 다시 어디로 사라지게 될까 봐."

현건은 민영의 정수리에 가만히 입술을 대었다가 떼어 내며 말을 이었다.

"그런데 말이야. 내가 그런 두려움을 무릅쓰고, 다시 해 보겠다고 하면, 내 곁에 있어 줄래?"

그녀는 망설이는 듯 대답이 없었다.

"당장 대답하기 어려우면 천천히 해도 돼."

"근데 왜 하필 나예요?"

속삭임에 가까운 그녀의 질문에 현건은 뭉뚱그리듯 대답했다.

"왜냐면, 너니까."

내가 사랑했던 오로지 하나의 인연이니까. 그리 덧붙이지 못하고 현건은 고개를 살짝 내려 민영을 바라봤다. 커다란 눈망울 가득 눈물이 고여 있었다.

"뭘 그렇게 감동하는 거야?"

그녀는 고개를 내저으며 대답했다.

"사람은 비슷한 부류의 사람을 만나야 행복해지는 거예요. 당장은 내가 가엾고, 안쓰러워서 마음이 쓰이는 걸 거예요. 여태껏 좋은 환경에서 바르게 자란 분들만 보셨죠? 길고양이가 안쓰러워서 눈길 한번 주는 건 쉽지만, 데려다 키우는 건 어려워요."

"세상엔 뜻대로 안 되는 일이 참 많아. 그런데 사랑마저 그렇게 기준을 세워 놓고 그 안에서 골라야 한다면 참 서글프지 않아? 사랑은 내 마음대로 하고 싶은데?"

그는 민영의 이마에 입을 한번 맞추고는 말했다.

"그리고 난 고양이 키우는 법을 잘 아니까. 누군가를 사랑하는 법을 잘 아니까 괜찮아."

차유정을 사랑하는 법을 잘 아니까, 그 애가 뭘 좋아했었는지, 뭘 싫어했었는지, 뭘 보고 까르륵 웃었는지, 뭘 보고 얼굴을 찌푸렸는지 하나도 잊어버리지 않고 다 기억하고 있으니까.

물기 어린 민영의 눈가를 닦아 주며, 현건은 생각했다. 혹시 교통사고 말고 어떤 험한 일을 겪어서 기억 상실이라도 온 건 아닐까? 레테의 강을 건너면 지나온 삶에 대한 기억을 모두 잊는 것처럼, 과거의 기억은 다 잊게 된 것이 아닐까? 그 아이가 분명한데.

"그런 사랑을 할 줄 아는 남자니까, 나는."

현건은 민영의 작은 손을 끌어다 제 심장 위에 올려 두었다. 작은 손에서 미세한 떨림이 느껴졌다. 현건은 천천히 고개를 내려 그녀의 입술을 머금었다. 물기 어린 작은 입술은 한없이 달콤했다.

가슴 위에서 떨고 있는 그녀의 손을 잡아 자신의 목에 두르게 했다. 그러고는 한 치의 공간도 허락하지 않겠다는 듯 그녀를 꼭 끌어안았다. 숨이 차오르고, 서로의 거친 호흡이 섞였다. 이제 현건은 민영이 그녀일 거라 확신했다.

저녁 식사 후, 둘은 일찍 잠자리에 들었다. 현건은 그녀에게서 떨어지지 않으려는 듯 그녀의 곁을 지켰다.

"앞으로 당분간은 여기서 지내. 내 전용 엘리베이터로 왔다 갔다 하면 보는 눈도 없을 거야. 챙겨 올 짐 있어, 혹시?"

"간단하게 챙길 게 있기는 한데……."

그녀는 불안한 듯 말끝을 흐렸다.

"내일 오후에 같이 가 보자."

고개를 끄덕이는 움직임에 현건은 그녀를 품 안으로 끌어당겼다.

❋

그녀의 집으로 향하는 길, 그녀는 아침부터 무언가 할 말이 있는 듯해 보였다. 이제 자신이 누구인지 말해 주려나 하는 기대감까지 생기게 만들 만큼 그녀는 초조해했다.

"나한테 뭐 할 말 있어?"

운전대를 잡은 현건은 가볍게 질문을 던졌다.

"아무래도 내가 거기서 그냥 그렇게 지내는 건 무리일 것 같아요."

"뭐?"

현건의 미간이 좁아지며, 목소리가 튀어 올랐다.

"그럼, 그 집에서 혼자 지내겠단 말이야?"

"나도 뭔가 할 수 있게 해 줘요."

"무슨 뜻이야?"

신호대기에 차가 멈춰 서고, 현건은 고개를 돌려 민영을 바라봤다.

"호텔에서 일이라도 할 수 있게 해 줘요. 그냥 솔직하게 말할게요. 이번 달까지 한 아르바이트비를 받았어야 다음 학기 생활이 가능했어요. 근데 지금 알다시피 내가 손에 쥔 게 아무것도 없어요. 그러니까 일을 할 수 있게 도와 달란 뜻이에요."

그녀는 그제야 고개를 들고 자신을 바라봤다. 눈 안에는 무언가 절박함이 가득했다.

"무리한 부탁이라는 거 알아요. 그래서 정말 내가 염치없어 보인다는 것도 알고요. 그렇지만 내가 지금 달리 선택할 수 있는 게 없어요."

신호가 초록색으로 바뀌자, 현건은 차를 출발시키며 대답했다.

"무리한 부탁은 아니야. 하지만 학기 시작하면 일은 할 수 없잖아?"

"4학년이라 수업이 그렇게 많지 않아요. 금, 토, 일은 꼬박 일할 수 있고, 그 외 요일은 오후 4시 이후로 일할 수 있어요."

이런 식으로 얼마나 많은 아르바이트를 하며 고된 삶을 살아왔을지, 현건은 숨이 턱 막혀 왔다.

"식품영양학 전공이라고 했나?"

"네."

"적당한 자리가 있나 알아보라고 할게."

"고마워요."

그제야 그녀의 목소리에서 미소가 느껴졌다. 그녀를 위해 모든 걸 다 해 줄 수도 있었다. 학교까지 차로 모셔다 드리고, 모셔 오고, 공주 대접도 해 줄 수 있었다. 하지만 현건은 그녀의 뜻을 따르기로 했다. 그것이 그녀의 자존감을 지켜 주는 방법인 것 같았다.

오래된 아파트에 도착해 주차를 하며 현건은 사위를 살피려 이리저리 두리번거렸다. 호텔 경호팀에서 직원들을 좀 데려왔어야 했나 하는 생각이 그제야 들었다.

다행히도 그녀의 집 현관문을 열고 들어설 때까지도 이상한 움직임은 느껴지지 않았다. 20평 남짓한 작은 아파트는 생활의 흔적이 느껴지지 않을 만큼 휑해서, 이삿짐을 다 옮겨 오지 않았나 싶을 정도였다.

"이사를 자주 다녀서 살림이 많지 않아요. 짐이 되는 건 거의 버리게 되더라고요."

그리 말한 그녀는 잠시만 기다리라 하고는 작은 방 안으로 들어갔다. 현건은 그저 멍하니 서 있을 수는 없어서 베란다로 향했다.

며칠 동안 사람 온기가 닿지 않은 탓인지, 텁텁한 공기가 답답해서 반투명 시트지가 붙어 있는 베란다 문을 열어젖혔다. 한 발자국 밖으로 나가려는데, 머리에 무언가 툭 와 닿았다.

이게 뭔가 싶어서 고개를 들었는데, 건조대에 올망졸망 걸려 있는 그녀의 속옷이 눈에 들어왔다. 당황한 현건은 얼른 유리문을 닫아 버렸다. 그는 아무것도 보지 못한 척 그녀가 들어간 방문 앞을 서성였다.

이윽고 그녀가 짐을 담은 작은 여행용 가방을 들고 나왔다.

"다 챙겼어?"

"잠시만요. 저, 잠깐만 돌아서 있어 줄래요?"

민영의 부탁에 현건은 고개를 끄덕이며 현관을 향해 돌아섰다. 뒤쪽에서 베란다 유리문이 열리는 소리가 들리고, 가방 지퍼가 열리고 무언가 주섬주섬 챙겨 넣는 소리가 들려왔다.

"이제 됐어요. 가요."

"근데 말이야."

현건은 골똘히 생각에 잠긴 듯 심각한 표정을 일부러 지어 보였다. 그 표정을 마주한 그녀의 얼굴엔 기대감 가득한 미소가 흐릿하게 떠오르고 있었다. 농담을 할 준비를 하고 있다는 것을 그녀도 알아챘다는 증거였다.

"올해 스물셋 맞지?"

그녀는 그렇다고 고개를 끄덕였고, 현건은 천천히 고개를 내려 민영의 귀에 나지막이 속삭였다.

"그럼 키티는 이제 끊을 때도 되지 않았나?"

순간 민영의 얼굴이 새빨갛게 달아오르고 말았다. 얼핏 본 그녀의 하얀 면 속옷에는 귀여운 고양이가 그려져 있었다.

"어떻게 봤어요? 돌아봤어요? 저걸 어떻게……."

귀까지 달아올라서는 횡설수설 말을 더듬는 모습이 귀여워서 현건은 그녀의 허리를 끌어당겨 자신의 품에 폭 안기도록 했다.

갑작스런 스킨십에 그녀는 입을 꾹 다물어 버렸다. 더 재잘거리면 입을 확 막아 버리려고 했는데, 그녀는 그저 눈을 내리깐 채로 작은 새처럼 파르르 떨고 있었다. 그 모습마저 어여삐 느껴졌다.

현건은 천천히 고개를 내려 입술로 그녀의 뺨을 스쳤다. 작은 두 손을 자신의 단단한 두 가슴 위에 올린 채로 그녀 역시 입술의 움직임에 따라 얼굴을 들었다. 서로를 향한 각도가 딱 들어맞았다 싶었을 때, 현건은 민영의 입술을 덥석 집어삼켰다.

그녀의 떨리는 등허리를 부드럽게 감싸 안고는 매만졌다. 커다란 손이 민영의 여린 등 위를 오르내리는 속도가 빨라질수록 맞닿은 몸의 온도도 높아지는 듯했다.

끓어오르는 열기에 당장에라도 그녀의 방문을 열고 들어가서 그녀의 잠자리를 차지하고 싶은 생각마저 들었다. 등허리를 맴돌던 손이 천천히 옆구리 쪽으로 옮겨 가고 있을 때였다.

"이 집 맞아?"

"네, 맞습니다."

밖에서 누군가 떠드는 소리가 들려왔다. 그 소리에 그녀가 급하게 몸을 떼어 내고는 겁에 질린 듯한 표정을 지어 보였다. 현건은 미간을 찌푸리며, 그녀를 끌어당겨 다시 품에 안았다.

"밖에 누가……."

"쉬이."

안심하라는 듯 현건은 민영의 어깨와 팔을 쓰다듬었다. 그는 도어스코프를 통해 밖을 살폈다. 며칠 전 아파트 현관 앞에서 마주쳤던 그 남자와 나이가 지긋한 남자 둘이 이야기를 나누고 있었다.

"문 열어. 들어가서 샅샅이 뒤져. 딸이 있는지, 없는지부터 확인하고. 우리가 먼저 손에 넣어야 하는 물건이야."

"알겠습니다."

현건은 목소리를 낮추고 물었다.

"여기 비상계단이 어느 쪽에 있지?"

그녀의 집은 낡은 복도식 아파트의 복도 중간쯤에 자리하고 있었다.

"문 열고 왼쪽이요."

"안에 우리가 있는지는 모르는 것 같아. 내가 문을 힘껏 열 테니까, 왼쪽 비상계단으로 무조건 달려. 알겠어?"

그녀의 얼굴에 잔뜩 떠오른 긴장감에 현건은 심장이 오그라들어 버리는 것만 같았다. 하지만 곧 마음을 가다듬은 그는 안심하라는 듯 미소 지어 보이고는 민영의 이마에 입을 맞추었다. 현건은 민영이 챙긴 더플백을 들고는 눈짓했다. 그녀도 알겠다는 듯 고개를 끄덕였다.

문이 잘 열리지 않자, 나이가 지긋한 남자는 험악하게 생긴 키 작은 남자에게 언성을 높이며, 뭐라 하는 것 같았다. 그 둘이 머뭇거리는 순간, 현건이 문을 열어젖혔다.

갑작스레 열린 문에 밀려 그들은 비상계단 반대쪽으로 두세 걸음 밀려났고, 그사이 민영은 달리기 시작했다.

"당장 잡아!"

나이 든 남자의 목소리가 들려온 것도 그때였다. 아마도 집에서 그녀만 뛰쳐나왔다고 생각하는 것 같았다. 현건은 재빨리 도어스토퍼를 내려 문을 고정시킨 뒤, 달려가는 민영의 뒤를 따랐다.

다행히 그녀의 집이 3층에 있었기에 뒤도 돌아보지 않고 달린 둘은 현건의 차에 무사히 올라탈 수 있었다.

그가 차를 출발시키며 룸미러를 통해 아파트 공동현관 앞을 돌아보았다. 험악한 얼굴의 남자들이 허탈한 몸짓으로 둘의 모습을 찾으려 애쓰고 있었다.

현건은 그제야 안도의 한숨을 내쉬며 민영을 살폈다. 그녀는 새하얗게 질린 얼굴을 하고 가슴이 들썩이도록 숨을 고르고 있었다.

"무언가 찾고 있는 물건이 있는 것 같았어. 혹시 짐작 가는 거라도 있어?"

그녀는 대답 없이 고개를 절레절레 저었다.

"그런 말 하는 거 처음 들었어요. 저한테는 그냥 아빠만 찾아야 한다고 했어요."

"일단 호텔로 돌아가자."

그녀는 얼굴을 잔뜩 굳힌 채로 슬쩍 고개를 끄덕일 뿐이었다. 현건은 혹시 자신들을 뒤따르는 이들은 없나, 경계하며 차를 몰았다.

설사 그들의 뒤를 따른다 할지라도 경비가 삼엄한 호텔의 사장 전용 출입구까지 그들이 따라 들어오는 것은 불가능했다.

전용 주차장에 차를 세운 현건이 그제야 안도의 한숨을 내쉬었다.

"윤민영 씨."

"네?"

현건의 건조한 부름에 민영은 흠칫 놀란 듯 대답했다.

"인생 참 재미있게 만들어 주는 재주가 있네."

기분을 풀어 주려 건넨 농담에 그녀는 사과를 해 왔다.

"미안해요."

현건은 손을 뻗어 민영의 머리를 쓰다듬어 주었다.

"달리기도 잘하더라. 내가 오는지 안 오는지 뒤도 안 돌아보고 달리던데?"

그 말에 그녀는 당황한 듯 재빨리 대답했다.

"뛰어오는 소리 다 들었어요. 괜히 뒤돌아봤다가 넘어지기라도 하면 그게 더 민폐잖아요."

"똘똘하기도 하지."

현건은 피식 웃으며 운전석에서 내려 조수석 문을 열어 주었다.

"가방은 제가 들게요."

뒷좌석에 던져 놓은 가방을 꺼내 드는데, 민영이 손을 뻗어 가방끈을 잡으려 했다.

"겨우 가방 본인이 들겠다는 걸로 이 사달을 퉁치려고?"

"그게 아니라……."

그는 전용 엘리베이터에 오르며 속삭였다.

"방에 가서 이 빚은 충분히 갚게 해 줄 테니까."

그의 얼굴에 떠오른 묘한 장난기에 민영은 얼굴을 붉히며 고개를 숙였다.

샤워를 하고 나온 그는 부엌에 서서, 호텔 주방에서 올려보낸 식재료들을 살피고 있었다.

"이게 다 뭐예요?"

곁에 다가온 그녀에게서 향긋한 바디샴푸 냄새가 풍겨났다. 자신이 쓰는 것과 동일한 제품인데도 그녀의 체취와 묘하게 섞인 그 매혹적인 향기에 현건은 괜히 심장이 동당거렸다.

"빚은 갚아야지. 내가 또 구해 줬으니까. 저녁 직접 해 줘."

"저녁이요?"

그녀는 눈썹을 치켜 올리며 물어 왔다.

"식품영양학 전공이라며, 요리는 잘하나? 아무리 아르바이트라도 솜씨는 보고 채용해야지."

"뭐 먹고 싶은 거 있어요?"

"글쎄. 아까 너무 열심히 뛰어서 원기회복용 전복백숙이라도 먹고 싶은데, 그건 우리 아기 고양이한테 여러모로 무리가 있을 것 같으니까."

아기 고양이라는 말에 민영이 발끈해서 대꾸했다.

"이것 봐요, 고관음 씨. 혹시 몰래 내 속옷 슬쩍한 건 아니죠?"

"설마! 내 취향은 하얀 면이 아니라, 망사나 레이스 같은 시스루야."

"뭐라고요?"

"정직하잖아. 속이 훤히 다 보이니까, 보형물 같은 걸로 속일 수도 없고."

급기야 그녀는 아랫입술을 지그시 깨물며 눈을 부릅떴다. 현건은 민영을 아래위로 노골적으로 훑으며 덧붙였다

"농담이야. 뭐, 시쳇말로 뽕이 필요할 정도는 아니던데? 차고 넘치지. 어쨌든 저녁 부탁해. 난 오후에 사무실을 비워서 서재에

서 일을 좀 해야 할 것 같네."

바쁘다는 듯 부엌을 빠져나온 현건은 서재로 쏙 들어와 버렸다. 지금쯤 아마 그녀는 자신이 한 농담에 씩씩거리면서도 식재료를 살피고 있을 것이다. 짓궂은 장난에 홀려 복잡한 현실은 잠시 내려놓았으면 하는 게 그의 바람이었다.

현건은 랩톱을 켜고 자신의 차에 설치된 블랙박스의 영상을 불러왔다. 아파트를 떠나며 잡힌 영상에 두 남자의 얼굴이 선명하게 찍혀 있었다. 현건은 두 사람의 얼굴을 편집해서는 세 사람에게 전송했다.

과거 고위 경찰이었던 남자에게 신원 확인을 부탁했다. 호텔 경호팀에는 이렇게 생긴 이들이 호텔에 출입할 경우 즉시 보고하라 일렀다. 그리고 마지막, 4년 전 정부의 비공식 외교 거래를 조사하다 해고된 기자에게 전화를 걸었다.

"고현건입니다."

— 웬일이십니까? 이런 쪽과는 거리를 두시는 청렴한 분이.

그에게서 비꼬는 말투는 느껴지지 않았다. 그는 단지 현건이 연락해 올 것을 예상하지 못했다는 듯 물었다. '청렴하신 분이'. 그 대목에서는 무언가 심각한 문제에 연루되기라도 했느냐는 듯 묻는 것 같았다.

"인물 정보와 관련해서는 기자님의 정보력이 가장 뛰어나다 들었습니다. 돌려 말하지 않겠습니다. 사진을 보내 드릴 테니, 이들이 하는 일이 무엇인지 조사 부탁드립니다."

— 일회용 이메일 주소를 이용해서 보내 주시기 바랍니다. 보내셔야 하는 이메일 주소는 잠시 후에 비용과 함께 알려 드리겠습니다.

현건은 그와의 전화를 끊고는 IP 우회로 일회용 계정을 만들수 있는 미국 웹사이트에 접속했다. 이메일 주소를 만들고 잠시기다리자, 그에게서 전화가 왔다.

그는 자신의 일회용 계정 주소와 함께 비용을 말하고는 전화를 끊었다. 확실한 조사를 위해 일주일 정도 시간을 달라는 그의 말에 현건은 되도록 빨리 알아봐 달라 말하며, 24시간 안에 정보를 제공할 경우 2배의 비용을 지불하겠다는 말도 덧붙였다.

당장 차유정의 존재에 대해 논할 수 없다면, 윤민영이 왜 그리쫓기고 있는지 그 이유라도 알아야 했다. 그들이 누구인지, 그들이 무엇을 쫓고 있는 것인지가 그에게는 중요한 열쇠가 될 터였다.

심각한 대화를 마무리한 그는 마지막으로 박 실장과 통화를 마쳤다. 지난 추석에 새로 생긴 식품사업부에 인턴 자리를 만들라는지시였다. 갑작스레 인턴의 자리까지 요구하는 현건에게 박 실장은 또다시 볼멘소리를 해 댔다.

— 사장님, 이런 것까지 이렇게 이래라저래라 하시면 직원들원성 사십니다.

"내가 원성 안 사게 일 처리하는 게 박 실장 능력 아닌가?"

— 정말 왜 맨날 저만 괴롭히십니까?

"사랑하는 박 실장이 내 마음을 거절해서."

— 사장님!

버럭 하는 박 실장의 목소리에 현건은 피식 웃음 지었다.

"인턴으로 일하게 될 직원이 내가 지난 금요일에 프라이빗 룸에서 만난 분이야."

— 아! 그럼 호텔 분위기라도 익힐 겸 근무하시는 건가요? 직원들한테 귀띔이라도 할까요?

"아니. 절대. 그냥 다른 인턴들하고 동일하게 근무할 수 있게 해 주고, 한 가지."

현건은 중요한 이야기를 해야 한다는 듯 시간 차를 두었다.

— 말씀하십시오, 사장님.

"눈치채지 않게 경호를 붙여. 주위에 수상한 움직임이 보이면, 바로 나한테 보고하게 해."

— 알겠습니다.

"참, 우리 박 실장은 내가 콩떡같이 말해도 찰떡같이 알아듣는다니까! 이러니 내가 그대를 사랑하지 않을 수 있나."

그리 말하며 의자를 빙그르르 돌리는데, 문가에 그녀가 서 있었다. 그녀는 마치 못 볼 것을 본 사람처럼 허둥거렸다.

"끊지."

전화를 끊은 현건은 무슨 일이냐는 듯 민영을 바라봤다.

"식사 준비 거의 다 됐어요."

현건은 고개를 끄덕이며 의자에서 일어나 그녀를 따라 부엌으로 향했다.

식탁 위에는 먹음직스러운 저녁상이 차려져 있었다. 현건이 자리를 잡고 앉자, 그녀도 그 앞에 자리했다. 그녀의 얼굴엔 어쩐지 떨떠름한 감정적 체기가 남아 있는 듯했다.

"그 얼굴 마주하고 밥 먹다가는 체하겠는데?"

그녀는 숟가락으로 밥을 한 숟갈 뜨고는 대꾸했다.

"남자가 사랑에 참 헤프네요."

"뭐?"

뾰로통한 그녀의 표정을 마주하자, 아까 자신이 말한 문장이 머릿속을 스치고 지나갔다.

"아, 우리 사랑하는 그이?"

그 말에 그녀는 뜨악한 표정을 지어 보이며, 현건을 노려보았다.

"사랑스럽다마다. 짧은 시간에 이렇게 저녁 밥상도 차리는 여자를 내 앞에 앉혀 놨는데."

그 순간 그녀의 얼굴에 설핏 미소가 어린 듯했다.

"질투하나?"

"질투는 무슨."

퉁명스레 대답하며 봄동을 넣고 끓인 된장국에 밥을 마는 민영의 모습을 현건이 물끄러미 바라봤다.

"잘 먹을게. 맛있겠다."

그 말을 들은 그녀의 한쪽 입꼬리가 슬쩍 위로 올라갔다.

"내일부터 식품사업부로 출근해. 안내는 내일 아침에 사.랑.하. 는 박 실장이 해 줄 거고, 전용 엘리베이터로 사장실이 있는 21층 까지 가면 직원용 엘리베이터가 있어. 그걸로 호텔 사무실까지 출퇴근하면 될 거야."

"고마워요. 신경 써 줘서."

"그래, 나 이거 신경 쓰느라 무지 애썼다."

"그래서 말인데, 앞으로 저녁은 제가 계속 할게요."

현건은 고개를 갸웃하며 그녀를 바라봤다.

"이렇게 식재료만 준비되면, 내가 할게요."

사랑도, 온정도, 받은 것은 배로 돌려줘야 마음이 편하다 했던 아이, 미움과 상처는 받아도 모른 척 잊었던 아이. 차유정의 그런 마음 씀씀이를 떠올리며, 현건은 그저 고개를 끄덕였다.

"대신, 명심해야 할 게 있어."

"뭔데요?"

"당분간 호텔 밖으로는 나가지 마."

그 의미를 알겠다는 듯, 민영이 고개를 끄덕였다.

"찾고 있는 물건 말인데, 혹시 뭐 생각난 거 없어?"

민영은 여전히 고개를 저었다. 현건은 짐짓 진지하게 말을 이었다.

"그게 뭔지는 모르겠지만 그 물건을 손에 넣을 때까진 널 해치지 못할 거야. 그리고 내가 누구인지 파악했다면, 섣불리 움직이지도 않을 거고. 되도록 직원 전용 구역으로만 다니도록 해. 고객 안전 때문에 경비가 삼엄하기는 하지만, 그자들이 손님으로 위장 출입할 경우도 고려해야 하니까."

그 말에 민영은 생각에 빠진 듯 골똘한 표정이었다.

"나 때문에 이 호텔이 위험해질 수도 있다면, 내가 여기서 일 하지 않는 게 낫지 않을까요? 다른 일을 알아볼게요."

"말도 안 되는 소리 마. 이 호텔은 내가 만들어 놓은 세계야. 난 내가 만들어 놓은 곳의 질서를 혼란시키는 일은 하지 않으니 까 안심해. 그리고……."

민영은 그의 말에 귀를 기울이고 있다는 듯 자세를 바로 했다.

"뭐, 나라를 팔아먹을 만한 극악무도한 일에 엮이기라도 했어? 당신 하나 때문에 호텔이 좌지우지되게? 그것도 일종의 심각한 자기애 아닌가? 시쳇말로 공주병?"

"뭐라고요!"

"웃자는 말에 죽자고 발끈하지 말고, 어서 밥이나 먹어."

현건은 더 이상 듣지 않겠다는 듯 손사래를 치며 숟가락을 들 어 올렸다. 뾰로통한 표정을 짓고 있는 듯했지만, 그녀의 흔들리 는 눈동자는 번뇌와 공포를 동시에 담고 있었다.

그는 그녀를 안심시키려 빙긋이 웃어 줄 뿐이었다. 온 힘을 다 해 그녀가 원하는 것 그대로를 해 주고, 가진 모든 것을 다해 그 녀를 보호해 줄 준비가 되어 있다는 말은 그저 속으로만 되풀이 했다.

7.
뒤틀린 이야기는

"혹시, 그 얘기 들었어?"

"무슨 얘기?"

"라푼젤!"

"라푼젤? 그거 동화 아냐?"

"아니, 고스트 말이야."

점심시간을 맞은 직원용 식당 한쪽, 여직원이 모여 있는 테이블에서 스멀스멀 이야기가 피어나기 시작했다.

여직원들에게 고현건 사장의 별명은 고스트였다. 그의 성 고에 스타일의 첫 알파벳 두 글자인 s, t를 붙여서 고st, 풀어 말하면 스타일 좋은 고 사장 정도 되는 듯했다.

민영은 지난 수요일을 시작으로 오늘로 딱 2주째 이곳 식품사업부에서 일하고 있었다. 여자들이 많은 곳은 여자들에게 치이기 마련인데, 그들이 신봉하는 고스트의 남다른 경영 철학 덕인지, 이곳 직원들은 하나같이 훌륭한 인품을 가지고 있었다.

그러나 타인의 사생활에 대해 이러쿵저러쿵 떠들지 않을 것 같은 그들에게도 이제껏 독신을 고수했던 고스트의 여자 문제는 초미의 관심사였다.

회사 소식에 가장 빠르다는 프런트 데스크의 이선영 대리가 목소리를 죽이고는 말을 이었다.

"이 호텔 꼭대기 층에 고스트 방 있는 거 알지? 거기에 여자를 숨기고 있대."

"뭐? 그래서 라푼젤이라는 거야? 언젠가부터 고스트 선도 안 본다며?"

그리 되묻은 이는 민영의 부서 선배인 한선주 대리였다.

"그러니까, 그 숨겨 둔 여자가 선 자리에 마지막으로 나왔던 여자라는 거지."

"근데 거기 있는 줄은 어떻게 알아?"

한 대리는 의뭉스러운 눈빛으로 되물으며, 숟가락을 입에 물었다.

"식자재 관리팀에서 나온 얘긴데, 고스트 방으로 늦은 오후쯤 식재료가 올라간대. 근데 그게 매일 2인 분량이라는 거지."

"그럼 고스트가 요리해서 둘이 먹는다고?"

놀라 자빠지겠다는 듯 되묻는 한 대리의 목소리에 민영은 깜짝 놀라 매운 오징어뭇국이 목에 탁 걸리고 말았다. 켁켁거리는 민영에게 한 대리는 물컵을 내밀며, 다시 이 대리에게로 시선을 돌렸다.

"뭐 하는 여자래?"

"몰라, 심지어 박 실장도 자기는 모른다고 시치미 뚝 떼더라고, 박 실장이랑 썸타는 객실 예약실 지연 언니가 그러더라."

"어머, 어머! 웬일이니, 웬일이니! 얼마나 대단한 여자면. 뭐, 사고 친 연예인 아냐?"

"에이, 설마."

"그럼, 우리 고스트 장가가는 거야? 히잉. 그냥 만인의 연인으로 남아 있지."

한 대리의 얼뜬 소리에 이 대리는 한술 더 뜨며 대꾸했다.

"우리 노조라도 만들까? 고스트 장가가면 일 안 하겠다고?"

눈을 부릅뜨고 진지하게 묻는 그녀의 말에 모두 웃음이 터지고 말았지만, 민영은 고개를 푹 숙인 채 식판에 얼굴을 묻고 수저만 바삐 움직였다. 오늘따라 고스트의 이야기는 그칠 줄 몰랐고, 민영은 눈치를 살피다 자리에서 일어났다.

"저, 먼저 일어나겠습니다."

"어, 맞다! 민영 씨! 로비 카페에 새로 들어온 바리스타가 커피 만들어 준댔어. 같이 들고 가자."

"아, 네."

식사를 마친 무리는 여전히 라푼젤은 있다, 없다에 관한 이야기에 열을 올렸고, 민영은 한 대리를 따라 호텔 1층 로비 라운지로 향하며 자연스레 무리에서 멀어졌다. 새로 들어왔다는 바리스타는 벌써 카페 앞에 나와서 그들을 기다리고 있었다.

"어?"

"어어?"

민영과 바리스타는 얼굴이 마주치자 동시에 고개를 갸웃했다.

"윤민영?"

"재윤 선배?"

"오랜만이다. 너 여기 취직했어?"

"취직은 아니고, 그냥……."

친근하게 대화를 주고받는 둘의 모습을 보고, 한 대리가 끼어들었다.

"민영 씨, 둘이 아는 사이야?"

"과 선배요."

"아, 반갑습니다. 식품사업부 한선주입니다."

"안녕하세요? 이재윤입니다. 저, 이거."

재윤은 캐리어에 담긴 커피 여덟 잔을 건네며 성긋이 웃었다.

"감사합니다. 잘 마실게요."

한 대리가 생긋 웃으며 인사를 건네자, 민영도 재윤을 보며 빙긋이 웃음을 지어 보였다.

"민영아, 나중에 보자."

"어. 선배, 수고해."

"그래, 너도."

민영은 재윤에게 작게 손을 흔들고는 한 대리의 뒤를 따라 사무실로 향했다. 양손에 들린 커피 캐리어에서는 향긋한 커피 향이 모락모락 피어오르고 있었다.

"진짜 잘생겼다. 우리 고스트랑 견줄 만한데? 학교에서 인기 많았지?"

"인기 많았어요. 과에서 유일한 남자여서 그랬나? 뭐, 애들은 잘생기고, 자상해서 좋다고……."

그때 민영의 말을 탁 끊으며 누군가 끼어들었다.

"누가 그렇게 잘생기고 자상해?"

"아, 안녕하세요? 사장님, 식사하셨어요?"

현건을 마주하자 한 대리는 얼굴을 붉히며, 고개 숙여 인사했다.

"누가 그렇게 잘생기고 자상해?"

민영을 향해 묻는 현건에게 한 대리가 입을 열었다.

"아, 카페에 새로 온 바리스타요. 저희 인턴 대학 선배래요."

선주의 대답을 들은 현건의 미간이 아주 미세하게 구겨졌다.

"그럼, 수고."

그들을 지나쳐 가는 현건의 뒷모습을 바라보며 선주는 두 손을 모아 쥐고는 두 눈을 반짝거렸다.

"세상에! 대체 저 남자랑 같이 있는 라푼젤은 누구라니?"

꿈꾸는 듯 나른한 한 대리의 표정에 민영의 얼굴이 슬쩍 구겨졌다. 점점 소문의 중심에 자신이 빨려 들어가고 있는 것이 썩 달갑지만은 않아서였다.

"저, 대리님. 저희 늦겠어요. 얼른 들어가요."

"그래, 가자. 라푼젤이고 나발이고, 일하러 가자."

씩씩하게 걸음을 옮기는 한 대리의 뒤를 따라서 민영도 총총 걸음을 옮겼다.

일은 마친 민영은 엘리베이터를 타고 21층으로 향했다. 그의 탑 꼭대기로 향하는 엘리베이터 앞에는 일을 마쳤는지 피곤한 기색이 역력한 그가 서 있었다.

21층은 허가된 몇몇 사람만 출입할 수 있는 곳이었기에 복도는 텅 비어 있었다. 둘은 말없이 엘리베이터에 올라탔다.

엘리베이터 안 작은 화면에 숫자가 올라가는 것을 물끄러미 바라보고 있는데, 그의 목소리가 들려왔다.

"잘생기고, 자상해? 잘생긴 줄은 모르겠던데?"

그의 질문에 민영의 얼굴에 설핏 미소가 어렸다.

"질투해요?"

"질투는 무슨."

뽀로통한 표정을 짓고 있는 현건에게 민영은 싱그러운 미소를 지어 보였다.

"그렇게 웃지 마."

차유정 생각나니까. 현건은 한숨을 몰아쉬며 엘리베이터에서 내렸다.

"혹시, 직원들이 뭐라고 부르는지 알아요?"

"누구, 나?"

민영은 고개를 끄덕이며 장난스러운 미소를 지었다.

"사장님이겠지, 뭐."

"이렇게 재미없는 사장님께, 그렇게나 창발적인 직원들이 있다니. 운이 좋네요, 사.장.님.은."

"대체 날 뭐라고 부르는데?"

현건이 인상을 찌푸리며 내려 보자, 민영이 피식 웃으며 대답했다.

"고스트."

"뭐? 내가 귀신 같다는 말이야?"

민영은 또 장난기가 발동해서는 부러 걱정스러운 표정으로 고개를 절레절레 저으며 물었다.

"대체 직원들을 얼마나 잡은 거예요?"

현건은 한숨을 한번 내쉬고는 헛웃음을 지었다. 그녀가 장난을 걸어 오고 있다는 걸 단번에 알아차렸기에 장단이나 맞춰 보고자 했다.

"지금은 그쪽도 내 직원 아닌가?"

"퇴근했는걸요."

"퇴근하면 여기서 일한다는 사실이 사라지나? 아직 고압적인 사장이 얼마나 무서운지 모르나 보네, 우리 인턴 양은."

대화를 나누는 사이, 둘은 어느새 그의 방 앞에 다다라 있었다.

익숙한 동작으로 복잡한 잠금장치를 해제한 현건은 방에 들어서 자마자 민영을 자신의 앞으로 바짝 끌어당겼다.

그녀가 긴장한 듯 침을 꿀꺽 삼키는 모습이 눈에 들어오자, 현건은 입술을 내려 그녀의 입술을 머금었다. 달콤한 긴장감 때문인지, 그녀의 몸이 파르르 떨렸다.

현건은 두 팔로 그녀의 허리를 안고는 문 앞 콘솔 위에 앉혔다. 곱게 모인 두 다리를 벌리고 그 사이에 자리하자, 민영이 상체를 비틀며 현건의 목을 끌어안았다.

대범하게 다가오는 그녀의 행동에 현건은 잠시 머뭇거렸다. 그가 입술을 떼어 내고 민영을 지그시 바라봤다.

"스타일 좋으신 고 사장님, 그래서 고스트래요."

발그레한 얼굴로 자신의 어깨에 작은 손을 얹은 채, 달콤하게 속삭이는 민영을 보며 현건은 피식 웃음 지었다.

"고압적인 사장 하지 말라는 거야, 지금?"

현건의 말에 이번엔 민영이 피식 웃었다.

"사람들이 나는 뭐라고 부르는지 알아요?"

"널 뭐라고 부르는데?"

"라푼젤."

그리 말하는 그녀의 얼굴에 슬쩍 서글픔이 어렸다.

"라푼젤?"

"고스트가 지어 놓은 탑 위에 사는 라푼젤이요."

"누가 네 정체를 알았단 말이야?"

현건은 깜짝 놀라 되물었다.

"선본 여자와 함께 지내고 있다는 것쯤으로 알아요. 내가 그 상대인 건 모르고요."

"입단속들 더 잘 시켜야겠네."

"아무리 감추려 해도 비밀은 어느 틈엔가 보이는 거랬어요. 준비가 되면 여기서 나가야 할 것 같아요."

여기서 나간다는 그녀의 말에 현건의 얼굴이 종잇장 구겨지듯 단번에 구겨졌다.

"라푼젤……. 해피엔딩이야?"

"그럴걸요."

"그럼, 됐어. 탑 위에서 해피엔딩 하면 되지, 뭐."

현건은 민영을 품에 안으며 생각했다. 해피엔딩. 행복하게 잘 살았답니다, 하는 그런 동화 같은 결말이 자신들의 것이기를.

민영은 현건의 너른 품에 안기며 생각했다. 마녀의 저주로 사랑하는 이를 잃은 또 다른 라푼젤의 새드엔딩이 자신의 것이 아니기를.

✳

어제 점심시간 식당에서 시작된 이야기는 어느새 사라진 듯했다. 하지만 민영은 통 마음이 놓이지 않았다. 보는 이가 없는 통로라고는 하지만 날마다 그의 탑을 오르내리는 엘리베이터가 불안하기도 했다.

"민영아!"

"어, 선배."

식판을 들고 오며 환하게 웃는 이는 재윤이었다. 여직원들은 민영에게 살갑게 인사하는 재윤을 보며 수군거렸고, 그중 가장 입심이 좋은 객실 예약실 지연이 입을 열었다.

"반가워요. 전 예약실 이지연이에요. 두 사람 아는 사인가 봐요?"

"반갑습니다. 이재윤입니다."

"과 선배예요."

민영의 조심스러운 대답을 가로채듯 재윤은 전혀 다른 대답을 내놓았다.

"제 첫사랑이에요, 윤민영."

"와, 첫사랑?"

지연이 흥미롭다는 듯 둘을 번갈아 봤다. 민영은 재윤에게 나무라는 눈빛을 보내며, 인상을 구겼다.

"누가 누구 첫사랑이라는 거야?"

반질반질 윤이 나는 군청색 슈트에 진녹색 타이를 한, 남성용 잡지에서 툭 튀어나온 거 같은 고스트가 자신과 어울리지 않는 하얀색 식판을 들고 민영의 옆자리에 앉았다.

"대체 누가?"

현건은 직원들의 이야기에 동참하겠다는 듯 넌지시 질문을 던졌고, 잠시 후 그의 옆으로는 박 실장이 자리했다.

"사장님, 직원 식당엔 웬일이세요?"

"내가 여기 오면 안 되나?"

"아, 아니요! 한 번도 오신 적 없어서……."

현건이 쏘아보자, 한 대리는 고개를 돌리며 식사에 열중하는 척했다. 한 대리에게 무안을 준 덕에 직원들의 시선은 전부 각자의 식판으로 향했고, 민영은 슬쩍 현건을 쏘아봤다.

재윤의 존재가 걸리적거린다는 듯 그의 얼굴에는 불편한 기색이 역력했다. 그렇다고 한 대리에게 무안을 준 건 명백한 그의 잘못이라 여긴 터였다. 곱지 않은 시선이 현건에게 향하고 있을 때, 재윤의 목소리가 들려왔다.

"내일 뭐 해?"

"응?"

갑작스러운 재윤의 질문으로 인해 침묵의 밀도는 짙어졌고, 빠르게 흘끔거리는 시선들이 민영을 향했다. 수십 개의 눈동자가 자신을 살피는 통에 민영은 수저를 든 손이 절로 떨리는 것 같았다. 그 바람에 참으로 무책임하고 어이없는 대꾸가 툭 하고 튀어나왔다.

"그냥."

"그러니까, 주말인데 그냥 뭐 하냐고."

민영의 옆에서 식사를 하고 있는 현건이 주먹을 꽉 틀어쥐는 게 눈에 들어왔다. 손등 위로 핏대가 솟아올랐다. 그의 말버릇처럼 '시쳇말로' 한 대 칠 기세였다.

"내일 영화 볼래? 네가 좋아하던 그 배우 새 영화 나왔더라."

"윤민영 씨가 좋아하는 배우가 누군데요?"

현건의 갑작스런 질문에 테이블 위의 시선이 세 곳으로 분산되었다. 민영의 얼굴, 재윤의 얼굴 그리고 무심히 식사를 하고 있는 현건에게로. 재윤은 피식 웃으며 대답했다.

"디카프리오요."

뭐가 그리 재미있는지 쿡쿡거리며 웃는 재윤을 바라보며 현건은 헛웃음을 흘렸다.

"디카프리오."

그리 되뇌는 현건의 얼굴이 싸하게 굳어 가는 걸 눈치챈 이는 민영뿐이었다.

"갈래?"

"아니."

"왜?"

"디카프리오 싫어. 내가 언제 그 배우 좋아했어? 딴 여자랑 착각한 거 아냐?"

민영의 물음에 재윤은 자신이 분명하게 기억하고 있다며 대꾸했다.

"무슨 소리야, 윤민영? 너 나랑 도서관 영상실에서 근로 장학생으로 일할 때, 매일같이 로미오와 줄리엣 봤잖아."

하필 그의 입에서 셰익스피어의 로미오와 줄리엣이 참 극적으로 튀어나왔다.

"해피엔딩은 아니어도 두 사람의 사랑이 영원해 보여서 좋다고
했잖아. 디카프리오도 좋고."

"그만해."

민영은 사람들 앞에서 곤란하다는 듯 작게 웅얼거렸다. 귀까지
새빨개진 민영은 고개를 푹 숙인 채 또다시 중얼거렸다.

"저, 일이 있어서 먼저 일어나겠습니다. 식사 맛있게 하세요."

식판을 든 민영이 총총걸음으로 사라지자, 여직원들이 키득거
리며 재윤을 놀려 대기 시작했다. 여자 참 모른다. 민영 씨, 마음
에 둔 것 같은 남자 직원 꽤 있더라. 보통내기 아니니 꼬이기 힘
들 거다. 여직원들은 깔깔거리며 수위를 높여 갔고, 그중 한 대리
가 쐐기를 박듯 말했다.

"그 시절 디카프리오 안 좋아한 여자도 있나?"

"그러게. 지금은 꽃중년이라고 하지만, 디카프리오 리즈 시절
은 로미오지."

그리 덧붙이며 객실 예약실 이 대리가 쿡쿡거렸다.

"그리고 로미오와 줄리엣은 첫사랑의 대명사이자, 불멸의 연인
인데, 여자들이라면 누구나 꿈꾸는 사랑인 거라고요. 목숨도 아깝
지 않은 사랑, 죽어서도 함께하고 싶은 사랑. 재윤 씨가 뭘 몰라
도 한참 모르네. 그리고 아무리 민영 씨 취향을 잘 알고, 다 기억
하고 있다고 해도, 사람들 앞에서 이러는 거 민영 씨 조용조용한
성격에 좋아라 할 것 같지는 않은데요?"

"아, 그게 아니라……."

현건은 얼굴을 붉히며 머리를 긁적이는 재윤을 바라봤다. 학교를 같이 다닌 둘이 마치 운명처럼 이곳에서 재회한 사실에, 저놈은 대체 누가 뽑았나 하는 생각에, 머리끝까지 울화가 치미는 것 같았다.

사무실로 돌아온 현건은 박 실장에게 다분히 사적인 업무 지시를 내렸다. 이재윤이 어떻게 입사했는지, 어떤 이력을 가진 사람인지 알아내라는 지시였다.

퇴근 무렵 박 실장은 긴히 드릴 말씀이 있다며 현건을 찾았다. 앞서 일하던 바리스타의 갑작스러운 퇴사, 그리고 때마침 식품사업부로 지원했던 재윤의 바리스타 자격증을 보고 입사를 앞당긴 것.

있을 수 있는 일이라며, 현건은 고개를 끄덕이면서도 민영의 곁을 맴도는 놈의 정체와 딱 맞아떨어지는 입사 시기가 꽤히 신경에 거슬렸다.

박 실장을 내보내고 퇴근 준비를 하고 있는데, 전화가 한 통 걸려 왔다. 발신인은 전직 기자, 이성한이었다.

"조사는 다 마치셨습니까?"

— 네, 그런데 직접 전해 드리는 게 나을 것 같아서 연락 드렸습니다.

"저도 그렇게 생각하고 있었습니다. 내일 점심때 호텔에서 식사 어떠십니까?"

— 그럼, 내일 호텔 로비에 도착해서 연락 드리겠습니다.

"네, 그럼……. 아, 이성한 씨?"

전화를 끊으려던 현건은 다급하게 그의 이름을 불렀다.

— 네, 말씀하십시오.

"간단한 조사가 필요한 인물이 한 명 더 있습니다. 괜찮으시다면, 내일 그 사람에 대한 정보도 부탁드리겠습니다."

— 그러시죠. 그럼 내일 뵙겠습니다.

이튿날 점심시간, 현건이 중요한 인사들과 비밀스러운 식사 자리를 할 때 주로 사용하는 프라이빗 룸에 두 남자가 마주 앉았다.

"일단 식사부터 하시죠."

현건에게 성한은 사람 좋은 미소를 지어 보이며 말했다.

"식사는 됐습니다. 준비된 자료만 드리고 가겠습니다."

까칠하고 바짝 마른 손이 두툼한 종이봉투를 현건에게 건넸다.

"윤민영 양을 쫓고 있는 이들은 국제적으로 활동하는 로비스트들입니다. 특정한 소속이 없는, 돈 많이 주는 곳이 소속인 이들이죠. 그리고 어제 부탁하신 직원분은 상당한 이력을 가지고 있는 사람이더군요."

현건의 눈초리가 날카로워졌다.

"어떤 이력 말씀이십니까?"

"특정직 7급 공무원입니다. 주어진 임무는 윤민영 양에 대한 최소 경호 혹은 감시가 될 것 같습니다."

"그럼, 윤민영 양은?"

"제가 드린 자료에 전부 나와 있습니다. 그럼, 전 이만 일어나 겠습니다."

이성한이 자리를 뜨고 난 뒤, 현건은 그가 건넨 자료를 훑어보 느라 한참이나 자리를 지켰다.

점심 식사를 마친 후, 민영은 선배들을 따라 여직원 휴게실로 향했다.

"그렇다니까! 고스트가 만나는 여자가 뭔가 대단한 여자인 거 야!"

"왜? 무슨 일 있었어?"

그렇게 속삭인 사람은 마케팅 담당 지배인, 수진이었다. 그녀 의 말에 한 대리는 귀를 쫑긋 세우며 되물었다.

"자, 들어 봐. 오늘 고스트가 이성한 기자를 만났어. 알지? 옛 날에 정부 비리 캐내다가 짤린 기자. 그 뒤로는 그 어떤 언론사에 도 못 들어가는."

"고스트 원래 발 넓잖아. 뭐 기자 출신하고 알고 지낼 수도 있 지 않아?"

한 대리의 질문에 수진은 뭘 모른다는 듯 혀를 끌끌 차며 대꾸 했다.

"너 그 찌라시 못 봤구나? 요즘 개인정보보호법 때문에 언론사 에서 다 막아 놓기는 했는데, 예전에 유료로 인물 정보를 구하는 곳은 언론사였어. 근데 그 사람이 퇴직하면서 그 자료를 들고 나왔대. 거기에 자기가 내통하는 모든 수단을 다 동원해서 엄청난 데이터베이스를 만들어 낸 거지. 그렇게 정보를 사고팔면서, 돈도 엄청나게 벌었대. 그 사람 덕 본 사람도 많고, 도움을 받으면 나중을 위해 당연히 돕게 되고."

"그래서 결론이 뭐야?"

쓸데없는 가십이라는 듯 한 대리는 한심하게 되물었다.

"그 남자는 자기가 갖고 있는 자료가 밖으로 새어 나가는 걸 무지하게 꺼려해서, 의뢰받은 사람한테 직접 하드카피만 전달해 준대. 근데 말야, 오늘 프라이빗 룸에 그 남자가 왔었는데, 고스트한테 두툼한 서류 봉투를 하나 건네주고 갔대."

"그래서?"

수진은 답답하다는 듯 주먹으로 가슴을 콩콩 치며 대답했다.

"결론은 고스트가 누군가의 뒷조사를 하고 있다는 건데, 누구겠어? 그 여자 아니겠어? 라푼젤?"

"라푼젤이 있는지 없는지도 모르는 마당에 혼자 아주 드라마를 쓰고 앉았네. 그게 우리랑 무슨 상관이야?"

한 대리는 수진이 한심하다는 듯 쏘아붙였다.

"만약에 그 여자가 그런 심각한 뒷조사가 필요할 만큼 위험한 사람이어 봐. 그런 사람이랑 고스트가 만나고 있다고 쳐. 남자가 여자한테 미치면, 회까닥하는 건 한순간이다? 고스트 그렇게 되면 호텔이 무사할 것 같아?"

"근거 없는 헛소리로 분위기 흐리지 마. 쟤 말 듣지 마, 민영 씨. 여태껏 쟤가 떠든 건 하나도 안 맞았다? 우리 호텔이 얼마나 경영상태가 건전한데, 사장이 쓰러져도 끄떡없을 테니 걱정 마."

한 대리는 손에 쥐고 있던 종이컵을 와그작 구겨서는 쓰레기통으로 던져 넣었다. 골인! 하고 작게 외친 그녀는 얼굴이 새하얗게 질린 민영을 향해 물었다.

"근데 민영 씨, 체했어? 얼굴이 말이 아닌데?"

"아, 좀 소화가 안 돼서요."

"여기 어디 소화제 있을 텐데, 잠깐만."

한 대리가 휴게실 한구석에 있는 캐비닛을 뒤지고 있는 사이, 민영은 떨리는 손을 꽉 움켜쥐었다.

인물정보, 누군가에 대한 뒷조사, 그 자료를 그가 오늘 전달받았다? 왜 하필 오늘일까. 민영은 그리 생각하며 한숨을 내쉬었다.

한 대리는 생긋 웃으며 민영에게 소화제를 건넸다.

"오늘 금요일인데 체하면 쓰나. 불금을 위해 마셔 둬."

"네, 감사합니다."

소화제 한 병을 다 마셔도 수년간 쌓인 체증은 해소되지 않았다.

8.
무정한 밤을 울렸다

퇴근 후, 그는 은근히 그녀에게 거리를 두고 있었다.

"저녁 준비 다 되었어요."

서재 문가에 서서 그리 말하는 민영에게 현건은 시선조차 두지 않은 채 대답했다.

"먼저 먹어. 난 알아서 먹을 테니까."

그 말에 민영은 더 이상 다른 말을 붙이지 못한 채, 홀로 식탁 앞에 앉았다.

대체 무슨 소리를 들었을까? 차유정의 죽음에 관한 진실을 알아냈을까? 윤민영이 자신을 속이고 있다는 사실을 알게 되었을까?

온갖 어두운 생각들에 사로잡힌 민영은 음식을 제대로 넘길 수 없었다. 명치끝이 갑갑해져 와서 연거푸 물을 들이켜고 있는데,

그가 부엌으로 들어왔다. 그녀가 차려 놓은 식탁에 한번 시선을 둔 그는 물을 한 잔 따라서 들이켰다.

"식사 안 하세요? 다 식을 텐데……."

그는 잠시 생각에 잠긴 듯 가만히 있다가 대답했다.

"그래, 먹자."

그는 민영의 앞에 앉아 식사를 하기는 했지만, 평소와 분위기가 사뭇 달랐다.

"오늘 많이 바빴나 봐요."

"응."

그 대답은 더 이상 묻지 말라는 뜻 같았다. 대화를 더 이을 수 없도록 일부러 답을 짧게 끊어 버린 그는 순식간에 식사를 마치고는 자리에서 일어났다.

"저, 내일."

민영은 그리 말하는 찰나의 순간 동안 수많은 고민을 했다. 대체 무슨 말이 듣고 싶어 그랬는지 자신도 알 수 없었지만, 분명한 건 마음 한구석에 자리한 불안함을 해소시키고 싶었다는 것이었다.

"나랑 밖에 나가 줄 수 있어요? 호텔 안에만 있었더니 좀 답답해서요."

등을 보이고 있던 그가 천천히 돌아섰다. 퇴근 후, 처음 둘의 시선이 마주쳤다.

"안 되겠는데? 내일은 선약이 있어. 일요일에 생각해 보지."

"네."

민영은 고개를 끄덕이며, 먼저 시선을 피했다. 내일이 무슨 날인지 알면서도 그리 물은 자신이 참으로 얄궂게 느껴졌다.

늦은 밤이 되도록 그는 서재에서 꼼짝도 하지 않았다. 민영은 자꾸만 초조해지는 자신을 달랠 길이 없었다. 2층 방에서 머물던 그녀는 서재에 들어가 서가를 둘러보는 척했다. 한참 동안 책을 고르던 그녀가 현건이 앉아 있는 곳으로 다가갔다.

그녀가 다가가자 그는 보고 있던 서류를 뒤집어 놓고는 무슨 용건이 있냐는 듯 눈썹을 치켜뜨며 그녀를 바라봤다.

"혹시 케이터링 관련한 책이 있나 해서요. 월요일 회의 때 필요한 자료가 있어서……."

그는 앉아 있던 자리에서 일어나 민영에게 따라오라며 고갯짓했다.

"차 좀 가져올게요. 찾아 주세요."

"그래."

2층 서고로 향하는 계단을 오르는 현건의 뒷모습을 바라보며, 민영은 미리 문밖에 준비해 두었던 쟁반을 1층 한가운데에 있는 커다란 테이블 위에 올려 두었다. 그러고는 재빨리 그의 책상으로 향했다. 그가 뒤집어 놓은 페이지를 들춰 보려는 순간, 그가 계단을 내려오는 소리가 들려왔다.

민영은 황망함을 감추려 한숨을 한번 내쉬고는 테이블 옆으로 재빨리 섰다. 그는 무심하게 민영에게 책을 건넸다. 민영은 테이블 위에 책을 올리고는 소서에 올린 찻잔을 현건에게 건넸다. 이에 현건은 손에 들린 유리잔을 흔들어 보이며, 대답을 대신했다.

유리잔 안에는 얼음과 암갈색 액체가 담겨 있었다.

"술인가요?"

그는 대답 없이 고개를 끄덕였다.

"한밤중엔 카페인이 들어간 차보다는 술이 낫지 않아?"

민영은 머뭇거리며 대꾸했다.

"그럼 차 준비하겠다고 했을 때, 미리 말해 줬으면 좋았잖아요."

"윤민영 씨."

성까지 꼭 붙여서 자신을 부르는 그의 목소리가 어쩐지 딱딱했다.

"찻잔은 숨겨도 그 안에 담긴 향은 못 숨겨. 이 방에 들어올 때부터 차는 준비되어 있던 거 아냐?"

민영은 숨을 멈춘 채 그를 바라봤다.

"목적이 뭐야? 이거야?"

그는 책상 위에 놓인 서류를 흔들어 보였다.

"남의 물건에 손대는 취미가 있는지는 모르겠지만, 여기는 손대지 않는 게 좋을 거야. 알겠어?"

얼마 전, 새로운 시작을 하고 싶다며 사랑을 고백했던 그와 지금의 그가 같은 사람이 맞나 의심이 될 정도로 그는 차가웠다.

"당신한테 사람 의심하는 재주가 있는지는 모르겠지만, 차를 미리 준비한 건 사실이에요. 오늘 퇴근하고 난 뒤로 계속 기분이 안 좋아 보여서 따뜻한 말이라도 건네려고 왔는데, 내가 괜한 짓을 했네요. 차는 향만 남기고 물려야겠네요."

민영이 쟁반을 집어 들자 그의 목소리가 들려왔다.

"마시고 가."

차가웠던 그의 목소리가 조금 녹은 것처럼 들리는 것은 자신의 착각이 아닌 듯했다.

"난 이거면 되니까, 차는 여기서 마시고 가라고."

그는 뒤적이던 서류를 책상 서랍에 넣고는 열쇠로 잠가 버렸다. 이에 대해 더 이상 궁금해하지 말라는 무언의 압력 같았다.

"그래요. 정 원하신다면."

민영이 자리에 앉자 설핏 그의 얼굴에 미소가 떠올랐다.

"오늘 정말 무슨 일 있었어요?"

"그냥 좀 지쳐서."

"왜인지 물어봐도 돼요?"

그녀의 조심스러운 물음에 그는 고개를 가로저으며 되물었다.

"뭐가 그렇게 궁금해?"

그 질문에 묻어난 서글픈 미소에 민영은 서글픔은 무시하고, 미소만 낚아채기로 했다.

"글쎄요. 같이 사는 사람 닮아 가나 보죠. 나도 관음증이 생긴 건지."

그의 낮은 웃음소리가 들려오자 심장이 쿵쾅쿵쾅 뛰었다.

"참 신기한 재주가 있는 사람이야, 윤민영 씨는."

민영은 고개를 갸웃하며 그를 바라봤다. 그는 암갈색 액체가 든 잔을 들고는 민영의 앞에 마주 보고 앉았다.

"인생 참 복잡하게 꼬는 재주도 있는 반면에……."

"그런 반면에?"

그는 피식 웃으며 고개를 한번 내젓고는 민영을 바라봤다.

"그런 복잡한 거 다 잊게 만들기도 하고."

"뭐, 그렇다 치고요."

암갈색 액체를 한 모금 들이켠 그는 의자에 비스듬히 기대앉으며 턱을 치켜 올렸다. 자연스레 그는 눈을 가라떴고, 은근한 시선이 그녀에게로 향했다.

"복잡하게 꼬았다가, 허탈하게 웃겼다가, 스스로 그렇다고 인정했다가. 윤민영 씨."

민영은 왜 부르냐는 듯 고개를 갸웃했다.

"대체 정체가 뭐야?"

장난스러운 그 물음에 진심이 묻어났다. 민영은 그 물음에 또다시 신소리를 해 댔다.

"분명히 말했을 텐데요. 비밀은 여자를……."

"됐어. 알겠으니까, 그만 올라가."

민영의 말을 뚝 끊은 그는 술을 한 모금 더 머금고는 이만 나가 보라며 손짓했다.

"언제 올라올 거예요?"

그 물음에 현건은 재미있다는 듯 호탕하게 웃어 보였다.

"왜? 오늘은 뭐, 침대 위 특별 서비스라도 있나?"

민영은 얼굴이 새빨개진 채로 아무런 대답도 하지 못했다. 지금껏 그와 그녀 사이에 그런 일은 없었기에 그의 물음이 당황스럽기도 하고, 그런 기대를 하고 있나 하는 생각에 심장이 쿵쾅거렸다.

"올라가. 어서."

민영은 더 이상 대꾸를 하지 못하고, 2층 침실로 향했다. 계단을 오르는 동안 숨이 차오르고 눈가가 젖어 왔다.

바보같이 내일 뭐 하느냐는 질문은 왜 했을까 하는 생각이 들었다. 내일 그가 어디로 향할지, 무엇을 할지, 마음이 어떨지 뻔히 알면서, 자신이 위로가 될 수 있다 생각했을까? 비겁한 이기심에 신물이 올라왔다.

유난히도 잠이 오지 않는 새벽이었다. 5년 전 같은 날 새벽에도 민영은 한숨도 자지 못했다.

까만 하늘이 푸른색으로 걷히고 있었다. 어디선가 해가 떠오르고 있다는 증거였다. 민영은 밤새 한숨도 못 잔 탓에 뒷머리가 쑤시고, 정신이 몽롱했다. 현건은 결국 서재에서 밤을 지새웠다.

1층 서재 문이 열리고 그가 계단을 오르는 소리가 들려왔다. 곧장 드레스 룸으로 향한 그는 검은색 슈트 한 벌과 검은 코트를 들고 그곳에서 나왔다. 민영은 침대 가에 앉아 그가 말을 걸어 주기를 기다렸다. 그런데 그는 아무런 말도 없었다.

"어디 가요?"

주말마다 이 방에서 한 발자국도 나가지 않고 그녀의 곁을 지키던 그였다. 그가 어디로 향하는지 짐작이 가면서도 민영은 또다시 바보 같은 질문을 던졌다. 옷을 챙겨 가는 그에게 걸 수 있는 말이 그것밖에는 없어 보였다.

"오늘 많이 늦을 거야. 기다리지 마."

건조하고 싸늘한 그의 음성이 돌아왔다. 민영은 알겠어요, 하고 작게 대답했다. 얼핏 스친 그의 얼굴은 그저 고독해 보였다. 외롭고 쓸쓸한 감정에 휩싸여 아무도 보고 싶지 않고, 누구와도 말을 섞고 싶지 않다는 허망함이 가득한 그의 얼굴을 발견하자, 민영은 가슴 한구석이 아려 왔다.

그에게 자신이 위로가 될 수 없다는 걸 잘 알고 있었다. 그런데 이제는 자신이 그를 괴롭히는 존재가 되어 가고 있는 것은 아닌가 하는 생각이 들기 시작했다. 왜 바보같이 그가 하라는 대로 이곳에 머물렀을까?

대답은 그를 향한 욕심, 동화 같은 과거로 돌아가고 싶은 집착 때문이라 할 수 있을 것이다.

어제 그 서류로 만약 자신이 차유정이라는 사실을 알았더라면 그는 자신에게 거리를 두지 않았을 것이다. 철저하게 숨겨진 과거 앞에 그가 발견한 것은 그저 윤민영의 찌꺼기였을 거란 생각이 들었다.

그 찌꺼기가 여과되지 않고 그를 괴롭히고 있다는 생각에 숨이
턱 막혀 왔다. 만나지 말았어야 할 인연이었다. 아니, 악연이었다.
진작 떠났어야 할 사랑이었다. 아니, 애증이었다. 그와 자신이 사
는 세계는 이제 완전히 다른 곳이었다.

대체 뭘 바라고 여기 이러고 있는 걸까? 민영은 한숨을 지으
며, 눈을 꼭 감았다.

❋

호텔을 나선 현건의 차는 근처 대학병원 주차장에서 멈춰 섰
다. 본관 1층의 VIP 병동 방문객 전용 주차장에 주차를 마친 현
건은 차에서 내리기 전 마른세수를 한번 했다.

얻는 게 많아질수록 공허해지던 그였다. '윤민영이 차유정일
것이다.' 하는 확신은 그런 그의 삶에 실낱같은 희망이었다. 하지
만 어제 이성한이 건넨 자료에서 윤민영은 그냥 윤민영이었다.

처음엔 닮은 그녀라도 상관없다 여겼었다. 나중엔 그녀가 차유
정이라 여겼었다. 그런데 자라나던 희망이 싹둑 잘리고 나자, 허
탈함은 더 깊어졌다. 그녀의 얼굴조차 마주할 수가 없어서 자신의
곁을 맴도는 그녀를 애써 무시했다.

처음 가졌던 마음으로 되돌리기엔 마음이 엇나간 방향으로 너
무 많이 커져 버린 것이다. 현건은 가엾은 그녀의 얼굴을 다시 한

번 떠올렸다. 온 힘을 다해 그녀가 원하는 것을 해 주고, 그가 가진 모든 것을 걸고 그녀를 지켜 주겠다 스스로 맹세한 자신이었다.

원래부터 사실이 아닌 것에 헛된 희망을 걸고 있었던 것이다. 그녀가 윤민영이어도 마음을 주겠노라고 했던 그였다. 하지만 오늘은, 유정이 떠난 오늘은, 심장을 도려내듯 숨이 가빠 와서 민영에 대한 생각을 가다듬을 수 없었다.

복잡한 생각이 흐르는 대로 멍하니 걷는 동안 현건은 어느새 20층 너스스테이션 앞에 다다라 있었다. 방문이 잦은 현건에게도 예외는 없었다. 관리인은 현건의 신분증으로 방문객 확인을 한 뒤, 그를 VIP 병동으로 안내했다.

병실 문을 열고 들어가자, 호텔 코너 스위트룸과 맞먹는 크기의 내부가 나타났다. 전실에 간병인이 나와 있는 것으로 보아, 병실 안에는 어머님이 계신 듯했다.

현건은 간병인에게 눈인사를 해 보인 뒤, 병실 문을 두드렸다.

"누구세요?"

"저예요."

드르륵, 병실 문이 열리고, 혜숙이 해사한 미소를 지으며 현건을 반겼다.

"아침부터 웬일이니?"

"잠깐 들른 거예요."

"유정이 보러 가니?"

현건은 대답 없이 고개를 끄덕이며 침대 가로 다가섰다. 벌써 3년째 아버지는 같은 모습으로 침대에 누워 계셨다.

　　"아버지는 좀 어떠세요?"

　　"징후가 좋아지고 있다는구나. 심 박사도 신소리는 잘 안 하는 사람인데, 올여름 휴가는 함께 다녀오시라고 농담도 하더구나."

　　"듣던 중 반가운 소리네요."

　　그리 말하는 현건의 등을 혜숙이 가볍게 쓸어내렸다.

　　"혼자 가니?"

　　"네."

　　현건의 대답은 속삭임에 가까웠다.

　　"운전 조심해라."

　　"또 들를게요. 요즘 자주 못 와서 죄송해요."

　　"사업하는 게 뭐 보통 일이니? 네 아버지도 이해하실 거다."

　　병실을 나서는 현건의 발걸음이 무겁게 가라앉았다. 자식은 참으로 이기적인 존재라는 생각이 들었다. 자리를 보존하고 있는 아버지와 그 곁을 지키고 있는 어머니께 힘이 되어 드리지는 못할망정, 현건은 한 자락 위로를 받기 위해 그들을 찾은 것이었다.

　　자신이 아닌 다른 누군가도 차유정을 기억하고 있다, 그녀가 떠난 사실을 알고 있다는 것에 대한 위로. 차에 올라탄 현건은 한숨을 내쉬며 시동을 걸었다.

　　늦은 밤, 무거운 나무 문이 열리는 소리가 들려왔다. 민영은 온종일 제대로 먹지도 못했고, 무언가에 집중할 수도 없었다.

자신이 죽었다던 그날에는 그저 온종일 울기만 했다. 첫 번째 기일에는 아버지를 원망하기도 했다. 그러다 두 번째, 세 번째, 네 번째 기일에는 먹고사느라 바빠서 그날이 그날인 줄도 모르고 지났다.

그런데 다섯 번째 기일인 오늘, 자신의 죽음을 기리는 그의 모습에 민영은 온몸이 허공에 붕 떠 있는 것만 같았다. 이 땅 위에 발을 딛고 사는 이는 이제 차유정이 아닌 윤민영이라는 사실이 빚어낸 괴리감 때문이었다.

그걸 상기시키고 나자, 모든 사실이 분명해지는 것 같았다. 민영은 천천히 발걸음을 옮겨 1층으로 향했다.

상처를 주고자 마음먹은 순간, 심장은 차갑게 굳었다.

사위는 어두웠고, 공간은 적요했다. 벽에 걸린 그림을 비추는 작은 할로겐램프가 빛의 전부였다. 민영은 천천히 발걸음을 옮기며 말했다.

"늦었네요. 온종일 연락도 없고, 어디 있었어요?"

소파에 기대앉은 그는 아무런 대답이 없었다. 민영은 천천히 그의 곁으로 다가가 앉았다. 독한 술 냄새가 그에게서 풍겨 났다.

그는 소파에 머리를 기댄 채 잠이 들어 있었다. 까무룩 정신을 잃고 잠이 든 그의 모습을 마주하자, 숨겨 두었던 그리움이 한꺼번에 밀려왔다.

한 번쯤 불러 봐도 되지 않을까, 한 번쯤 그를 예전처럼 그렇게 불러 봐도 괜찮지 않을까, 하는 생각이 들었다.

민영은 손을 뻗어 그의 뺨 위에 손을 얹었다.

"울었어?"

속삭이는 민영의 목소리가 조용하게 울렸다. 그의 눈두덩은 빨갛게 부어 있었고, 뺨은 거칠했다.

"많이 울지 마."

민영은 자신도 울음이 툭 하고 터져 버릴 것 같아서 입술을 꾹 깨물었다. 숨이 차오르고, 눈가에 고인 눈물이 버겁다는 듯 뺨을 타고 흘러내렸다. 민영은 자신에게조차 목소리가 들리지 않을 정도로 작게 웅얼거렸다.

"미안해, 오빠."

또 상처 줘야 할 것 같아. 민영은 가만히 그의 뺨을 쓸어내리고는 소파에서 일어났다.

돌아서는 그녀의 손목을 현건이 순식간에 낚아챘다. 민영의 심장이 쿵쾅쿵쾅 뛰었다. 손목이 잡힌 그녀는 어느새 소파에 몸이 누여졌고, 그 위에는 현건이 자리했다.

그의 눈빛에는 공허함이 가득했고, 텅 빈 감정이 만들어 낸 성마른 손길은 거칠었다.

그가 입술을 겹쳐 왔고, 입안 가득 술 냄새가 퍼져 갔다. 그는 인정사정 봐주지 않겠다는 듯 거칠게 입을 맞췄다. 민영이 슬쩍 현건의 가슴을 밀어내자, 그는 민영의 등허리 밑으로 팔을 껴 넣으며 강하게 끌어안았다.

커다랗고 차가운 손이 티셔츠 안으로 들어오자, 민영이 작은 몸을 파르르 떨었다. 찢기듯 그녀의 면 티셔츠가 벗겨졌고, 그와 동시에 브래지어 후크도 풀려 버렸다. 차가운 공기가 온몸을 휘감는 듯했고, 소름이 돋아났다.

얼음장 같은 커다란 손이 가슴을 쥐어짜듯 움켜잡고는 주물러 댔다. 생경한 통증에 민영의 입에서 여린 신음이 터져 나왔다. 그와 동시에 그가 입안 가득 가슴을 물고는 빨아들이기 시작했다. 민영은 재빨리 두 손으로 자신의 입을 막았다. 굵은 눈물방울이 후드득 눈꼬리를 따라 흘러내렸다.

숨이 막혀 오기 시작했다. 터져 나오려는 울음을 막은 탓에 온몸이 부들부들 떨려 왔다. 가슴을 주무르던 손이 옆구리를 따라 골반으로 내려갔다. 그는 민영의 헐렁한 트레이닝팬츠 자락을 움켜잡고는 아래로 홱 잡아당겼다.

트레이닝팬츠와 함께 속옷도 벗겨져 나갔다. 민영은 완전히 발가벗겨진 채로 소파 위에 누워 있었고 그는 커다랗고 차가운 손을 바삐 움직이며, 그녀의 몸을 더듬었다.

세게 가슴을 움켜잡았다가, 엉덩이를 주물렀다가, 가슴을 물고 있던 입술을 아래로 옮겨 가며 욕망 어린 몸짓을 더해 갔다.

민영은 속절없이 그가 하는 행동에 몸을 내맡기고 있었다. 여전히 그녀의 작은 손은 울음과 신음이 뒤섞여 흘러나오려는 입을 막은 채였다.

그의 손가락이 아무도 닿은 적 없었던 은밀한 곳을 헤집기 시작했다. 질척거리는 소리가 귓가를 울려서 민영은 손이 두 개가 더 있다면 귀를 막고 싶은 심정이었다.

한참 동안 민영의 아래를 지분거리던 그가 몸을 일으켜 무릎을 꿇고 앉아서는 벨트의 버클의 풀기 시작했다. 민영은 두 눈을 꼭 감은 채로 그의 다음 행동을 기다렸다.

그렇게 정적이 흘렀다. 그의 눈동자에 어린 공허함이 불쑥 나타나 자꾸만 민영을 울게 만들었다. 그 허허로움에 자신이 위로가 될 수 있다면, 이렇게라도 그의 마음을 달래 줄 수 있다면, 하고 생각하면서도 끊임없이 눈물이 흘러내렸다.

그의 품에 안기고 싶다 생각했었다. 그와 사랑을 나누고 싶다 생각했었다. 하지만 이건 사랑이 아닌 그저 육체적 결합일 뿐이었다.

잠시나마 그에게 사랑을 바랐던 자신의 욕심이 과했다는 생각이 들었다. 자신이 바랐던 사랑과 그가 원하는 관계 사이의 괴리감에 괴로움이 몰려왔다.

곧 자신을 덮쳐 올 것 같았던 그가 풀썩 소파에 주저앉는 소리가 들려왔다. 슬며시 눈을 떠 보니 그가 괴로운 듯 고개를 숙인 채로 이마를 쓸어 넘기고 있었다.

민영은 흩어진 옷가지로 몸을 감싸며 일어나 앉았다. 그에게 다가가 단단한 팔 위에 살며시 손을 얹자, 그는 작고 여린 손을 거세게 뿌리쳤다.

"올라가."

짐승의 날울음소리 같은 음산한 목소리였다. 어둠 속 그의 목소리는 꼭 환영 같아서 민영은 좀 더 그의 곁으로 다가가 앉았다. 한 뼘 다가가자 그는 자리에서 벌떡 일어나 저만치 물러갔다.

"올라가라고!"

커다란 목소리가 천장까지 울리자, 민영은 깜짝 놀라 몸을 움찔거렸다.

"그냥 좀 놀라서 눈물이 난 것뿐이에요."

떨리는 목소리가 새어 나오자, 민영은 목소리를 가다듬고는 말을 이었다.

"그냥 그런 것뿐이라고요. 여기서 멈추면 여자 마음이 어떨 것 같아요?"

그는 대답 없이 어깨가 들썩이도록 한숨을 내쉬며 마른세수를 해 댔다.

"내가 그렇게 매력이……."

없나요? 하고 물으려 했다.

"올라가기 싫으면 말아. 거기 계속 그러고 앉아 있든지."

그러나 말이 채 끝나기도 전에 그가 냉정하게 읊조리고는 서재 안으로 들어가 버렸다. 쾅 하고 서재 문이 닫히고 나자, 민영은 심장이 바닥으로 곤두박질쳐 버리는 것 같았다.

"미안해요……. 미안해."

민영은 작게 울음을 토해 내며 속삭였다. 그 속삭임이 굳게 닫힌 문 안까지 들리기를 바란 것은 아니었다.

이제는 서로에게 괴로움일 수밖에 없는 존재라는 생각이 들었다.

환히 웃는 얼굴을 보며 저 남자의 손을 잡고 거리를 거닐면 어떤 기분일까, 생각에 잠긴 옆얼굴을 보며 온종일 내 생각은 얼마나 많이 하고 있을까, 잠든 그의 모습을 바라보며 난 이 남자에게 얼만큼 갖고 싶은 여자일까 하는 평범한 상상을 하는 일은 사치였다.

민영은 마음을 추스르듯 흐트러진 옷가지를 챙겨 입고는 2층으로 향했다. 같은 방향으로 흐르던 마음 줄기가 커다란 바위를 만나 그 흐름이 갈라지고 있었다.

9.
그리고 그대가

세상이 환하게 밝아지고 난 뒤에야 민영은 겨우 눈을 떴다. 해 뜨기 직전까지 잠을 이루지 못한 탓도 있었고, 이틀 밤을 그리 새우고 났더니 까무룩 눈이 감긴 순간부터 정신없이 자고 만 것이었다.

1층에서는 희미한 음악 소리가 들려왔다. 그가 어젯밤 일을 제대로 기억하고 있는지는 알 수 없었다. 같은 공간에 머물면서 서로를 피할 수 없을 바에는 빨리 부딪히는 게 나았다.

민영은 샤워부터 하고 내려가야겠다는 생각에 욕실로 향했다. 커다란 거울에 비친 자신의 벗은 몸을 마주하자 얼굴이 홧홧거렸다. 몸 이곳저곳에 울긋불긋한 자국이 남아 있었다.

뜨거운 물줄기 아래 선 민영은 할 수 있는 한 천천히 몸을 씻어 냈다. 자신을 따스하게 어루만져 줄 수 있는 것이 머리 위에서 떨어지는 뜨거운 물줄기밖에는 없다는 생각이 들자, 갑자기 눈물이 왈칵 솟아올랐다.

　'무척이나 감상적인 사람이었어.'

　로미오와 줄리엣에 대해 말하며 그가 그렇게 차유정을 설명했었다. 그런 감상적인 사람은 이제 죽었다 생각했었다. 현실에 맞춰 살아가는 데 급급한, 그저 메마른 삶만 남았다고 그리 여겼었다. 그런데 그의 삶에 맞춰지지 않는 퍼즐 조각이 되어 버린 순간 쌓여 있던 서글픔이 한꺼번에 몰려들었다.
　민영은 길게 호흡을 내쉬며, 수전을 잠갔다. 그저 춘몽이었다 생각하자, 덧없는 인생을 살아갈 달콤한 한순간이었다 여기자며 민영은 마음을 가다듬었다.

　1층에 내려가니 그가 소파에 앉아 있었다. 랩톱을 무릎에 올린 채로 열심히 무언가를 작성하던 그가 민영의 발걸음 소리에 고개를 돌렸다.
　"오래 잤네."
　민영은 그저 고개를 끄덕이며 부엌으로 향했다. 정오가 넘은 시각이었지만, 그는 아직 식사를 하지 않은 듯 보였다. 민영은 냉장고에 남아 있는 식재료를 가지고 묵묵히 요리를 하기 시작했다.
　채소에 묻은 흙을 씻어 내고, 모시조개에 묻은 찌꺼기를 닦아 냈다. 잠시 후 그것들로 만든 시원한 조개탕이 완성되자 민영의 얼굴에 미소가 떠올랐다. 그대로 두면 시들고, 상해 버릴 재료들이 자신의 손에서 멋진 요리로 탄생될 때마다 느껴지는 희열은 참으로 달콤했다.

초라한 인생도 이렇게 보듬어 주고, 다듬어 준다면 달콤해지지 않을까 하는 생각이 들어서 민영은 무언가를 지지고, 볶고, 끓여서 만들어 내는 요리가 좋았다. 그걸 맛있게 먹어 주는 이가 있으면 더 좋았다.

식탁 앞에 앉은 그의 얼굴이 꽤 피곤해 보였다.

"잘 잤어요?"

민영의 물음에 국을 한 숟갈 떠 넘기던 그가 고개를 내저으며 빙긋이 미소 지었다. 그 미소에 그녀는 다시 심장이 두근거리는 것 같았다.

"무슨 일 있었는지, 물어봐도 돼요?"

그는 한숨을 한번 내쉬고는 물을 한 번에 들이켰다. 수저를 내려놓은 그는 물끄러미 테이블 한가운데를 바라보다가, 다시 숟가락을 들며 대답했다.

"어제가 그 사람 기일이었어."

목소리는 그저 덤덤하기만 했다.

"그랬군요."

그리 대답하는 민영의 목소리도 덤덤했다.

먼저 식사를 마친 그는 말끄러미 민영이 식사하는 모습을 지켜

봤다. 마침내 민영이 숟가락을 내려놓고 물을 한 모금 들이켜자, 그가 기다리고 있었다는 듯 입을 열었다.

"어젠 미안해."

어제 일은 아무것도 기억하지 못할 거라 생각했는데, 그의 얼굴에 묻어나고 있는 후회와 번민에 민영은 그의 시선을 피하려 고개를 숙였다.

"실수였어. 다시는 그렇게 내 멋대로 거칠게……."

"됐어요. 그만해요."

그의 사과를 더 이상 듣고 싶지 않았다. 자신이 사과받아 마땅한지도 잘 모르겠단 생각이 들어서였다. 그가 어제 윤민영이란 여자에게 상처를 주었다고 생각하여 사과하고 있는 거라면, 이번엔 윤민영의 차례였다. 한 번 뒤돌아선 사람이었다, 두 번이 어려울까 싶었다.

"내가 어리석었어요. 여기 있으란다고, 고분고분 여기 머물고 있었던 게 바보였죠."

"뭐?"

그의 목소리가 순식간에 색을 달리했다. 잘못 들었다는 듯 그가 되물었다.

"무슨 소릴 하는 거야, 지금?"

"들은 그대로예요. 여기서 나가려고 해요."

"갈 데가 어디 있다고 무작정 나가겠다는 거야?"

말도 안 되는 일이라는 듯 그가 물었지만, 민영은 이미 결심을 굳힌 목소리로 말했다.

"어차피 갈 데 없는 인생이었어요. 그저 예전과 똑같이 살면⋯⋯."

"안 돼."

민영의 말을 더 이상 듣고 싶지 않다는 듯 그가 단호하게 말했다.

"쫓기고 있는 처지에 지금 어딜 가겠다는 거야? 위험하게."

그의 말투는 이제 민영에게 겁을 주려는 듯했다.

"그것도 내 인생의 일부죠. 쫓기는 것도, 위험한 것도."

"뭐라고?"

그의 미간이 삽시간에 좁아졌다. 심장이 쿵쾅쿵쾅 뛰었지만, 내색하지 않으려 민영은 자잘하게 숨을 나눠 쉬었다. 한숨조차 나오지 않는 순간이었다.

"은밀하게 내 곁을 지키는 이들이 있는 거 알아요. 출퇴근길, 사무실에서, 식당에서."

그녀의 말에 그는 아주 약간 놀란 듯 보였다.

"혹시 그자들이 다시 나타날지도 몰라서 그랬어."

"그래서요?"

"뭐?"

민영의 되물음의 의미를 모르겠다는 듯 그는 얼굴을 구겼다.

"그래서 그자들이 다시 나타나서 내가 위험해지면요? 모든 걸 다 걸고 날 지키고, 구해 주기라도 할 거예요?"

그 물음에 그는 반박조차 하지 않았다.

"참 미련한 사람이네요. 내가 누군지 알고 날 지키고, 보호해요? 내가 뭔데 당신이 갖고 있는 모든 걸 다 내걸고, 내가 원하는 걸 해 주려고 하는 거죠?"

그녀의 질문에 현건은 묵묵부답이었다.

"그래서 당신이 원하는 게 대체 뭔지 묻고 있는 거예요. 괴로운 밤에 날 안지도 못하면서, 그렇게까지 해서 나한테서 얻을 수 있는 게 대체 뭐냐고요."

말을 마치고 민영은 속으로 안도했다. 문장이 끊기면 어쩌나 걱정했다. 자신이 그의 감정에 동화되어 눈물이라도 왈칵 쏟으면 어쩌나 염려했다. 그 우려가 무색하도록 민영은 차갑고 담담하게 그에게 묻고 있었다.

"널 얻을 수 있겠지."

그는 아련한 목소리로 속삭였다.

"내가 대체 뭐라고 그렇게 해요. 고현건 씨, 현실을 직시해요. 당신 호텔 사업부에서 일하는 직원이 전부 몇 명인지 알아요? 정규직 1,782명, 계약직 522명, 자그마치 2,304명이에요. 이 호텔 객실은 몇 개죠? 총 483개, 거의 매일 풀북이죠. 객실 평균 투숙객이 1.5명이라고 계산해도 하룻밤 이 호텔 이용객이 724명이란 계산이 나오죠. 당신이 하루를 책임져야 하는 인원이 3천 명이라는 거예요. 근데 고작 나 하나가 뭐라고. 1대 3천은 선택이 뻔해지지 않나요?"

민영의 말을 가만히 듣고 있던 그가 간단히 물었다.

"그래서?"

"내가 그냥 나갈 수 있게 해 줘요. 더 이상 나 때문에 누군가 위험해지는 건……."

"그쪽 때문에 대체 누가 위험해졌는데, 지금? 비약이 지나치단 생각 들지 않아?"

그는 두 손을 모아 쥐며 턱을 괴었다. 한쪽 눈썹을 치켜 올리는 그의 표정에는 묘한 비웃음이 흐르고 있었다. 민영은 그런 그를 비웃겠다는 듯 작게 속삭였다.

"질려요."

그는 고개를 갸웃했다. 자신이 잘못 들었나 생각했다.

"처음엔 돈 많은 남자랑 선보라고 하기에 땡잡았다 싶었죠. 인생역전이 드디어 왔구나 싶었어요. 그런데 그 남자가 너무 쉽게 나오니 질리더라고요. 난 이런 쉬운 인생보다 굴곡지고, 고달픈 삶이 어울리는 여자인가 봐요."

어이가 없다는 듯 헛웃음을 짓는 그에게 민영도 똑같이 헛웃음을 지어 주었다. 그의 눈동자에 어린 상처가 보였지만, 민영은 애써 그 상처를 무시했다. 그리고 더없이 세속적이고, 가벼운 여자로 보이기 위해 노력하며 말을 이어 나갔다.

"일은 계속할 수 있게 해 줘요. 이런 일 구하기 나로선 쉽지 않고, 나같이 스펙 좋은 인턴도 흔하지는 않잖아요?"

뻔뻔한 자신의 말에 그는 안도하는 듯 보였다. 손가락 사이로 빠져나가는 모래알의 일부를 움켜잡은 어린아이의 표정이었다.

"일은…… 계속하고 싶으면 해."

"그럼, 내가 나가는 걸 동의했다는 건, 우리의 관계가 여기서 끝나는 것에 대한 동의로 알게요."

그가 헛웃음을 짓고는 입을 열었다.

"참 쉽네."

민영은 자리를 뜨려다 말고, 앉아 있는 그를 내려다보았다.

"시작도 끝도 제멋대로, 참 쉽네."

"그래요. 그렇게 쉬운 사람이에요, 나."

그리 내뱉고 나자 갑자기 설움이 몰려왔다. 언제부터 자신이 그렇게 쉬운 사람이 되어 버렸을까. 평생 한 남자에게, 자신을 쉽다 말하는 이 남자에게만 마음을 준 자신이었는데. 언제부터 이리도 냉소적인 사람이 되었을까 하는 자조 어린 미소가 민영의 얼굴에 피어 올랐다.

"근데 어쩌나? 난 당신처럼 관계에 있어서 그렇게 쉬운 사람이 아니어서 말이야."

"뭐라고요?"

"시작은 어땠을지 모르지만, 윤민영 씨는 그렇게 끝냈는지 모르지만, 내 끝은 내가 정해."

그리 말한 그는 자리에서 일어나 곧장 서재로 들어가 버렸다. 민영은 털썩 자리에 주저앉았다. 참고 있던 눈물이 후두둑 떨어져 내렸다.

무엇이 이리도 자신의 삶을 무의미하고 허탈하게 만들어 버렸을까 하는 물음에 분노가 치밀었다. 자신을 이렇게 살도록 한 아빠는 대체 어디에 있는 것일까? 원망 섞인 울음이 툭 하고 터져 나오려는데, 서재 문이 열리는 소리가 들렸다.

그가 다시 부엌으로 들어오자, 민영은 재빨리 고개를 돌리고는 소맷부리로 눈물을 닦아 냈다. 그는 민영에게 다가오지 않고, 그저 그 자리에 서 있을 뿐이었다.

우는 모습을 들켰을까? 왜 우냐고 물으면, 뭐라고 대답해야 할까? 하는 생각을 하고 있는데, 그는 다시 서재로 발걸음을 옮길 뿐이었다.

폭풍 같던 점심 식사가 끝나고 난 뒤, 민영은 외출 준비를 서둘렀다. 계단을 내려오는 그녀에게 현건은 무심한 듯 시선을 보내왔다.

"같이 살 친구가 괜찮은 방이 나왔다고 해서 나가요. 좀 늦을 수도 있어요."

민영의 말에 현건은 비소 어린 질문을 던졌다.

"그 친구도 남잔가?"

"뭐라고요?"

목소리가 저절로 튀어 오르고, 미간이 좁아졌다. 그의 수에 말렸다는 생각에 민영은 다시 목소리를 가다듬고 표정을 바꿨다.

"그건 대답 안 하는 게 낫겠네요."

그 대답에 이번엔 현건의 미간이 좁아졌다. 그 표정을 마주한 민영은 변명하듯 대꾸했다. 의도치 않은 변명이었다. 자신이 그 변명을 왜 하는지도 잘 모르겠단 생각마저 들었다.

"어차피 사람 붙여서 지켜볼 거 아니었어요?"

그 물음을 들은 그의 얼굴이 그제야 부드러워졌다.

"조심히 다녀와."

끝까지 친절하게 굴려는 그에게 민영은 매몰차게 등을 돌렸다.

❊

"야, 윤민영!"

"수아야!"

학교 앞 작은 커피숍, 매장에 비치된 잡지에 얼굴을 묻고 있던 민영이 고개를 들고 배시시 웃었다.

"너 왜 이렇게 얼굴 보기가 힘들어? 어디서 지내?"

재수해서 한 살이 많다며, 언제나 언니처럼 굴려고 하는 수아는 걱정 가득한 얼굴로 민영을 바라봤다. 사실 나이가 많은 건 자신인데, 민영은 언제나 그런 수아에게 미안하고 고마운 마음뿐이었다.

머리가 크고 나서 만난 친구라는 사실이 무색할 만큼 수아는 오래 알고 지낸 벗같이 친근했다. 민영의 어려움을 어렴풋이 알고 있는 수아는 먼저 그녀를 챙겨 주고, 다가와 주려 애썼다. 윤민영으로 살면서 얻은 게 있다면, 수아가 아닐까 하는 생각도 들었다.

"그냥 아는 사람 집에 있어."

"학교 근처에 새로 지은 원룸이 있는데, 너랑 나랑 살기엔 충분할 것 같아서, 둘러보고 괜찮으면 계약하자."

"그래."

민영은 오랜만에 만난 마음 좋은 친구 앞에서 환한 미소를 지으며 고개를 끄덕였다.

"잠깐, 나 커피 좀 사 올게. 기다려."

"응, 그래."

주문대로 향하는 수아의 모습을 바라보고 있는데, 커피숍 입구에서 민영을 쏘아보고 있는 험악하게 생긴 이들과 눈이 마주쳤다. 재빨리 고개를 돌렸지만, 이미 그들과 시선이 오고 간 후였다.

민영은 커피숍에 화장실이 어디 있었는지, 혹시 뒷문은 없었는지를 떠올리며, 눈동자를 바삐 굴렸다.

이대로 뛰쳐나가면 수아가 잡힐 텐데. 애꿎은 아랫입술을 자근자근 깨물고 있는데, 낮은 음성이 들려왔다.

"일전에 이 사람들이 실례가 많았다고 들었습니다. 죄송합니다. 그저 아버님의 소재를 묻기 위함이었는데, 워낙 거칠게 살아온 자들이라 오해가 생겼나 봅니다."

어느새 옆으로 다가온 이가 나직한 목소리로 말을 꺼냈다. 뜻밖에도 사과의 문장이었다. 그의 목소리는 정중하기 이를 데 없었다. 민영은 천천히 고개를 들어 남자를 바라봤다. 나이가 지긋한 남자는 수행비서쯤으로 보이는 여자와 함께 서 있었다.

그는 민영의 앞에 앉으며 조심스레 물었다.

"아직 아버님의 소재는……."

"3년째 아무 소식도 못 듣고 있어요. 저도 정말 찾고 싶어요."

민영의 대답에 남자는 호흡을 한번 가다듬고는 비서에게 고갯짓했다. 그러자 비서는 태블릿PC를 민영에게 내밀었다.

"그 안에 담긴 물건을 좀 봐 주십시오."

남자의 말에 민영의 시선이 화면으로 향했다. 그곳에는 검은색 만년필 한 자루의 사진이 담겨 있었다. 검은색 펜 자루, 금색 클립, 펜 뚜껑에는 KS Cha라고 아버지의 이니셜이 각인되어 있었다.

"이건 왜……."

만년필 사진을 마주한 순간 이들이 자신을 윤민영이 아닌 차유정으로 알고 있을지도 모른다는 생각이 머릿속을 스치고 지나갔다. 멍청하게도 그녀를 윤민영이라 생각하고 쫓고 있을지도 모른다는 기대를 했던 것일까? 민영은 한심한 자신을 탓하며 고개를 가로저었다.

"혹시 보신 적 있으십니까?"

민영은 시치미를 뚝 떼며 대답했다.

"아니요. 처음 보는 물건이에요."

그녀의 대답에 남자의 미간이 심하게 좁아졌다.

"이봐, 아가씨. 정중하게 물었을 때는 그에 걸맞은 대답을 내놓는 게 인지상정이지 않아? 본인이 지금 어떤 곤경에 빠져 있는지도 모르고 무책임하게 대답하는 거 상당히 위험하단 생각 안 해요?"

남자는 커피숍에 앉아 있는 다른 이들을 의식한 듯 미소 지으며 조용히 읊조렸다.

민영은 주위를 살피려 두리번거렸다. 주문대 앞에서 자신을 걱정스러운 눈으로 바라보고 있을 뿐, 사내들에게 저지당해 자신의 곁으로 오지 못하고 있는 수아가 눈에 들어왔다.

아무 일도 아니라는 듯, 잠시만 기다려 달라는 듯 민영이 눈짓을 보내자, 수아가 슬쩍 고개를 끄덕였다. 민영은 남자에게로 다시 시선을 옮기며 대꾸했다.

"내 인생을 망쳐 놓은 순간부터, 그 사람은 내 부모이길 포기한 사람일지도 몰라요. 내가 무엇 때문에 내 삶을 포기하게 된 건지도 난 모르니 제발……."

민영은 숨을 한번 고르고는 말을 이어 갔다.

"그 만년필도 어디 있는지 몰라요. 그러니 다신 찾아오지 않으셨으면 좋겠습니다."

민영의 말에 남자의 얼굴에 설핏 비웃음이 떠오르는 듯했다.

"제법 똑똑한 척할 줄 아는 아가씨라 생각했는데, 아니었나? 그 만년필을 왜 찾고 있는지부터 물어야 본인이 왜 그렇게 됐는지 알게 될 텐데? 어쩌면 예전의 삶을 되찾는 열쇠가 될 수도 있고?"

뱀의 꼬임 같은 그의 질문에 민영은 미간을 구기며 되물었다.

"그래요. 그 만년필이 대체 뭐죠?"

남자는 손목을 확인하며 시간을 살폈다.

"한자리에서 시간을 너무 오래 끌었군. 자리를 옮기면 내 설명해 주리다."

"좋아요. 친구부터 놔줘요."

남자가 손짓하자, 수아가 민영에게 달려왔다.

"민영아!"

"우리 나중에 볼래? 내가 전화할게."

"너 괜찮아? 나도 같이 갈게."

"괜찮아."

민영은 수아를 안심시키려 미소 지었다. 수아는 안절부절못하며 민영의 곁을 지키려고 했다.

"어서 가."

그 말에 수아는 몇 번이고 민영을 돌아보다가, 사내들의 손에 이끌려 커피숍을 나섰다.

"친구인가?"

"네."

"친구라 믿으면 친구가 되는 거지."

남자의 애매모호한 답에 민영은 미간을 구겼다. 그는 그리 말하며 자리에서 일어났다. 자신을 따라오라는 고갯짓에 민영은 그의 뒤를 따르기 시작했다.

커피숍 뒤편 주차장에는 고급 외제차 3대가 주차되어 있었다. 그중 가운데 차에 올라탄 그는 민영에게 타라며 손짓했다. 민영은 그 차에서 온전한 모습으로 내릴 수 있을지 확신할 수 없었다.

하지만 자신의 존재가 세상에서 지워진 이유를 알려 주겠다는, 예전의 삶을 되찾는 열쇠가 될 수도 있다는 남자의 말에 민영은 주저 없이 차에 올라탔다.

신촌을 출발한 차는 계속해서 남쪽으로 이동하고 있는 듯 보였다.

"이제 말씀해 주시죠."

민영의 말에 남자는 미간을 한번 구겼다가 펴고는 입을 열었다.

"평범한 만년필은 아니란 거 눈치챘겠지?"

눈치채지 못했다 할 수는 없어서 민영은 고개를 끄덕였다.

"그 만년필은 사실 녹음기야. 우린 그 만년필에 녹음된 파일을 찾고 있지."

"녹음기?"

민영의 미간이 저절로 좁혀졌고, 목소리는 가라앉았다.

"어떤 내용이 녹음되어 있는지, 물어도 될까요?"

그녀의 물음에 이번에는 남자의 미간이 슬쩍 좁아졌다. 어디까지 이야기해야 할지를 가늠하는 것처럼 보였다.

그런데 남자가 입을 열려는 순간 차가 심하게 흔들리며, 갑자기 차선을 변경하고는 속력을 높이기 시작했다.

"뭐 하는 짓이야? 운전 똑바로 못 해?"

운전석에 앉은 남자가 목소리를 높여 외쳤다.

"뒤를 따르는 자들이 있습니다!"

"언제부터!"

민영과 이야기를 나누던 남자의 목소리가 치솟았다.

"조금 전에 발견했습니다. 어디서부터 따르고 있었는지는……."

"멍청하기는. 운전하면서 대체 뭘 본 거야?"

남자는 뒤를 돌아보더니 욕지거리를 내뱉었다.

"빨리 따돌려."

그때 운전대가 홱 돌아갔고, 차는 용서고속도로로 들어서고 있었다. 속도가 걷잡을 수 없이 빨라졌다. 민영은 차 문에 있는 손잡이를 꽉 움켜잡았다.

"운전석에 앉은 얼굴 보이나?"

남자의 물음에 운전하던 이가 고개를 절레절레 저었다.

"선팅이 진해서 보이지 않습니다."

그 말에 민영은 고개를 돌려 뒤를 바짝 따르고 있는 검은 차를 확인했다. 차 앞머리를 발견한 순간 심장이 철렁 내려앉았다. 남자의 말처럼 운전석에 앉은 이는 보이지 않았지만, 뒤따르고 있는 차는 현건의 것이었다.

심장이 쿵쾅쿵쾅거렸다. 옆에 앉은 남자는 계속해서 욕지거리를 내뱉고 있었다.

"이 계집애만 데리고 있으면 될 거라 생각했는데."

3차선 도로가 텅 비어 있었고, 오직 두 대의 자동차만이 전속력으로 달리고 있었다.

"더 빨리 가란 말이야!"

남자가 소리를 지름과 동시에 부웅 하는 소리가 들리며 뒤따르던 차가 민영이 탄 차를 앞지르기 시작했다. 그리고 그 뒤로 또 한 대의 검은 차가 나타났다.

"뭐야? 두 대였어? 우리 쪽 차인가?"

"아닙니다."

운전자의 대답에 남자는 소리를 버럭 지르며 화를 냈다.

"아니라는 말이 그렇게 쉽게 나오나?"

마침내 현건의 차가 그들이 탄 차를 추월해 앞에 섰고, 뒤를 따르던 차는 왼쪽에서 나란히 달리며 민영이 타고 있는 차를 3차로 쪽으로 몰아가기 시작했다. 가드레일에 닿을 듯 말 듯 한 상황이었다.

"죽을 셈이야!"

남자가 소리를 버럭 내지름과 동시에 운전자는 속력을 낮추기 시작했다. 그러나 뒤를 바짝 따르는 또 다른 자동차 때문에 그들이 탄 차는 진퇴양난이었다.

앞엔 현건의 차, 양옆엔 가드레일과 다른 검은색 자동차, 그리고 뒤에도 그의 일행으로 보이는 차, 맨 앞에 선 차가 서서히 속도를 줄이자 뒤따르던 차들도 속도를 줄여 갔고, 하는 수 없이 민영이 탄 차도 그 속도를 따르는 듯했다.

신도시 개발이 한창 중인 경기도 어딘가에서 4대의 차가 멈춰 섰다. 3대의 차량에서 건장한 체격의 남자 열 명이 내려 민영이 탄 차를 에워쌌다.

차 안에 있는 여비서 한 명, 운전자, 나이가 지긋한 남자 그리고 민영은 가만히 사태를 지켜보고 있을 뿐이었다.

남자는 뱀 같은 웃음을 지어 보이며 물었다.

"대단한 놈하고 살고 있다고 해서 어떤 놈인지 궁금했는데, 저 놈인가?"

차를 향해 뚜벅뚜벅 걸어오고 있는 현건을 가리키며 남자가 물었다.

"상관없는 사람이에요."

"상관없기는. 치정극에 정신 나간 놈 같은데. 지금 자기가 걸어 들어오고 있는 일이 무슨 일인지도 모르고, 젊은 사람이 베짱이 좋다 해야 하나? 무모하다 해야 하나?"

남자는 슈트를 고쳐 입고는 차에서 내렸다. 금세 계획을 바꿨다는 듯 그는 정중한 모양새를 갖추려 노력했다.

그는 차에서 내리자마자 현건에게 인사를 건넸다.

"안녕하십니까? 무슨 일로 제 차를 이렇게 가로막으셨습니까? 도로 한가운데서 상당히 위험한 짓 아닙니까?"

"그 여자 어디 있어?"

분노에 찬 현건의 목소리가 차 밖에서 들려왔다.

"누구 말씀이십니까?"

남자는 시치미를 뚝 떼며 물었다.

"윤민영. 어디 있냐고!"

현건의 외침에 남자는 큰 깨달음을 얻은 듯 과장된 몸짓을 해 보였다. 수적으로 열세한 상황임에도 그는 전혀 당황하는 기색이 없었다.

"아! 윤.민.영 씨, 차에 탄 여자분이 윤민영 씨가 맞나 한번 확인부터 해 봐야겠군요."

남자는 잽싸게 차에 올라타서는 차 문을 잠갔다. 그 움직임에 건장한 사내 열 명이 차에 한 발자국 더 가까이 다가왔다.

"이봐, 아가씨. 생각보다 더 깜찍한 구석이 있었네? 저 남자한테 아직 자신이 차유정이라고 밝히지는 않았나 보지?"

"뭐라고요?"

"차강석 교수의 딸을 찾고 있는데, 내가 윤민영을 데려왔을 거라 생각했나?"

남자의 얼굴에 요사스러운 웃음이 떠올랐다.

"협조할게요. 만년필이고 뭐고 다 줄게요. 제발. 저 사람은 해치지 말아요. 부탁이에요."

"그 말을 어떻게 믿나? 절절한 첫사랑도 속이는 여자를."

남자는 낮고 음산한 목소리로 덧붙였다.

"자, 이제 저 남자가 윤민영이 차유정이었단 사실을 알면, 얼마나 큰 상처를 받게 될까? 만년필을 발견하게 되면 무조건 나한테 넘겨. 아님 지금의 상처보다 더 큰 해를 저놈이 입게 될 테니까."

남자는 그리 말하고는 차에서 내려 민영이 앉아 있는 곳의 차 문을 열어 주었다. 온몸이 부들부들 떨려 왔다. 민영은 겨우 차에서 내려 바닥에 발을 딛고 섰다. 그러자 현건이 단숨에 그녀의 곁으로 다가와 그녀를 살피기 시작했다.

"괜찮아? 다친 데는?"

민영은 천천히 고개를 가로저었다.

"일단 차로 가자."

현건은 남자를 향해 날카로운 시선을 던지며 민영의 어깨를 감싸 안았다.

"오호. 이런 무서워라. 잘 가요, 아가씨. 우리 약속은 꼭 지켜야 합니다."

"약속?"

현건이 날 선 목소리로 되묻자, 남자는 얄밉게 웃어 보이기만 했다. 어느새 그 남자 쪽 무리의 차들도 주변에 도착해 있었다. 남자는 득의양양한 표정을 지어 보였다.

"자, 여기서 끝을 볼 게 아니라면, 차 좀 빼 주는 게 어떻겠소, 젊은 양반?"

남자 쪽 무리들의 재킷 안쪽에서 국내에서는 유통이 금지된 무기들이 튀어나왔다. 현건이 민영을 제 뒤로 숨기며 고갯짓하자, 옆을 가로막고 있던 차가 저 뒤로 물러났다.

"고맙네, 고현건 사장. 아무리 사업하는 젊은이라 거침없다고 해도, 본인이 어디에 뛰어드는지는 알고 덤비도록 해요, 앞으로는."

"뿌리도 없이 날뛰는 일개 로비스트 주제에 나야말로 어떤 놈인지 알고 덤비는 게 좋을 것 같군요."

그 말에 차에 탄 남자는 껄껄 웃으며 차창 너머로 대꾸했다.

"요즘 젊은 사람들은 본인을 너무 믿어서 때론 바로 앞에 있는 진실을 간과할 때가 있지. 그럼 고현건 사장, 우리 기회가 되면 또 보게 될 겁니다."

그의 작별인사 같은 말에 민영은 가슴을 쓸어내렸다. 그런데 그리 말하고 차창을 닫으려던 남자가 잊은 게 있다는 듯 덧붙였다.

"아차차. 내 이걸 깜빡했네. 약속은 지키라고 있는 겁니다. 차유정 양."

말이 끝남과 동시에 남자가 탄 차는 무리들 사이를 유유히 빠져나갔다.

10.
나의 곁으로

그의 차 안은 숨 쉬기조차 힘들 만큼 고요했다. 그 고요함이 벼린 날카로운 긴장감에 심장박동 수는 위태롭게 치솟았다. 둥둥 울리는 자신의 심장 소리가 그의 귓전에도 닿을까 봐 유정은 자잘하게 숨을 뱉어 낼 뿐이었다.

차마 고개를 돌려 그의 얼굴을 바라보는 것조차 떨려서, 그녀는 그저 차창 너머로 어지러이 지나가는 풍경에 시선을 할애하고 있었다.

남자가 그렇게 부르고 유유히 떠나자, 세상 모든 것이 멈춘 듯했다. 시간도 멈추고, 공간도 멈추고, 모든 것이 그렇게 시공간의 거대한 소용돌이 속에 휘감긴 것 같았다. 유정은 제대로 듣지 못한 듯, 혹은 자신의 이름이 아니라는 듯 아무런 반응도 보이지 않았다.

꿈쩍도 하지 않고 그 자리에 굳어 버린 건 현건도 마찬가지였다. 소돔을 떠나오던 롯의 아내가 뒤를 돌아보지 말라는 말을 지키지 않아서 소금 기둥으로 변해 버린 것처럼, 그는 뒤틀린 과거를 마주한 채 굳어 버린 듯했다.

바스러질까, 녹아 버릴까. 멈춰 서 있는 그의 모습을 바라보던 유정은 긴장감에 아랫입술을 꾹 깨물었다.

'이제 저 남자가 윤민영이 차유정이었단 사실을 알면, 얼마나 큰 상처를 받게 될까? 만년필을 발견하게 되면 무조건 나한테 넘겨. 아님 지금의 상처보다 더 큰 해를 저놈이 입게 될 테니까.'

남자의 사악했던 얼굴이 떠올라 유정은 온몸에 소름이 돋아나는 것 같았다. 무리들이 떠나고 난 뒤, 경호팀 직원으로 보이는 이가 현건에게 다가왔다.

'사장님, 출발하셔야 할 것 같습니다.'

도로 한복판에 이대로 서 있는 것은 위험하다는 그의 말에 현건은 유정의 손을 끌어다 차에 태웠다. 유정의 손에 닿은 그의 손은 이상하리만치 뜨거웠고, 두 사람의 긴장감을 오롯이 보여 주듯 손이 맞닿은 부분이 진득한 땀으로 젖어 있었다.

차에 오른 그는 운전대를 잡은 순간부터 그저 인생의 목적이 운전에만 있는 사람처럼 고요히 차를 몰았다. 그의 차가 호텔 주차장에 멈춰 섰을 때, 유정의 눈에 깃든 공포감은 극에 달해 있었다.

어긋나서 제대로 맞물리지 못한 과거의 시간과 상황을 자신이 빚어낸 것도 아니었지만, 이제껏 그를 속여 왔다는 사실은 그녀를 죄의식에 사로잡히게 만들었다.

현건은 평소처럼 차에서 내려 조수석 문을 열어 주었다. 단지 달라진 게 있다면, 내리라는 자상한 음성과 다감했던 그의 표정이 사라진 것뿐이었다.

유정은 조심스레 차에서 내려 그를 따라 엘리베이터에 올랐다.

자신의 자유의지에 의해 결정된 과거가 아니었다고, 자신도 이렇게 살아온 현실이 억울하고 서글펐다고, 몇 번이고 자신이 차유정이다 말하고 싶었다고, 그런데 아무것도 모르는 자신이 그럴 수는 없었다고.

아무것도 묻지 않고, 따지지 않는 그의 앞에서 유정은 변명의 말 한마디조차 할 수 없었다.

잠금 해제 소리와 함께 방문이 열리자 현건은 유정이 먼저 안으로 들어갈 수 있게 비켜섰다. 유정이 안으로 들어서며 가라뜬 눈으로 현건이 서 있는 곳을 흘끔 봤을 때, 그는 심해에서 수면으로 단번에 치고 올라온 것처럼 격한 한숨을 토해 냈다.

심장이 바들바들 떨렸다. 유정이 막연히 발걸음을 떼려는 순간 문이 닫히는 소리가 들려왔고, 그와 동시에 현건이 뒤에서 그녀를 와락 끌어안았다.

파르르 떨리는 유정의 어깨 위에 얼굴을 묻은 현건의 단단한 몸 역시 떨리고 있었다. 그는 고개를 묻은 채 흐느끼는 듯했다. 그의 떨림에 날카로운 긴장감은 서글픔이 되어 유정을 덮쳤다.

주르륵 눈물이 흐르는 대로 가만히 서 있었다. 한참을 그렇게 온몸이 떨리도록 슬픔을 토해 낸 그는 천천히 유정의 몸을 돌려 자신과 마주 서게 했다. 그는 빨갛게 물든 유정의 눈시울을 매만지고, 애틋한 눈빛으로 그녀를 바라봤다.

그의 손끝에 실린 다감함에 유정은 심장 깊은 곳에서 격랑이 이는 듯했다. 이마가 맞대어지고, 코끝이 와 닿았다. 지그시 눈을 감자, 유정의 뺨 위로 굵은 눈물이 방울져 내렸다.

육중한 침묵은 안전한 그의 탑 꼭대기로 오기 위한 방어기제였을지도 모른다는 생각에 유정은 더더욱 미안해졌다. 차라리 네가 어떻게 살아 있느냐고, 그 자리에서 소리치며 울분을 토해 냈더라면 자신의 마음이 조금은 덜 아팠을지도 모른다는 이기적인 생각이 들려는 찰나, 그의 목소리가 들렸다.

"유정아."

기억 속 다감하고, 깊은 목소리처럼 그의 부름은 따스하고, 달콤하고, 애달팠다. 단지 이름을 한 번 불러 주었을 뿐인데, 유정은 상체가 후드득 떨릴 정도로 격한 울음을 쏟아 냈다.

이상한 소리로 새어 나오려는 울음을 막아 내려 입술을 세게 깨물자, 그가 슬쩍 자신의 입술로 그녀의 입술을 머금고는 말했다.

"아프잖아. 이렇게 깨물면."

그의 따스한 숨결이 입술 위에서 느껴졌다. 태연자약한 그의 말에 유정은 저절로 어깨가 움츠러들었다.

차라리 원망의 말을 하지, 그렇게 사라져 버린 여자 따위 무섭고, 두렵다 하지. 어떻게 그리도 감쪽같이 자신을 속이며, 다른 사람인 척 곁에 있을 수 있었느냐며 따지기라도 하지. 유정은 주제도 모르고 흘러내리는 눈물을 탓하듯 손등으로 얼굴을 비벼 댔다.

현건은 거칠게 얼굴을 비벼 대는 유정의 손을 가만히 잡았다.

"이렇게 하면, 아프잖아…… 유정아."

차라리 자기 마음이 죽도록 아프다고 말했더라면, 유정은 미안하다 사과라도 할 수 있을 것 같은데, 그는 그저 눈앞에 있는 유정을 다정한 목소리로 다독였다.

현건은 가만히 유정을 품에 안았다. 작은 몸이 파르르 떨렸고, 울음을 토해 내지 못하고 끅끅거리는 그녀의 모습에 현건은 심장이 저며 왔다.

가만히 그녀의 등을 쓸어내려 주었다. 자신이 아닌 타인의 삶을 살면서 얼마나 고되고 힘들었을까, 그 맑고 고왔던 아이가 험악한 사내들에게 쫓기는 일까지 겪으며 5년의 세월을 어떻게 견뎌 왔을까.

그동안 자신의 곁에서 다른 여자인 척 지내며 얼마나 마음이

아팠을까. 자신이 차유정이라 얼마나 말하고 싶었을까. 이 방으로
처음 데려왔던 날, 윤민영을 품겠다고 덤벼들었을 때, 그리고 어
제 강제로 그녀를 품으려 들었을 때, 자신이 얼마나 한심하게 느
껴졌을까.

그러면서도 자신의 품에 안기려 했던 그녀의 마음이 어땠을지
를 떠올리자 심장이 왈칵거렸다. 현건은 부끄러운 기억을 끄집어
낸 자신을 위무하듯 유정을 더 힘껏 끌어안았다.

현건의 다독임에 아주 잠시 유정의 눈물이 잦아든 것 같았다.
위태롭게 흔들리던 어깨가 제자리를 잡아 가고, 차올랐던 숨이 가
라앉자 현건은 낮게 속삭였다.

"얼굴 좀 보자."

근 한 달간 매일같이 얼굴을 마주했던 두 사람이었는데, 현건
은 오랜만에 얼굴을 마주한 이처럼 유정의 얼굴을 보듬었다. 커다
란 손으로 그녀의 얼굴을 감싸고 구석구석 꼼꼼히 그녀의 모습을
두 눈 가득 담았다. 맞구나, 차유정. 현건의 얼굴에 엷은 미소가
번져 갔다.

"미안해, 못 알아봐서."

그리 말하는 현건의 목소리가 탁하게 갈라졌다.

"죽은 사람을 알아보는 사람이 세상에 어디 있어……."

그가 만약에라도 자신을 알아본다면 기쁠 줄 알았다. 그의 탑
에 갇힌 라푼젤처럼 세상을 살아가면 어떨까 하는 아주 어리석고,
같잖은 생각도 잠시 했었던 거 같다. 그런데 그의 미소를 마주한

순간 기쁨보다 공포가 더 크게 느껴졌다.

그가 자신으로 인해 위험해진다면?

현건을 올려다보는 검은 눈동자가 이리저리 떨렸다. 눈가에 차오른 눈물은 그녀의 뺨을 타고 내려오는 것도 두렵다는 듯 그녀의 커다란 눈시울을 가득 메우고 있었다.

유정의 불안함을 엿본 현건은 조심스레 입을 열었다.

"유정아."

그녀는 대답 없이 가만히 그의 눈을 바라보았다. 그의 눈 안에 맴도는 검은빛은 밀도 높은 진중함을 담고 있었다.

"내가 지켜 줄게, 이제."

"오빠."

유정이 뭐라 대꾸를 하려는데, 그가 고개를 내저으며 그녀의 말을 끊어 냈다.

"공짜로 지켜 준다는 거 아냐. 대신 조건이 있어."

"조건?"

순진한 눈으로 되묻는 유정에게 현건은 아련한 미소를 지으며 대답했다.

"내 앞에서 다시는 사라지지 않겠다는 조건. 내 여자로 평생 내 곁에 있겠다는 조건."

결국 똑같은 의미의 말을 반복하는 그에게서 유정은 시선을 거뒀다.

"아니. 나 평생 오빠 곁에 있을 자신 없어. 그러니 지킬 생각 마."

그렇게 답하는 유정의 목소리는 서늘했다.

"그럼, 내가 평생 여기 가둬 두기라도 할 테니까, 어디 갈 생각 하지 마."

"내가 왜 그렇게 숨어서 지냈을 것 같아? 바보같이 굴지 마."

"바보라고 해도 상관없어. 미련하게 너 지킬 거고, 멍청하게 네 곁에만 있을 거니까, 그렇게 알아."

"위험한 일이야. 오늘 그 남자 만나고 알게 되었어. 아빠가 말했던 것보다 훨씬 위험한 일일 수도 있다는 거. 꼭꼭 숨어 지내라는 말 지키지 않은 나 때문에……. 나 때문에……."

유정의 뺨 위로 눈물이 후드득 흘러내렸다. 오빠가 위험해지는 건 볼 수 없어, 라는 말은 차마 할 수 없었다. 입 밖으로 내뱉으면 진실이 되어 버릴 것만 같은 불안함이 온몸을 덮쳐 왔고, 부르르 몸이 떨려 왔다.

유정은 자신의 어깨를 그러쥐고 있는 현건의 시선을 피해 그의 어깨 너머 방 안 풍경에 시선을 돌렸다.

"오빠가 살고 있는 이 공간에서 윤민영이었을 때가 차라리 나았어. 오빠는 위험하지 않다는 그런 위안이라도 삼을 수 있었던……. 그런 오빠 곁에서 잠시라도……."

끊임없이 흘러내리는 눈물과 함께 가빠지는 호흡을 가다듬으려, 유정은 가슴이 뻐근하도록 한숨을 내쉬었다.

"대체 그놈들이 찾고 있는 게 뭔데? 뭐가 위험하다는 거야?"

유정은 대답 없이 고개를 돌려 버렸다.

"뭐냐고 묻고 있잖아."

"뭔지 알려 주면 오빠가 찾으려고 할 거잖아. 그럼⋯⋯."

머뭇거리는 유정에게 현건이 달래듯 속삭였다.

"무모하게 안 움직여. 걱정 마. 네 장례식 끝나고, 내가 너희 집에서 갖고 온 물건들이 좀 있어. 거기 있을지도 모르는 거잖아. 말해 봐, 뭔지."

그 말에 유정의 얼굴에 잠시 고민하는 빛이 어렸다.

"만년필이야. 몸통은 검은색이고, 클립은 금색이야."

"겨우 만년필?"

이해하지 못하겠다는 듯 현건이 되물었다.

"그냥 만년필이 아니라, 무슨 녹음기랬어. 거기에 녹음한 파일 이 들어 있나 봐."

"그래서?"

"그것 때문에 내가 죽은 척 살아야 했던 거야. 고작 그 만년필 에 담긴 파일 하나 때문에, 그것 때문에⋯⋯."

유정은 또다시 호흡을 고르기 위해 말을 멈췄다. 자꾸만 눈물 에 메인 이상한 목소리가 불퉁스럽게 튀어나와서, 최대한 평소의 목소리를 내려 애썼다.

"그 남자가 한 말이 전부 믿을 만한 정보인지 아닌지도 모르겠 지만, 그렇지만⋯⋯."

유정의 말에서 현건은 일말의 여지를 찾지 위해 애썼다.

"근데 분명한 건 위험하다는 거야. 아버지가 숨으려 했던 이유도 위험하기 때문이었고, 그 남자도 위험하다는 걸 상기시키려 했어. 그런데 내가 오빠 곁에 머물 수 있을 것 같아? 오빠가…… 오빠가 위험해지도록……."

자신 때문에 그도 위험해질 수도 있다는 두려움에 사로잡히자, 눈 안 가득 고여 있던 눈물이 또다시 속절없이 흘러내렸다.

"네가 떠났다고 여기고 살아온 세월 동안, 그 죽을 것 같았던 5년의 시간 동안, 죽지 않으려고 살았어."

현건의 목소리에서 어떤 절박함이 묻어나기 시작했다.

"네가 사라진…… 메울 수 없는 공간을 억지로라도 채우고, 무언가 담으려고 하다 보니까, 네가 보다시피 난 꽤 많은 걸 얻었어. 근데."

그는 한숨을 한번 내쉬고는 감정을 가다듬었다.

"너만…… 너만 있었으면……. 네가 있었다면, 내가 욕심내지 않았을 것들이야. 그저 평범하게 살고, 남들처럼 평범하게 사랑하면서, 그렇게……."

그의 목소리가 점차 흔들리기 시작했다.

"내가 가진 모든 걸 가져가도 좋으니까, 네가 다시 어디선가 나타날 수 있게 해 달라고 기도했던 적도 있어. 내가 가진 모든 걸 다 주고서라도. 메피스토펠레스한테 영혼이라도 팔 테니 널 다시 되돌려 달라고……. 제발, 그렇게 해 달라고!"

현건은 눈물을 쏟아 내며 풀썩 주저앉았다. 유정은 그의 앞에 마주 앉아, 두 눈을 맞췄다. 그의 눈 안 가득 5년의 아픔이 만들어 낸 슬픔이 그대로 보존되어 가득 들어차 있었다.

"내가, 내가 대체 뭐라고……."

자신에게 그가 어떤 존재인지, 자신 또한 그에게 어떤 존재인지 너무도 잘 알고 있는 유정은 허공에 대고 읊조렸다. 현건은 한 손을 뻗어 유정의 뺨을 어루만지며 속삭였다. 유정은 슬쩍 얼굴을 기울여 그의 커다란 손에 기댔다.

"내가 기억할 수 있는 가장 어린 시절부터 내가 마음에 품었던 내 첫사랑이자, 내 마지막 사랑. 내 삶의 목표였고, 꿈이었고, 전부였던. 가장 큰 기쁨을 준 사람이자, 가장 큰 절망을 알게 한 사람."

가장 큰 절망이라는 말에 유정의 심장이 철렁 내려앉았다. 차라리 자신을 탓하고, 욕하고, 미워하라고 하고 싶을 정도로 그의 얼굴은 아프게 일그러졌다. 유정은 차마 무어라 말을 덧붙이지 못하고, 고개를 푹 숙였다. 대리석 바닥 위로 눈물방울이 투두둑 떨어졌다.

"그리고……."

목소리를 가다듬은 현건은 다른 한 손을 뻗어서는, 두 손으로 유정의 얼굴을 감쌌다. 눈물로 얼룩진 그녀의 뺨을 보듬으며 세상에서 가장 다정하고, 따스한 목소리를 내기 위해 노력했다.

"이제 희망이 되어 다시 나타난 내 여자."

말이 떨어지기가 무섭게 현건은 무릎을 꿇으며 유정의 앞에 바짝 다가갔다. 커다란 손으로 그녀의 얼굴을 감싼 현건은 자신의 입술로 그녀의 젖은 입술을 그대로 덮어 버렸다.

무슨 대답이 돌아올지 몰라 두려워 그랬을지도 모른다. 그저 또 거절의 말을 내뱉고, 떠나겠다고 하려는 거라면 그 말을 못 하게 막아 버리면 된다고 생각했을지도 모른다. 꾹 다문 입술을 슬쩍 깨물어 그녀의 입술이 열리도록 하고는 그 안을 파고들었다.

유정의 마음처럼 머뭇거리며 도망치는 혀를 낚아채서는 깊게 빨아들이고, 음미했다. 성마른 손은 이미 그녀의 등을 빠르게 오르내리며, 너른 품 안으로 그녀를 끌어들이고는 옭아매듯 끌어안고 있었다.

숨이 막힌다는 듯 그녀가 작은 주먹으로 현건의 가슴을 팡팡 내리쳤지만, 그는 조금도 물러설 생각이 없었다.

그녀의 흐느낌이 현건의 입술까지 번지고 나서야, 그는 슬쩍 입술을 떼어 냈다. 그저 입술만 떼어 낸 채 코끝을 맞부딪치고, 이마를 맞댄 채로 현건이 낮게 속삭였다.

"그 남자가 날 알아 버렸잖아. 네가 곁에 있건 없건, 어차피 내 존재도 알게 된 거잖아. 네가 달아나면, 그자들은 나를 찾아올 거야. 내가 널 지키는게 싫으면, 네가 여기서 날 지켜."

같은 의미의 말을 또다시 다른 문장으로 전달하고 있는 그의 말을 듣자, 이번엔 유정의 입에서 어이없게도 픽 하고 작은 웃음이 터져 나왔다.

그 웃음에 당황한 듯했던 현건도 그녀의 얼굴에 자잘한 입맞춤을 더하며 미소 지었다.

"그래……. 어떻게 돌려 말하든, 난 너를 지킬 거고, 넌 내 곁에 있어야 한다는 의미야. 이번에 또 네가 사라지면, 나 정말 못살아, 이제는. 너도 내 곁에서 내가 살 수 있게 지켜 줘."

현건의 애원이 담긴 목소리에 유정의 뺨 위로 눈물이 방울져 내렸다. 그의 입술은 어느새 유정의 뺨과 귓가를 지나 목선을 따라 내려가고 있었다.

절대 자신의 곁을 떠나지 말라고 설득하다가, 제발 자신의 곁에 머물러 달라고 애원하다가, 이제 내가 알게 된 이상 그 어디로도 숨을 수 없을 거라고 엄포를 놓기도 하던 현건은 지친 기색이 역력한 유정을 안고 2층으로 올라왔다.

침대에 살포시 그녀를 내려놓고 발걸음을 돌리려고 했지만, 이성보다 빠르게 움직인 현건의 입술은 또다시 유정의 입술을 탐하고 있었다. 침대 위에서 시작된 입맞춤은 쉽사리 끝을 맺을 수 없었고, 현건은 그녀가 입고 있는 블라우스 단추를 급하게 풀어 내려가며 쇄골 즈음으로 얼굴을 내렸다.

성마른 손길이 그녀의 여린 어깨를 거머쥔 순간, 파르르 떨리는 그녀의 긴장감이 손끝에서 느껴졌다. 현건은 몸을 일으켜 그녀를 내려다봤다.

"차유정. 겁나?"

현건의 질문에 유정의 눈빛이 잠시 동요했다.

"윤민영일 때는 다 내어 줄 것처럼 하더니, 차유정이 되고 나니까 겁나?"

비아냥거리는 문장에는 다정함이 가득했고, 그 다정함 끝에는 죄책감 비슷한 감정이 묻어났다. 유정은 세차게 고개를 내저었다. 얼굴이 하얗게 질려서는 파르르 떨고 있으면서도, 고개를 내젓는 그녀의 행동에 현건은 쓰게 웃었다.

어제 윤민영을 안으려 했을 땐 술에 취해 몸이 먼저 움직였었다. 거칠게 안으려 했음에도 안쓰럽다는 듯 자신의 팔을 보듬던 그녀의 손길이 온종일 머릿속을 떠나지 않아서 현건은 심장이 떨어져 나갈 듯했다. 그 일 때문에 자신을 떠나려 하는 건지도 모른다는 생각이 들자 스스로가 한심하고 역겨웠다.

그런데 남자란 동물은 어찌나 어리석은지, 지금은 몸도 마음도 모두 유정을 향해 있었다. 모든 걸 그녀에게 주고 싶고, 그녀의 모든 걸 취하고 싶은 열기에 몸이 닳아 없어질 것만 같은 기분이었다.

현건은 풀썩 유정의 옆으로 몸을 뉘었다.

"늦었다. 자자."

그는 한쪽 팔을 이마 위에 올린 채 말했다.

"아무 짓도 안 할 테니까, 푹 자. 대신 나 자는 동안 도망가려고 하면, 가만 안 둔다."

현건은 옆으로 돌아누우며 유정을 자신의 품으로 끌어당겼다. 오늘따라 그녀의 긴 머리칼에서 풍기는 시트러스 버베나 향이 유독 진하게 느껴졌다. 그는 부드러운 머리칼에 얼굴을 묻은 채 폐부 깊숙한 곳까지 그녀의 향기를 들이마셨다.

한참을 훌쩍이던 그녀는 울음을 멈추고, 얼마간 뒤척이다 까무룩 잠이 들었다. 조각달조차 구름 뒤에 숨어 버린 것 같은 깊은 밤, 현건은 지쳐 잠든 유정의 얼굴을 물끄러미 바라봤다.

사위가 어두워 그녀의 얼굴을 조목조목 뜯어볼 수는 없다 할지라도, 그녀가 이렇게 가까이에 잠들어 있다는 사실 하나만으로 그는 가슴이 벅차올랐다. 유정의 떨림이 가라앉았음을 느낀 현건도 그제야 눈을 감았다.

❋

날이 밝았는지 커튼 사이로 켜켜이 들어오는 빛이 따스했다. 유정은 조심스레 고개를 돌려, 현건이 누워 있던 곳으로 시선을 옮겼다.

"깼어?"

막 샤워를 마치고 나왔는지, 그의 검은 머리칼은 베르가못 향과 함께 물기를 머금고 있었다. 유정은 코끝을 맴도는 향긋한 내음을 느끼며 조심스레 고개를 끄덕였다.

"씻고 나와, 나가게."

"어딜?"

"가 보면 알아."

그리 말하며 빙긋이 웃는 현건의 얼굴은 어젯밤보다 한결 편안

해 보였다.

호텔을 출발한 차는 아직 개점도 하지 않은 백화점 VVIP용 출입구 앞에 멈춰 섰다. 현건이 도착하는 것을 미리 알고 있었다는 듯 입구에는 그를 기다리고 있던 것으로 보이는 사람이 여럿 서 있었다.

현건은 차에서 내리며 고개를 까딱해 보이고는 발렛 기사에게 차 열쇠를 건넸다. 보닛을 돌아온 현건은 조수석 문을 열고는 유정이 차에서 편히 내릴 수 있도록 손을 잡아 주었다.

"안녕하세요? 사장님. 말씀하신 대로 준비해 두었습니다."

까만 투피스 정장을 차려입은 여자가 말하자, 현건은 이번에도 아무 말 없이 고개만 까닥했다. 머리카락 한 올 흘러내리지 않게 뒤로 빗어 묶은 까만 정장의 여자는 하얀 뺨을 핑크빛으로 물들이며 현건을 살폈다. 그리고 그 시선은 잠시 유정에게 머물렀다.

그와 자신의 사이를 가늠해 보느라 여자의 머릿속이 얼마나 바쁠지는 굳이 깊게 생각해 보지 않아도 짐작할 수 있었다. 유정은 애써 초조함을 감추려 노력했다. 그에 비해 현건의 얼굴에는 환한 미소만 가득 머물 뿐이었다.

"어디 가?"

현건의 손에 이끌려 여자의 뒤를 따르던 유정이 목소리를 낮추며 물었다.

"가 보면 알아."

그는 그녀의 귓가에 입술이 닿을락 말락 한 거리에서 속삭였다. 그의 목소리와 함께 따스한 숨결이 귓바퀴를 맴돌자 유정은 깜짝 놀라 어깨를 움츠렸다. 현건은 그런 유정의 모습에 피식 웃음 지으며, 그녀의 어깨를 꼭 감싸 안았다.

여자의 안내로 도착한 곳은 VVIP 전용 라운지였다. 라운지 입구에 부착된 작은 LCD 모니터에는 이번 시즌 이탈리아 G브랜드와의 콜라보레이션으로 카페가 꾸며져 있다는 설명이 흐르고 있었다.

라운지 안으로 들어서자, 커다란 진회색 대리석 벽 위에서 G브랜드의 로고가 반짝거렸고, 천장에는 검은색 프레임으로 장식된 샹들리에가 늘어져 있었다. 유정은 그 화려함에 입을 다물지 못하고, 휘둥그레 뜬 눈으로 이곳저곳을 살폈다.

"이쪽입니다."

여자가 안내한 방은 마치 북유럽 공주의 파우더 룸 같은 모습이었다. 진갈색 카펫 위에 놓여 있는 그림 같은 모양의 검은색 벨벳 소파 앞에는 커다란 거울이 하나 놓여 있었다. 또 거울 옆 테이블 위에는 수십 가지 립스틱이 오와 열을 맞춰 서 있었다.

여자의 안내로 1인용 벨벳 소파에 앉은 유정은 어리둥절한 표정으로 현건을 바라봤다. 아침에 그가 내민 까만 페플럼 원피스와 코트를 입고, 유리 구두처럼 반짝이는 에나멜 구두를 신은 덕에 복장은 그럴싸했지만 생경한 공간이 주는 중압감은 대단했다.

"시작해도 될까요?"

여자의 말에 메이크업 브러시가 줄줄이 꽂혀 있는 이상한 모양의 벨트를 한 남자가 나타나 유정이 앉아 있는 벨벳 소파 옆으로 바짝 다가섰다. 그 모습을 본 현건의 얼굴이 슬쩍 일그러졌다.

"직접 고를 수 있게 자리 좀 비켜 줬음 하는데."

그의 말에 까만 정장 여자와 브러시 맨은 순식간에 사라졌다.

"뭐 하는 거야, 오빠?"

"원 풀이."

거울을 통해 자신의 뒤에 있는 현건을 바라보는 유정의 표정엔 의아함이 가득했다.

"원 풀이?"

"거기 립스틱 중에 하나 골라 봐."

"나, 화장 잘 안 해."

"알아. 그러니까 딱 하나만 골라."

유정은 테이블 위로 시선을 옮겼다. 백화점에 있는 립스틱은 전부 다 모아 놓은 모양인지, 수십 개의 립스틱을 마주한 유정의 눈썹이 저절로 찌푸려졌다. 유정은 거울에 비친 현건을 한번 바라 봤다가, 립스틱 무리로 다시 시선을 옮겼다.

가장 가까운 곳에 있는 립스틱을 집어 뚜껑을 열었는데, 아주 옅은 분홍색이었다. 그다음에 집어 든 립스틱은 산호색과 비슷한 분홍색, 그다음도 분홍색, 그다음도, 그다음도. 백화점에 있는 모든 립스틱이 아닌, 모든 '분홍' 립스틱의 집합이었다.

"다 똑같은데?"

유정의 물음에 현건은 한숨을 한번 내쉬며 테이블 가로 다가섰다. 립스틱 여러 개를 한꺼번에 집어 든 현건은 바닥에 붙은 라벨을 살피는 듯했다.

"뭐 해, 오빠?"

"립스틱 바닥에 보면 이름이 있다고 그러더라고."

"그래서?"

현건은 검은색 총알 모양의 립스틱 하나를 빼고는 전부 도로 테이블 위에 올려 두었다.

"이걸로 하자."

현건은 유정의 손을 잡고 라운지를 빠져나와, 곧장 대기 중인 차에 올랐다.

"오빠! 뭐 하는 건데?"

"너랑 하고 싶었던 거."

"뭐?"

백화점 VVIP라운지에 와서 퍼스널 쇼퍼가 골라 놓은 립스틱 하나 사는 거? 유정은 고개를 갸웃하며 질문을 삼켰다.

그와 함께 돌아온 곳은 다시 호텔이었다. 방 안에 도착한 현건은 입고 있던 코트를 벗어 던지고는 유정을 소파에 앉혔다. 그의 손에는 총알 모양의 립스틱이 들려 있었다.

"나, 봐 봐."

유정은 테이블 위에 앉아, 검은 눈동자를 반짝거리며 자신을 바라보고 있는 현건에게 눈을 맞췄다.

그가 립스틱 뚜껑을 열고 돌돌 돌리자, 형광 핑크빛 원기둥이 스르륵 밀려 올라왔다. 현건은 비장한 각오를 다지듯 립스틱을 연필처럼 쥐었다.

"내 얼굴에 그림이라도 그리게?"

삐뚜름한 표정을 지으며 노려보는 유정을 향해 현건은 피식 웃었다.

"아니. 입술 내밀어 봐."

그 말이 부끄러웠는지 유정이 얼굴을 붉히자, 현건은 피식 웃으며, 유정의 입술에 립스틱을 가져다 댔다.

미간을 좁혔다가, 입술을 비틀었다가, 립스틱을 떼고 한참을 관찰하던 현건은 이제 다 칠했는지 푸시시 웃으며 립스틱을 내려놓았다.

"예쁘네, 우리 유정이."

유정이 거울이라도 보려고 소파에서 몸을 일으키려는 찰나, 현건이 그녀를 끌어당겼다. 그리고 그의 입술은 진분홍빛 립스틱을 바른 유정의 입술 위에 닿아 있었다. 아랫입술 한 번, 윗입술 한 번 천천히 머금은 그는 달콤한 색을 입은 그녀의 입술을 맛보듯 입을 맞췄다.

"달다. 우리 유정이."

입맞춤 때문인지, 달달한 그의 말 때문인지, 유정의 볼이 더 붉게 물들었다. 또 그녀의 입술을 머금었던 그의 입술도 핑크빛으로 물들어 있었다.

"이게…… 뭐야?"

떨리는 숨결을 가다듬으며 묻는 유정의 질문에 현건은 빙그레 웃으며 대답했다.

"5년 묵힌 내 데이트 계획."

"응?"

현건은 유정의 옆으로 옮겨 앉으며 그녀의 어깨를 감싸 안았다. 자연스레 유정의 머리는 그의 가슴 언저리에 기대졌고, 현건은 유정의 향기를 한껏 들이마시며 말했다.

"너 사라졌던 날, 그날…… 대학 입학 기념으로 백화점 데려가서 예쁜 분홍색 립스틱 사 주고, 그거 발라 준 다음에 입 맞춰야지, 하고 생각했었거든."

아련한 그의 목소리에 유정의 가슴에 찌르르 파동이 일었다.

"유정아."

"응."

"우리 못 했던 거 다 하자. 내가 다 해 줄게. 알았지?"

유정은 그의 가슴에 기댄 채 가만히 그의 심장 고동 소리를 듣고 있었다.

"근데 오빠, 저 립스틱 이름 뭐야? 아까 이름 보고 골랐잖아."

현건은 손을 뻗어 테이블 위에 놓인 립스틱을 집어서 유정에게 건넸다. 유정은 현건이 그랬던 것처럼 립스틱 바닥에 붙은 라벨을 살폈다.

"캔. 디. 얌. 얌?"

유정이 한 글자씩 끊어서 이름을 읽어 내자 현건이 말했다.

"내 사랑. 내가 얌얌 먹어 버리려고."

엉큼한 말을 아무렇지 않게 내뱉는 현건의 능청스러움에 유정은 뜨악한 표정으로 그를 바라봤다.

"그리고 안 아껴 먹을 거야. 내가 지내 온 인고의 세월이 얼만데?"

현건은 유정의 어깨를 감싸고 있던 손으로 그녀의 턱을 끌어당겨 덥석 입술을 물었다.

11.
가까이 더 가까이

이마를 간질이는 움직임에 유정은 살며시 눈을 떴다. 눈부신 햇살보다도 더 환한 미소를 짓고 있는 현건의 얼굴이 바로 앞에 있었다. 손가락으로 슬며시 이마에 드리운 앞머리를 넘겨 주던 그는 빙긋이 웃으며 물었다.

"깼어?"

유정은 베개에 닿은 고개를 끄덕이며 미소 지었다.

"내려가자, 아침 먹게."

현건의 손에 이끌려 유정은 곧장 1층 부엌으로 향했다. 식탁 위에는 따뜻한 아침 밥상이 차려져 있었다.

"설마 오빠가 한 거야?"

"앉아."

유정이 자리에 앉자, 그가 물 잔을 건네며 말했다.

"아침 먹고 힘내서, 일하러 가야지."

아무렇지 않은 척 이야기하는 그의 말에 유정은 가만히 그를 바라봤다.

"왜 안 먹고?"

"오늘 그만둔다고 말하고 올게."

현건은 한숨을 내쉬며, 손에 들고 있던 숟가락을 내려놓았다.

"일 계속해도 돼. 호텔 안에만 있으면 안전해. 너 하나쯤 충분히 지킬 수 있어. 여기서 갇혀 지내면 답답할 거야."

유정은 고개를 가로저으며 말했다.

"알아, 오빠 마음. 여태껏 못 해 본 거 하게 해 주고 싶은 마음도 알고, 내가 원하는 거 다 해 주고 싶은 마음도 알아. 근데 그건 오빠, 좀 이따가. 나, 지금은 오빠 곁에 있는 것만으로도 충분해. 복잡한 일 해결되고 나서, 그때 해도 늦지 않을 거야."

그 말에 현건은 슬쩍 고개를 끄덕이며 대꾸했다.

"그래. 사실 네가 원한다고 하면 들어주려고 했는데, 아무리 호텔 안에서만 일한다고 해도 걱정이 안 될 리가 없지. 정말 하고 싶은 일은 천천히 생각해 보자. 알겠지? 학교는 어떻게 할래?"

"다시 다니는 건 말도 안 되는 일이지."

유정은 웃어 보이려 노력했지만, 예쁜 미소가 우러나오지는 않았다. 차유정의 삶은 공식적으로 죽어 버렸고, 윤민영의 삶은 이제 쫓기듯 숨어 있어야만 했다. 아무것도 아닌 존재가 된 것만 같은 현실이 꽤 버겁고, 서글프기도 했다.

가만히 테이블을 바라보고 있는데, 그의 커다란 손이 그녀의 손 위에 따사로이 겹쳐졌다.

"오빠가 되찾아 줄게."

그의 말에 실린 힘에 유정은 심장이 떨려 왔다. 혼자만 피해 다니던 '민영'의 삶에서는 거리낄 게 없었고, 두려울 게 없었다. 그런데 그가 곁에 있는 지금은 달랐다.

"오빠만 있으면 돼."

모든 걸 다 잃어도 이제 이 남자만큼은 잃고 싶지 않았다. 그러기 위해 반드시 제 손으로 삶을 되돌리리라 유정은 그리 마음먹었다.

월요일 오전, 식품사업부 사무실은 주간 회의로 정신없이 돌아갔다. 사람들이 회의에 들어가 있는 동안 걸려 오는 전화는 전부 유정의 몫이었다. 전화를 받고, 메모를 하고, 바삐 움직이는 사이 어느새 점심시간이 다가와 있었다.

점심 식사를 마친 후에도 식품사업부 최종수 부장은 매니저 미팅에 참석하기 위해 자리를 비웠고, 한 대리는 오늘따라 커피 한 잔 할 시간도 없다며 투덜거렸다.

아주 나중에 차유정의 삶을 되찾아 그의 옆에 공식적으로 서게 될 수 있다면, 어떤 장소에서든 다시 보게 될지도 모르는 이들이었다.

장밋빛 미래를 조심스레 꿈꾸며 그들과 유종의 미를 거두고 싶은 마음도 아주 조금은 있었다. 언제 말을 꺼내야 하나 고민하고 있는데, 마침 매니저 회의를 마치고 최 부장이 돌아왔다. 그런데 그 뒤로 현건의 모습이 눈에 들어왔다.

갑작스런 그의 등장에 직원들 모두 긴장한 듯 눈치를 보기 시작했다.

"요즘 식품사업부 어떤가? 김 과장은 둘째 가졌다면서, 육아휴가 일정은 잡았어요?"

"네! 잡았습니다."

"아, 한 대리는 파리 연수 신청하지 않았나? 그거 승인 결과는 다음 주쯤 발표될 거야."

"네! 감사합니다."

그는 신기하게도 직원들의 면면을 모두 기억하고 있는 듯했다.

"그런데, 누구지? 지난번 점심시간에 식당에서 한 번 본 것 같기는 한데?"

"아, 윤민영 씨라고, 저희 인턴입니다."

최 부장의 설명에 현건은 아, 하는 입 모양을 만들어 보이며 고개를 끄덕였다.

"일도 워낙 잘해서 정직원 전환 신청을 진작 해 두었는데, 아직 승인이 안 났습니다, 사장님."

"아, 그래요? 인턴은 누가 뽑았어요?"

그 질문에 최 부장은 머리를 긁적이며 대답을 얼버무렸다. 현건이 인사과에 지시를 했으니, 뽑은 사람은 바로 그였다. 하지만 최 부장이 그 사실을 알 리 없었다.

"저 인사과에서……."

"인사과?"

현건은 인상을 구기며 최 부장을 쏘아보았다.

"뭐야, 내가 모르는 낙하산인가?"

"아, 저 그게, 저희가 인턴 요청을 했습니다. 그래서 인사과에서 알아서 처리해 줬습니다. 제가 그때 아마 출장 중이어서 면접은 생략했던 것 같습니다."

"윤민영 씨, 누구 낙하산이기에 면접도 안 보고 인턴으로 들어오셨습니까? 따라와요."

그리 내뱉은 현건은 차갑게 돌아서며 식품사업부 사무실을 나섰다. 직원들은 현건의 싸늘한 모습에 혀를 내두르며 민영을 안쓰럽게 바라봤다.

"민영 씨, 주눅 들지 마. 일 잘해서 정직원 전환 신청도 빨리 했고, 최 부장님 말씀 틀린 거 없으니까, 계속 일하겠다고 말해야 해. 알았지?"

한 대리는 사무실 문을 향해 걸어가는 민영의 뒤에 바짝 붙어서는 그리 속삭였다. 유정은 대답 없이 현건의 뒤를 따를 뿐이었다.

21층으로 연결되는 전용 엘리베이터의 문이 닫히자, 그의 작은 웃음소리가 들려왔다. 유정의 뾰로통한 목소리가 튀어나온 것도 그때였다.

"오빠, 대체 뭐야!"

유정이 뭐라고 덧붙이기 전에 현건은 그녀의 허리를 끌어당겨 품에 안은 뒤, 입술을 덥석 머금었다. 그의 전용 키가 꽂혀 있는 덕분에 엘리베이터는 한 번도 멈추지 않고 21층까지 단숨에 올라 갔다.

문이 열리는 소리가 들리자, 현건은 언제 그랬냐는 듯 유정과 떨어져 서서는 자신의 사무실 안으로 들어섰다.

"박 실장, 윤민영 씨랑 긴히 할 얘기가 있으니까, 다른 사람 들 이지 마."

"네, 사장님."

뒤따르는 민영을 바라보며, 박 실장은 그저 인사를 꾸벅해 보 일 뿐 아무런 표정도 내비치지 않았다.

두꺼운 유리로 된 자동문이 닫히자, 현건은 문 바로 옆에 있는 버튼을 하나 눌렀다. 순식간에 투명한 유리가 검은색으로 물들었 다. 유정이 유리를 만져 보려 손을 뻗는데, 현건이 그녀의 허리를 감싸서는 또다시 자신의 품으로 끌어당겼다.

"아, 보고 싶어 죽는 줄 알았네."

"사장님, 이게 지금 뭐 하시는 겁니까?"

유정의 삐딱한 물음에 현건은 피식거리며 그녀의 어깨에 턱을 기댄 채로 대답했다.

"차유정, 너 그만둔다고 말 못 했지?"

"어떻게 알았어?"

"최 부장 보고 받으면서 알았지. 인턴을 정직으로 어쩌고 하는 보고서 보고. 일은 꽤 잘하셨나 봅니다, 윤민영 씨가."

"그렇다고 그렇게 찾아오면 어떻게 해."

유정이 곱게 나무라는데, 그의 입술이 어느새 목선을 따라 입술로 다가오고 있었다.

"너무 보고 싶어서, 못 견디겠어서."

말을 내뱉음과 동시에 그는 그녀의 입술을 집어삼켰다.

삶은 살아진들 흥이 나지 않았던 그였다. 그저 허탈함을 채우고자 만들어 낸 공간에서 그는 많은 것을 이루었고, 얻었었다. 그런데도 늘 공허한 그였다.

그런데 그런 자리에 유정이 함께하고 나니 잃어버렸던 퍼즐 조각을 찾아낸 듯 모든 것이 조화를 이루는 마법이 이루어진 것 같았다.

슬쩍 입술을 떼어 낸 그가 낮게 속삭였다.

"우리 윤민영 씨, 일도 잘하는데, 그냥 내 비서로 취직시킬까?"

"비서학 관련해서는 아는 게 없어서 안 되겠습니다만."

유정의 똑 부러진 대답에 현건은 부러 음흉한 표정을 지어 보이며, 짓궂게 대꾸했다.

"이런 일만 하면 되지. 날 달래 주는 일."

현건은 은근슬쩍 유정의 가슴에 얼굴을 묻으며 비벼 댔다.

"치, 방 안에서 같이 자면서도 아무것도 못 하면서. 사장님 취향이 사무실 쪽이었나 봐?"

유정의 말에 현건은 급기야 웃음이 터지고 말았다.

"차유정."

"응."

"아마 지금쯤 인사과에서 나와서 네 자리 정리하고 있을걸?"

"뭐?"

유정은 깜짝 놀란 표정으로 현건을 내려다보았다.

"나중에 네가 내 옆에 공식적으로 서게 되면, 직원들이 아, 그때 그 깜찍한 라푼젤이 윤민영이었구나. 사장이 몸이 달아서 사무실까지 쫓아왔구나, 하겠지 뭐."

"정말 못 말려!"

현건은 유정을 품에 안으며 말했다.

"오늘 혹시 송별회라도 하자고 하면, 호텔 지하 펍에서 1차까지만 하고, 로비 정문으로 나와. 그 앞에서 기다리고 있을게."

그는 마치 호텔에서 일어나는 모든 일들을 자신의 손바닥 안에 두고 있는 것처럼 말했다.

호텔 지하에 있는 하우스 맥주 전문점에서 시작된 회식은 밤 10시가 넘도록 계속되었다. 거나하게 취한 최 부장이 2차를 가야 한다며 생떼를 부리기 시작하자, 한 대리가 슬쩍 유정의 손을 이끌고 술집 밖으로 나왔다.

"민영 씨, 항상 일찍 들어갔잖아. 부모님 엄하시지? 이만 들어가. 내가 알아서 할게."

한 대리의 살가움에 유정은 눈물이 핑 돌고 말았다. 신분을 속인 윤민영이 아닌, 차유정으로 만났으면 더 좋았을 이들. 유정은 아쉬움에 고개를 푹 숙였다.

"울지 마. 민영 씨 울면 나도 운다? 연락해. 알았지? 우리 호텔 있어 봐서 알겠지만, 근무환경 정말 좋아. 졸업하고 꼭 와. 응?"

유정은 정말 그럴 수 있으면 좋겠다고 생각하며 고개를 끄덕였다.

"그럼, 조심해서 가. 어서 가. 붙잡히면 오늘 밤새야 할지도 몰라."

"네."

한 대리는 유정의 어깨를 한번 토닥여 주고는 다시 술집으로 들어갔다. 유정은 그 모습을 물끄러미 바라보다 발걸음을 돌렸다.

그렇게 도망치지 않았더라면, 만약에 아무 일도 일어나지 않았더라면, 어떤 삶을 살았을까 하는 덧없는 생각에 머릿속이 복잡해지자, 유정은 생각을 떨치려 머리를 가볍게 흔들었다.

되찾으면 된다 생각했다. 무슨 수를 써서라도 바로잡고 싶다는 생각이 들었다. 아버지와 만년필, 어떤 것을 먼저 찾게 될지는 모르지만, 유정은 반드시 찾아내어 바로잡겠다 생각했다. 그렇게 그의 곁에 있겠노라 다짐하고 있는데, 누군가 뒤를 따르는 느낌이 들었다.

"윤민영."

뒤에서 들려온 목소리는 재윤이었다.

"선배, 여기 웬일이야?"

"너 갑자기 그만둔다고 해서 뒤늦게 송별회 참석하려고 왔더니, 벌써 가?"

"어, 일이 좀 있어서."

유정은 그에게 머물렀던 시선을 거두며 어깨를 한번 으쓱했다.

"어디 가? 집에 가?"

"응? 응."

로비 정문에서 기다리고 있겠다던 현건이 생각난 유정은 코트 주머니 속에 있는 휴대전화를 만지작거렸다.

"데려다줄게."

"아, 아니야. 나 택시 타고 가면 돼."

"밤에 여자 혼자 택시 타면 위험해. 데려다줄게. 근데 너 이사 갔어?"

"어? 아니. 그 동네 살아. 그냥 택시 타고 가면 돼."

데려다준다, 혼자 가겠다 승강이를 벌이다 보니, 어느새 둘은 호텔 앞 대로변의 택시 정류장까지 나와 있었다.

"선배, 나 혼자 갈 수 있어."

그의 눈동자에 어린 우려와 기대를 유정은 애써 무시하며 고개를 돌렸다. 처음엔 그냥 과 선배였고, 그러다 좋은 선배였는데 지금은 무언가 다른 관계를 원하는 듯한 그의 눈빛이 버거웠다.

재윤은 택시 정류장 제일 앞에 선 택시 문을 열고는 유정을 재촉했다.

"타."

"혼자 갈게."

"혼자 못 보내니까. 일단 타."

재윤이 유정의 손을 잡아끄는 순간, 익숙한 음성이 들려왔다.

"혼자 가겠다는데 그러는 거 실례 아닌가?"

고개를 돌리니 그 자리엔 현건이 서 있었다. 마치 조깅이라도 나온 것처럼 트레이닝복을 입은 그는 편한 옷차림과는 달리 얼굴에 불편함이 가득 묻어나고 있었다.

"안녕하세요? 사장님. 운동 나오셨나 봐요?"

"라운지 카페에 새로 들어왔다고 했던 바리스타?"

현건의 물음에 재윤은 고개를 끄덕이며 대꾸했다.

"이재윤입니다."

그리 말하는 재윤의 목소리는 날이 서 있는 것처럼 느껴졌다. 현건은 재윤의 옆에 서 있는 유정의 손을 끌어다 자신의 뒤에 세웠다.

"사장님, 지금……."

현건은 왼손을 들어 재윤의 말을 막고는 몸을 돌려 유정에게 차 키를 건네며 말했다.

"택시 앞에 내 차 있어. 일단 차에 타."

유정은 이러지도 저러지도 못하고 현건을 올려다봤다.

"얼른 가. 저놈이랑 피 터지게 싸울 생각은 없으니까."

"그래도……."

유정이 머뭇거리자, 재윤이 끼어들었다.

"실례는 사장님께서 범하고 계신 것 같은데요?"

"내 여자는 내가 챙길 테니, 상관 말고."

현건의 말에 화들짝 놀란 건 유정뿐이었다. 재윤은 그저 차가운 눈으로 현건을 노려보고 있었다.

"어서 가."

현건이 냉랭한 목소리고 말했다. 유정이 꼼짝도 않고 서 있자, 현건은 유정의 손을 끌어다 조수석에 태우고는 문을 닫아 버렸다.

현건의 억센 손에 이끌려 차에 오른 유정은 사이드 미러를 통해 두 남자의 모습을 살폈다. 마주 보고 서 있는 두 남자의 모습이 위태로워 보여서 심장이 덜컹거리고 있었다. 대체 현건이 무슨 생각으로 재윤 앞에서 저러고 있는지조차 가늠이 되질 않았다.

현건은 묘한 미소를 띠며 입을 열었다.

"왼쪽 귀에 있는 리시버, 그건 빼고 이야기하지?"

현건의 말에 재윤은 비니 속에 감춰진 투명한 줄과 함께 무선 리시버를 빼냈다.

"어디까지 아십니까?"

재윤의 물음에 현건이 나지막한 음성으로 대꾸했다.

"이재윤이 아니라 신정혁이라는 것까지 압니다."

이성한이 전해 줬던 자료에서 그 무엇보다 이재윤에 대한 기록에 현건은 기함했다. 특정직 7급 공무원, 각종 무도에 능함.

"차유정 양에 대한 최소 경호가 제 임무입니다."

그저 선배인 척했던 남자의 태도 변화에 현건은 미간을 구겼다. 그리고 그는 분명 윤민영이 아니라 차유정이라 그녀를 부르고 있었다.

"경호를 한다는 사람이 지난 일요일에 있었던 일은 어떻게 설명할 겁니까? 또 보호해야 할 대상을 이성으로 보는 것도 경호의 일종입니까? "

현건의 물음에 재윤은 아무런 대답도 하지 않았다. 현건은 도발하듯 음산하게 읊조렸다.

"그렇다면, 그건 내 몫이니까 이제 그만 물러서요."

돌아서려는 현건을 정혁이 붙잡아 세웠다. 그는 재킷 주머니에서 명함을 하나 꺼내어, 현건에게 건넸다.

"제 도움이 필요한 순간이 올지도 모릅니다. 연락 주십시오."

정혁은 정중하게 고개를 숙여 보이기까지 했다.

"도움? 무슨 도움?"

현건이 고깝다는 목소리로 되묻자, 정혁이 무감한 얼굴로 대답했다.

"생각하시는 것보다 복잡한 문제로 알고 있습니다."

현건은 차가 서 있는 쪽에 잠시 시선을 두었다가, 다시 정혁에게로 향했다.

"유정이는 아직 그쪽이 그저 선배인 줄 압니다."

"다행입니다."

얼굴에 희미한 미소를 띠며 다행이라 말하는 정혁의 태도가 현건은 은근히 신경 쓰였다.

"나중에 얘기하죠. 오늘 치정극은 이쯤 해 두고."

"그럼, 저는 이만 돌아가는 것처럼 하겠습니다."

누가 심어 놓았는지, 신정혁은 꽤나 명석한 놈인 듯 보였다. 그는 현건에게 다시 한 번 고개 숙여 정중히 인사하고는 택시에 올라탔다. 돌아가는 것처럼 하겠다니, 여기로 다시 와서 날 감시라도 하겠다는 건가?

현건은 휴대전화 번호와 신정혁이라는 이름 세 글자가 적힌 명함을 뚫어져라 바라보다가 주머니 속에 구겨 넣었다.

운전석에 오른 현건은 그저 질투에 마음이 상한 척 굴며, 차에 시동을 걸었다.

"차유정, 너 그놈한테 손목 잡혔어?"

"뭐?"

"그놈이 네 손목 잡았잖아."

유정은 재윤이 잡았던 왼 손목을 물끄러미 바라봤다.

"잡히긴 했는데……. 그래도, 그렇다고 거기서 끼어들면 어떡해? 내일 호텔에 소문이라도 나면 어쩌려고 그래?"

톡 쏘며 되받아치는 유정의 물음에 현건은 그저 웃음을 터뜨렸다.

"소문 좀 나라지, 뭐."

"뭐라고?"

"사장 꼬여서 인턴 그만둔 깜찍한 여대생으로 소문나겠지, 뭐. 난 여대생 좋아하는 고스트 되는 거고."

현건의 우스갯소리에 유정의 표정이 점점 험악해졌다.

"오빠, 진짜!"

유정이 화를 버럭 내려는데, 현건이 그녀의 왼손을 끌어다 깍지를 끼며 말했다.

"걱정 마, 나 믿는다고 했지?"

대체 무슨 생각으로 이런 일을 벌이고 있는지, 유정은 이해가 되질 않아 한숨만 폭 내쉬었다. 기필코 마음먹은 것은 이뤄 내고 마는 현건의 성격을 모르는 것도 아니지만, 막무가내로 군다고 해서 문제가 해결되는 것도 아닌데, 어리석은 그의 행동이 야속하게 느껴졌다.

'위험해지면 어쩌려고……'

그의 곁에 머물며 행복이 더해 갈수록, 자신은 그의 곁에 온전히 설 수 없는 존재라는 불안감도 더해 갔다.

"자꾸 그렇게 위험하게 굴지 마. 그럼……."

"왜, 그럼 도망가게?"

현건의 물음에 유정은 입을 꾹 다문 채 보닛에 시선을 고정하고 있었다.

"도망가면 온 우주 전체를 샅샅이 뒤져서라도 찾아낼 거니까. 허튼 생각 하지 마. 너 어렸을 때, 숨바꼭질하면 맨날 나한테 걸

렸잖아?"

현건의 우스갯소리에 유정은 피식 웃음이 터졌다.

"오빠."

"응?"

"내가 숨으면 그렇게 찾을 만한 가치는 있는 거고?"

유정의 물음에 현건은 묘한 표정을 지으며 고개를 한번 갸웃하더니 대답했다.

"그럼. 너 술래 시켜야 하는데."

"걱정 마, 이제 숨지는 않을 거야."

"그럼, 혼자 해결하시게?"

그 물음에 유정은 이번에도 대꾸하지 못하고 입을 꾹 다물었다.

"이제 숨지 않겠다고 결정했으면, 혼자 해결하려고 하지 말고, 나랑 같이 해."

"오빠도 약속해. 혼자 나서지 않겠다고."

"글쎄, 남자들은 영웅놀이 좋아해서 혼자 대장 먹는 거 좋아하는데?"

코를 찡긋하며 환하게 웃는 그의 얼굴을 바라보며 유정은 속으로 한숨을 집어삼켰다.

방 안에 들어온 현건은 해야 할 일이 있다며, 곧장 서재로 향했다. 유정은 그저 고개를 끄덕이며 2층으로 올라갔다. 술기운 탓인지 몸이 노곤하게 달아올랐다. 뜨거운 물로 오랜 시간 샤워를 하고 나자, 피부는 따스한 온기를 머금고 부들거렸다.

겨우 맥주 세 잔 마셨을 뿐인데, 어디선가 사랑에 대한 굉장한 용기가 샘솟는 것만 같았다. 자신에게 모든 것을 걸 수 있다고 입버릇처럼 말하는 남자에게 무언가를 해 주고 싶은 마음이 들었다.

며칠 전 침대 위에서 '차유정, 겁나?' 하고 물었던 그의 목소리가 귓가를 맴돌았다. 포옹하고, 입을 맞추고, 서로를 보듬고, 그렇게 품에 안기고……. 사랑하는 이들이 자연스럽게 하게 되는 행동들이 유정은 부끄럽다거나, 두렵다거나 한 건 아니었다.

단지 확신이 없었다. 윤민영이었다면, 자신이 다시 떠난다 한들 상관없을 거라고 여겼었다. 그런데 차유정이 된 상황에서 그의 품에 안기려니, 자신이 다시 그에게 어울리는 이가 될 수 있을지 확신이 서질 않았었다.

그런데 제 손으로 반드시 되찾으리라 마음먹은 순간, 모든 것이 분명해 지는 것 같았다. 유정은 커다란 배스타월로 가녀린 몸을 감싼 채 욕실을 나섰다.

서재에 들어선 현건은 이성한이 건넸던 자료를 다시 꺼내 보았다. 신정혁에 대한 자세한 조사를 다시 요청해야겠다는 생각이 들었다. 그가 아군일지, 적군일지는 그때 가서 판단해도 늦지 않을 거라 여겼다.

서재를 나와 욕실로 들어간 현건은 뜨거운 물줄기 아래 서서 천천히 생각을 정리했다.

차유정은 똑똑하고 야무진 아이였다. 또 5년의 세월 동안 다른 이의 삶을 살면서도 그 본연의 모습을 잃지 않을 만큼 곧은 사람이었다. 남모를 고생을 한 덕에 더 눈치가 빨라지고, 더 영악해진 면도 없지 않아 있지만.

현건은 장난스러운 얼굴로 자신을 쥐락펴락하는 유정의 모습이 떠올라 피식 웃었다. 당분간, 일이 해결될 때까지만 여기에서 지내 달라고, 반드시 차유정으로 당당히 세상에 나설 수 있게 해 주겠다고, 현건은 스스로 되뇌듯 읊조리고는 욕실을 나섰다.

머리에 물기를 털어 내며, 2층으로 올라선 현건이 이리저리 살폈지만, 유정의 모습은 보이지 않았다. 희미하게 물소리가 들려오는 것으로 보아 아직 그녀는 욕실에 있는 듯했다. 그녀가 나오기를 기다리려 현건은 침대 모서리에 앉았다.

그 물소리에 현건은 괜히 묘한 기분이 들었다. 겁을 내듯 바들바들 떨었던 유정의 모습을 마주했던 그날 이후, 현건은 유정을 안으려 하지 않았다. 미치도록 그녀를 품고 싶고, 보듬고 싶었지만, 그건 그녀의 사랑도 그만큼 자랐을 때 이야기였다.

샤워를 마쳤는지 물소리가 멈췄고, 머리를 말리는지 이번엔 드라이기 소리가 들려왔다. 초야를 앞둔 새신랑도 아니고, 왜 갑자기 긴장이 되는지.

현건은 한숨을 내쉬며 호흡을 가다듬고, 다시금 생각을 골라

냈다.

'이성한의 자료를 다시 받고, 유정의 예전 집을 사람을 시켜서 뒤지게 하고, 유정이 여기서 지내는 동안 무엇을 하게 하면 좋을까…….'

그런데 머리를 차갑게 하려 할수록 몸은 뜨거워지는 것 같았다. 아이러니한 현실에 현건이 쓰게 웃으며, 또다시 한숨을 내쉴 무렵 유정은 어느새 현건의 발 앞까지 다가와 있었다.

유정의 맨발을 마주한 그는 천천히 시선을 올려 유정을 바라보고는 숨이 턱 막혀 버렸다.

"오빠……."

수줍게 웃고 있는 그녀는 반쯤 젖어 있는 검은 머리칼을 뒤로 넘긴 채, 몸에는 커다란 배스타월 한 장만을 두르고 있을 뿐이었다.

현건은 천천히 몸을 일으켜 유정과 마주 보고 섰다. 유정은 크게 두근거리는 심장 소리가 그에게도 들릴까 싶어 온몸에 경련이 이는 것 같았다.

"차유정."

"응."

그는 어깨 위로 흘러내린 유정의 머리카락 몇 가닥을 등 뒤로 쓸어 넘기고는 그녀의 어깨에 슬쩍 입을 맞췄다.

"오빠……."

"응."

현건의 입술이 어깨 위에 잠시 머물렀다. 파르르 떨리는 어깨 위로 그의 얕은 호흡이 느껴졌다.

"나…… 이제 겁 안 나."

"근데, 왜 이렇게 떨어?"

현건은 유정의 가냘픈 허리를 한 팔로 감싸 안아서는 자신의 품으로 끌어당겼다.

"그냥 떨려서……."

떨린다 말하는 유정의 볼이 예쁘게 솟아올랐다. 현건의 입술이 유정의 목선을 따라 내려갔다가 다시 오르기를 반복했다. 그녀의 턱에 입을 맞추고, 그녀의 볼에 입을 맞추고, 콧잔등, 이마, 눈꺼풀 위에 솜털처럼 부드럽고 자잘하게 입맞춤을 남겼다.

그 움직임에 유정의 호흡은 더 얕아졌고, 파르르 떨리는 어깨는 파장을 더해 갔다. 유정은 용기를 내어 그의 눈을 마주했다. 가라뜬 눈으로 자신을 지그시 바라보는 눈빛에 쏘이기라도 한 듯 유정의 다리가 휘청거렸다.

현건은 그런 유정의 움직임에 피식 웃으며 그녀의 허리를 더 단단히 끌어안았다. 그러고는 일부러 더는 아무것도 하지 않고, 유정을 바라보기만 했다. 대체 이 깜찍한 행동이 어디까지 갈지 슬슬 궁금해지려는 참이었다.

유정은 그저 자신을 바라보고 있는 현건에게 입을 맞추려 발뒤꿈치를 슬쩍 들었다. 두 팔을 올려 그의 목을 감싸고 입술로 그의 입술을 덮었다. 그에게 배운 키스만큼은 자신 있었다. 마음껏 그를 탐할 수 있을 거라 생각했다. 그런데 그가 입을 꾹 다물고는 얄궂게 미소 지었다.

애원하듯 유정은 현건을 올려다봤다.

"오빠……."

"왜? 내가 어떻게 해야 하는데?"

자신이 듣기에도 나직한 목소리는 음란하게 쉬어 있었다. 현건은 여전히 유정을 지그시 바라보며 웃을 뿐이었다. 뭐라 말을 더 하려는 찰나 갑작스레 유정의 입술이 다가왔다.

슬쩍 벌어진 입안으로 그녀의 혀가 감겨 들었고, 현건은 이번엔 순순히 그녀의 입맞춤을 따랐다. 그리고 발뒤꿈치를 들고 낑낑거리는 그녀가 안쓰럽기 시작한 마음보다 빨리 그녀를 침대에 눕히라는 본능이 더 강하게 그를 움직이도록 설득했다.

현건은 단숨에 유정을 안아서는 침대에 뉘었다. 여전히 유정의 두 팔은 현건의 목에 둘려져 있었고, 그녀의 입술은 갈급히 무언가를 찾듯 그의 입술과 맞닿아 있었다. 거친 움직임 때문이었는지, 단단히 매어 둔 것 같았던 수건이 스르륵 풀어져 침대 시트 위에 펼쳐졌다.

현건은 간신히 입술을 떼어 내고, 유정을 내려다봤다. 숨이 가쁜지 얕은 호흡을 내뱉는 얼굴이 붉게 물들어 있었다.

"오빠……."

검은 눈동자 가득 자신을 원하는 그녀의 본능이 자리해 있는 것 같았다.

"정말 겁 안 나?"

유정은 고개를 절레절레 저으며, 손을 움직여 그의 셔츠 자락을 끌어 올렸다. 현건은 손을 뒤로 뻗어 단숨에 면 티셔츠를 벗어 던졌다. 보기 좋게 잡힌 근육을 마주한 유정은 자꾸만 호흡이 가빠져, 숨을 몰아쉬었다.

"차유정. 네가 나 꼬인 거다."

현건은 숨을 몰아쉬며, 바지와 속옷을 단번에 벗어 던졌다. 그의 말에 유정은 피식 웃음 지었지만, 옷 속에 감춰져 있던 그의 존재를 확인하고 나자, 숨이 턱 막혀 버리는 것 같았다.

부끄러움에 온몸이 붉은색으로 물드는 것 같기도 했고, 사랑하는 이와 육체적으로 하나가 된다는 생각에 뭉근한 기대감도 피어올랐다.

뜨거운 눈빛으로 자신을 바라보던 그가 움직이기 시작했다. 커다란 손으로 봉곳한 가슴을 움켜쥔 그는 마치 심연으로 들어가기 전처럼 숨을 들이마시더니, 유정에게 입을 맞추기 시작했다.

평소의 키스도 뜨겁고, 아득했고, 좋았지만 욕망을 여과 없이 분출해 내는 그의 키스는 전과는 비교도 되지 않을 만큼 농밀했다.

그의 손이 그리는 모양에 따라 가슴은 이리저리 이지러졌고, 꼭 모으고 있던 다리는 그의 다리에 의해 벌어졌다. 다리가 얽히고 하체가 맞닿자, 자신의 입구를 툭툭 건드리는 그의 존재가 느껴졌다.

유정은 다급하게 현건의 가슴을 밀쳐 내고는, 손에 꼭 쥐고 있던 물건을 그에게 내밀었다. 작은 포일 포장을 마주한 현건이 피식 웃으며 물었다.

"이건 어디서 났어?"

"이거…… 호텔에 납품되는 거라고, 어메니티 담당 부서에서 그냥 샘플이라고 사무실에 풀었었는데, 버리기도 그렇고, 그냥 가방에 있어서……."

콘돔 하나 가지고 유정은 장황하게 설명을 늘어놓고 있었다. 그런 그녀의 귀여운 모습에 현건은 자꾸만 웃음이 터져 나왔다.

"우리 호텔 되게 개방적이었네. 이런 걸 다 나눠 갖고."

현건의 손은 그녀의 가슴 밑동을 어루만지다가 납작한 배를 지나 골반을 쓰다듬고 있었다. 그의 움직임에 유정이 미간을 슬쩍 찌푸렸다. 작고 붉은 입술에서는 더운 숨이 절로 흘러나왔다.

"그럼 사장님은 이런 개방적인 거에 반대하는 거야?"

"직원들이 개방적인 거에 반대할 생각은 없지만, 내 여자가 거기에 휩쓸렸던 것 같아서 기분이 좋지만은 않은데?"

부러 인상을 찌푸리며 나무라듯 말하는 현건을 향해 유정은 시무룩한 표정을 지으며 말했다.

"그럼, 그런 거에 휩쓸기는 거 싫다니까 그만해야겠다. 이것도 쓸 일 없는 거네?"

유정이 현건의 손에 들린 네모난 포일을 낚아채려 하자, 현건이 피식 웃으며 대꾸했다.

"차유정."

"어?"

"누구 미치는 꼴 보고 싶어서 이러는 거야?"

"아니, 눈치가 없어서 이러나?"

"차유정이 눈치 없는 여자였어?"

"글쎄."

현건은 졌다는 듯 환하게 웃었다.

"유정아."

"응."

"사랑해."

사랑한다는 그의 말에 유정의 두 눈가에 핑 하고 눈물이 고이고 말았다.

"나도."

어느새 현건의 입술은 유정의 입술에 닿았다. 그녀의 달콤한 입안을 맛본 현건은 천천히 입술을 옮겨 아래로 향했다. 가느다란 목선을 지나, 푹 팬 쇄골을 지나, 봉긋 솟아오른 젖무덤에 온 정성을 다해 입맞춤을 쏟아부었다.

현건이 자잘한 입맞춤을 더 할수록 유정은 숨을 헐떡였다. 그는 예쁘게 솟아오른 그녀의 가슴에서 딱딱하게 굳어 가는 정점을 입에 물었다. 입술 안으로 이를 감추고 살살 물었다가, 혀로 굴려 보았다. 그 움직임에 유정이 달뜬 신음을 내뱉으며 허리를 비틀자, 현건은 본능적으로 달아나려는 그녀의 가슴을 쭉 빨아들였다.

아이처럼 자신의 가슴에 매달려 사탕을 빨듯 이리저리 빨아 대는 현건을 내려다보며 유정은 벅차오르는 숨을 골랐다. 그의 손은 다른 쪽 가슴을 쥐어짜듯 주무르고 있었다.

온몸이 달아올랐지만, 정신은 점점 또렷해지는 것 같았다. 유정은 현건의 부드러운 머리칼 속에 손을 묻고는 신음을 삼켰다. 너른 공간을 생경하게 울리는 자신의 목소리가 귓전에 너무 또렷하게 들려 입술을 꾹 깨물었다.

현건은 자신의 머리칼을 움켜쥐고 있는 유정은 손을 슬쩍 풀어 내고는 입술을 점점 아래로 옮겨 내려갔다. 배꼽에 입을 맞추고, 아름다운 선을 그리고 있는 골반과 치골에 입을 맞추며 점점 그녀의 샘을 향해 다가갔다.

"오, 오빠……."

"분명히 네가 꼬인 거야. 본인이 한 행동에 책임은 져야지."

"그래도 거기는!"

유정이 다리를 오므리려 노력하자 현건이 유정의 허벅지 안쪽을 지그시 누르며 저지했다.

"나한테는 네 입술이나 여기나 똑같이 달아."

음란한 말을 아무렇지 않게 내뱉는 그의 말에 놀란 것도 잠시 더 놀라운 일이 벌어졌다. 그의 기다란 손가락이 아래를 쓱 훑는가 싶더니 말캉한 입술과 뜨거운 혀가 동시에 와 닿았다.

"아아……. 오빠!"

부드럽고 말캉하게 와 닿았다가, 쭉 빨아들이는 야릇한 움직임에 유정은 연신 그를 불러 대며 무언가를 간절히 바랐다. 아래를 타고 뜨거운 무언가가 흐르고 있었다. 그것이 그의 타액인지, 자신의 몸에서 나온 것인지 도무지 분간이 되지 않았다.

"하아……. 유정아."

현건이 몸을 일으켜 앉았고, 부스럭거리며 포일 포장이 뜯기는 소리가 들려왔다. 유정은 차마 그의 모습을 바라볼 수 없어서 고개를 돌린 채, 어두운 방 안 어딘가로 시선을 돌렸다. 멀리 스탠드 조명만이 은은히 켜진 방 안은 어두웠지만, 사물 전체가 또렷이 분간될 만큼 밝기도 했다.

시선을 돌리고 있는 사이, 그가 자신의 위로 몸을 포개는 게 느껴졌다. 고개를 돌린 탓에 드러난 유정의 목 언저리를 현건이 슬쩍 깨물었다.

"아앗. 오빠……."

아픔도 잠시, 그는 말캉한 혀와 부드러운 입술로 붉은 자국이 남은 목에 키스를 퍼부었다.

"아플 거야, 많이. 그래도 너 힘들지 않게…… 노력할게."

유정이 고개를 끄덕이자, 현건이 자신의 물건을 손에 쥔 채로 그녀의 질구에 문지르기 시작했다. 유정은 자신의 안에 들어오려는 준비를 본격적으로 하고 있는 그의 움직임으로 인한 떨림을 가라앉히듯 그의 단단한 어깨를 그러쥐었다.

"유정아."

"응?"

"크게 숨 내쉬어 봐."

"어떻게?"

유정은 현건을 올려다보며 물었다.

"하아…… 하고."

"하아…… 앗!"

하아 하는 소리와 함께 숨을 내쉬며, 몸의 긴장이 잠시 풀렸다 느낀 순간, 그가 자신의 안으로 들어오는 게 느껴졌다. 누군가 말했던 것처럼 그렇게 죽을 만큼의 고통은 느껴지지 않는 듯했다.

"한 번 더."

"응?"

"한 번 더 해 보라고, 하아 하고……."

유정이 한 번 더 크게 숨을 내뱉자, 이번에는 엄청난 이물감이 아래에서 느껴지며, 통증이 밀려왔다.

"오빠!"

현건은 온몸에 힘을 주고 있는 듯, 그의 어깨 근육이 경직되어 있었다.

"유정아."

"응."

"미안."

유정의 눈가에 찔끔 눈물이 고였다.

"아프게 해서 미안. 더 아프게 할 거라 미안."

그 말이 끝남과 동시에 현건이 천천히 허리를 움직이기 시작했다. 들어올 때보다 더한 고통이 쓸리며 지나갔고, 그 고통이 끝남과 동시에 그는 다시 안으로 쭉 파고들어 왔다. 몇 번의 움직임이 더해지자, 유정의 눈가에서 주르륵 눈물이 흘러내렸다.

현건은 유정의 몸속 깊은 곳으로 빨려 들어가 버릴 것만 같다는 생각에 허리를 움직이는 속도를 높이기 시작했다. 빠져나왔다 생각하면 그녀는 더 세게 자신을 끌어당기는 것 같았다. 그저 본능과 욕망에 충실하듯 그는 빠르게 허리를 움직였다.

자신의 어깨에 매달려 눈물을 떨구며 신음을 쏟아 내는 그녀도 자신과 같은 생각일 거라 여기며 내달렸다. 유정이 어깨에 매달려 울음을 토해 내도 멈출 수가 없었다.

그녀를 온전히 자신의 품에 안았다는 기쁨에, 자신의 품에 안겨서 달뜬 신음을 내뱉고 있는 그녀의 모습이 너무 사랑스러워서 현건은 머리끝까지 열기가 타고 올라간 것 같았다.

"아아……. 유정아……."

"오빠……. 흐윽……. 오빠……. 아아……."

그의 표정이 일그러져 갔다. 자신을 바라보는 그의 눈빛에 걱정이 어릴까 불안해진 유정은 좀 전의 부끄러움 따위는 잊고, 커다란 신음을 내뱉으며 말했다.

"아아……. 오빠…… 사랑해……."

사랑한다며 어깨를 끌어안고는 목을 한껏 뒤로 젖히는 유정의 몸짓에 현건의 욕망이 그녀의 안에서 처음으로 분출되었다.

묘하게 집중된 안에서 그의 힘찬 맥박이 느껴지는 듯했다. 동시에 자신의 안이 파르르 떨리는 느낌도 나는 것 같았다. 머릿속이 하얗게 비어 갔다. 오로지 두 사람의 몸이 은밀하게 맞닿아 있는 곳의 신경만 예민하게 살아 숨 쉬는 듯했다.

현건은 그녀의 안에서 쉬이 빠져나가지 않고 그녀를 내려다봤다.

"유정아."

"응."

"미안. 난 너무 좋았는데……. 아프게 해서 미안."

유정은 고개를 절레절레 저으며 대답했다.

"아니야, 오빠. 나도 좋았어. 나도 정말 좋았어."

현건은 슬쩍 유정의 몸에서 빠져나오며 유정의 입술에 자신의 입술을 포개었다. 안을 훑고 나가는 움직임에 유정은 현건의 입안에 또다시 여린 음성을 쏟아 냈다.

"우리 오늘은 1층 가서 자야겠다."

"응?"

유정이 몸을 일으키자, 하얀 시트에 붉게 물든 자국이 눈에 들어왔다.

"일단 씻자."

"응."

유정이 이불을 끌어당기며 쭈뼛쭈뼛 몸을 일으키려는데, 현건이 그녀를 번쩍 안아 들었다.

"오, 오빠?"

"못 걸을걸. 아파서?"

음흉한 물음도 이렇게나 따스하게 느껴질 수 있다는 사실에 유정은 새삼 감동했다.

"부드러운 거품으로 깨끗하게 씻겨 줄 테니까, 감동은 그때 가서 해."

"치이."

유정이 부끄러운 듯 현건의 목에 팔을 두르며 그의 어깨에 얼굴을 묻자 또다시 그의 음흉한 목소리가 들려왔다.

"아니면, 욕실에서 또 다른 감동을 줄 수도 있고."

또 다른 감동을 약속했던 그는 욕실에서, 1층 침대에서 유정을 또다시 품었다. 작은 상자 안에 3개밖에 들어 있지 않은 콘돔을 탓하고는, 현건은 넉넉히 들어 있는 것으로 서비스용품을 바꿔야겠다며 우스갯소리도 했다.

"유정아."

"응."

까무룩 잠이 들 무렵 그의 목소리가 다시 들려왔다.

"오빠가 미안."

"뭐가."

"오빠도 처음이라 더 부드럽게 못 안아서."

"뭐?"

유정은 잠이 홀라당 깼다는 듯 현건을 바라봤다.

"오빠…… 처음이야?"

"그럼, 난 뭐 누구 있었던 줄 알았어? 너 없는 동안?"

"아니…… 그게……. 남자는 마음이 없어도…… 그럴 수 있다고……."

"누가 그래?"

현건의 물음에 유정이 곤란한 듯 대답을 머뭇거렸다.

"누가 그랬는데? 대체 어떤 놈이야? 저 콘돔 나눠 준 놈이야? 아님 네 선배라는 그놈이야?"

"아니……. 인터넷 카페에서……."

"그 카페 이제 다시는 들어가지 마. 딴 놈들은 어떨지 몰라도, 난 안 그래. 난 차유정이 처음이고, 차유정이 마지막이야."

처음이자 마지막이라는 그의 말에 유정이 싱긋 웃으며 대꾸했다.

"나도."

"근데, 유정아. 너 2층에 온도 조절기 낮춰 놨어? 아까 좀 춥던데?"

"어. 서늘해야 한대서……."

잠에 취한 듯 몽롱하게 속삭이는 그녀의 말에 현건이 되물었다.

"응? 서늘해야 해?"

유정은 그의 팔에 올려진 머리를 슬쩍 끄덕이기만 했다.

"서늘하면 뭐?"

현건의 집요한 물음에 유정은 작게 속삭였다.

"서늘해야 남자가 동한다고……."

"누가 그래?"

"킨제이 보고서."

맙소사, 차유정. 현건은 그만 크게 웃음이 터지고 말았다.

"유정아, 오빠는 추운 거 딱 싫어. 알잖아? 오빠 추위 많이 타는 거. 안 서늘해도 우리 유정이가 꼬이면 백 프로 넘어가니까, 앞으로는 우리 따뜻한 데서 하자?"

"응."

현건의 물음에 유정도 잠이 들려다 말고 피식 웃음이 터졌다.

그렇게 웃음이 끊이지 않는 밤이 계속 이어졌으면 했다. 해가 뜨지 않고, 아무런 일도 일어나지 않도록…….

12.
다가오고 있었다

프라이빗 룸으로 들어서는 현건의 발걸음이 다급했다. 이성한은 급히 전해야 할 것이 있다며, 오늘 오전 연락도 없이 대뜸 호텔로 찾아왔다. 그의 정보력은 신뢰할 만했지만, 이런 급작스러운 방문이 그다지 반갑지만은 않았다.

갑작스러운 일은 언제나 위중한 법이었다.

"오셨습니까?"

현건의 인사에 그는 밤새 잠을 이루지 못했는지 퀭한 눈으로 사위를 살폈다.

"혼자 오신 건 확실하십니까?"

"그렇습니다."

"혹시 호텔에서 뒤를 따르는 자는 없었습니까?"

"여긴 철저하게 출입이 통제된 곳입니다. 뒤따르는 자는 없었습니다."

그는 듣는 이가 없음에도 불구하고 목소리를 한껏 낮추고는 말했다.

"신정혁에 관한 정보입니다."

L형 폴더에 들어 있는 서류 뭉치를 빼내며, 현건은 미간을 잔뜩 구긴 채로 초조하게 앉아 있는 성한의 얼굴을 살폈다.

"괜찮으십니까?"

"난 괜찮으니까, 어서 그 안의 서류부터 보도록 해요."

그는 사안이 시급하다는 듯 손가락을 굴리며 현건을 재촉했다. 현건은 성한의 얼굴로 향했던 시선을 서류로 옮겨 갔다.

신정혁의 진짜 이름은 민승현, 그는 현 대통령의 막내아들이라 했다. 아버지가 야당 대표였던 시절부터 그의 곁에서 그림자처럼 보좌했으나, 언젠가부터 그는 정책 공부를 위해 유학을 갔다는 설이 나돌았었다.

"지금 이 사람이 신정혁이라는 겁니까?"

"그렇습니다. 신정혁이라는 신분도 연막을 치기 위한 정보 같습니다. 차유정 양을 5년 전부터 경호 혹은 감시하고 있었던 것 같습니다."

이성한의 입에서 차유정이라는 이름이 나오자, 현건의 미간이 미세하게 구겨졌다. 그가 유정의 정체를 알아냈다는 것은 누군가 그녀의 정보를 흘리고 다닌다는 것이었다.

"제가 신문사에서 왜 쫓겨났는지는 아십니까?"

"자세히는 알지 못합니다."

성한은 자신이 기자 생활을 접어야 했던 이유에 대해 털어놓기 시작했다.

"지난 정권에서 정부는 자신들의 이득을 위해 아주 위험한 거래를 했습니다. 남과 북에 문제가 생길 경우 강대국의 생화학전을 허하는 내용이었죠."

대체 그가 기자를 그만둔 이유와 이 사건이 무슨 연관이 있나 싶었지만, 현건은 묵묵히 그가 하는 말에 귀를 기울였다.

"저는 그 내용을 취재하고 있었습니다. 당시 여당 대표였던 이와 정부와의 은밀한 부정을 취재하던 중 차강석 교수에 관한 정보를 얻게 되었습니다. 그게 4년 전 일입니다."

"4년 전이라면……."

"이미 차 교수와 차유정 양은 이 세상 사람이 아닐 때였죠."

그리 덧붙인 성한은 한숨을 한번 내쉬고는 말을 이어 나갔다.

"5년 전, 강대국들과의 회의에서 전문 통역관이 필요했던 것 같습니다. 생화학 분야의 전문 통역관으로 그 자리에 차강석 교수가 함께하게 되었습니다. 여기까지가 제가 알고 있던 부분이었습니다. 통역을 맡았던 이들이 차례대로 유명을 달리해서, 분명히 무언가 석연치 않은 구석이 있다 생각했습니다."

"그래서 그에 대한 조사를 하시다가, 기자 생활을 접었다는 말씀이십니까?"

"정확히는 차 교수에 대한 조사가 아닌 그 당시 정부 비리에 관한 뒷조사였습니다. 뒤를 캐는 이가 있다는 것을 눈치챘는지, 그들이 슬쩍 흘린 정보를 제가 발견한 거죠. 그 정보가 보도된 후 저는 기자 생활을 접었습니다. 절 발견해 내기 위한 거짓 정보였거든요."

현건은 그의 얼굴을 물끄러미 들여다보며 물었다.

"그런데 용케도 살아 계십니다."

"사실…… 그 당시 야당 대표이자, 현 대통령의 비호 아닌 비호를 받고 있습니다."

"비호 아닌 비호?"

"같은 적을 가진 동맹이라 할 수 있죠. 전 기자로서 비리를 밝혀 내기 위해 뛰고 있고, 그들은 전 정부에 대한 심판과 국민의 안전한 보호를 위해……."

성한이 초조해하는 이유를 현건은 그제야 알아차렸다는 듯 되물었다.

"그럼, 혹시 이것도 민승현이 준 자료입니까?"

그는 소리가 들리면 안 된다는 듯 긍정의 뜻을 내비치며 고개를 끄덕였다. 그러고는 행동과 반대되는 말을 하며 현건의 휴대전화를 가리켰다. 현건은 그의 앞에 자신의 휴대전화를 내밀었다.

"아닙니다. 이건 제가 조사한 자료입니다."

「정부에서는 그 만년필에 녹취된 회의 자료를 먼저 손에 넣길 바라고 있음. 로비스트들은 전 정부, 즉 현 야당 대표에게 녹취록을 전달할 예정임. 녹취 내용 중 한반도 어딘가에 생화학무기 실험실을 짓겠다는 내용이 있음. 이런 연구소가 있는 세계 곳곳에서 슈퍼바이러스로 인한 전염병이 발병 중임. 정부는 이를 막으려고, 그 당시 회의의 부당함을 밝히고자 함.」

그는 현건의 휴대전화 메모란에 입력한 내용을 그의 앞으로 내밀었다. 현건은 눈으로 빠르게 그의 메모를 읽으며 되물었다.

"그 외 더 조사하신 자료는 없으십니까?"

"민승현 군이 따로 뵙기를 요청할 겁니다."

「권력을 가진 이들이 자신의 권력을 지키는 방법은 동일함. 선택은 그쪽이 하길 바람.」

"그건 나중에 생각해 보겠습니다."

그는 아주 중요한 질문이 남았다는 듯 골똘히 생각에 잠긴 것 같았다.

"만년필은 찾으셨습니까?"

그 질문이 그가 하는 것이 아니라 그의 배후가 하는 것이라는 것쯤은 쉽게 눈치챌 수 있었다. 그는 빠르게 눈을 깜빡거렸다. '그렇다.' 하고 대답하라고 재촉하는 것 같았다.

만년필을 손에 쥐고 있어야 그들의 전 방위적 움직임을 막을 수 있을지 모른다. 칼날의 끝은 자신을 향해야 했고, 총구는 자신을 겨눠야 했다.

현건은 마치 유정을 향한 위험을 거둬들이듯 이야기했다.

"만년필은 제가 가지고 있습니다. 차유정 양은 모릅니다."

그는 마치 현건의 의중을 완벽히 파악한 듯 메모를 입력하며 대꾸했다.

"알겠습니다. 곧 연락이 갈 겁니다."

「차유정 양을 지킬 수 있기를 바랍니다.」

현건은 잘 가라는 인사를 건네며, 자신이 입력한 메모를 보여 주었다.

「제가 도울 일이 있으면, 연락하십시오.」

그는 고개를 끄덕이며 선선한 미소를 지어 보였다.

"몸조심하십시오."

"네, 고현건 사장도."

성한이 방 안을 나서고 난 뒤, 현건은 사람을 시켜 둘이 머물렀던 프라이빗 룸을 샅샅이 뒤지라 했다. 혹시 그 안에 그가 위험한 물건을 놔두지는 않았는지에 대한 염려 때문이었다. 아무리 뒤져도 수상한 물건은 발견되지 않았다.

사장실에 들어선 현건은 가만히 책상 앞에 앉아서 생각을 정리했다. 성한의 말이 어딘가부터 어긋나 있었다. 그의 말을 정리하면, 전 야당 대표이자 현 대통령인 그가 차 교수와 유정이를 보호해 주었다는 의미인데, 민승현이 연락을 해 올 거라 전하면서도 그는 은근히 그에게 만년필을 건네지 말라는 듯 메모를 전했다.

그들의 비호를 받고 있다는 이가 그들에게 물건을 전하지 말라는 뜻의 메모를 전하며 초조해하는 모습은 어딘가 수상해 보이기까지 했다.

한참 동안 그와의 대화를 되새기고, 되새기던 현건은 거짓 정보를 덥석 물어서 기자 생활을 접었다는 그의 말에서 무언가 힌트를 얻은 것 같았다.

지난번 만남에서 그는 안경을 끼지 않은 모습이었는데, 오늘 그는 자신과 어울리지 않는 두꺼운 뿔테 안경을 쓰고 그 자리에 앉아 있었다. 그가 진정으로 두려워한 것은 누군가의 귀가 아닌 누군가의 눈이라는 생각이 불현듯 현건의 머릿속을 스치고 지나갔다.

안경에 달린 소형 카메라를 통해 그들이 둘의 대화를 지켜볼 수 있었다면, 그저 현건이 만년필을 가지고 있고, 선택을 남겨 두고 있다고 생각할 것이다. 휴대전화 화면에 그렇다고 대답하라는 말을 남기지 않고 그저 눈만 깜빡거렸던 그의 얼굴은 매우 불안해 보이기도 했다.

현건이 만년필을 가지고 있지 않다고 대답하는 것에 대해 우려를 표하는 듯 그는 초조해했다. 그가 이번 만남을 통해 얻고자 했던 것이 분명해졌다.

유정에게 우호적인 세력일 수도 있는 현 정부의 비호를 받고 있다는 이성한.

이성한을 신뢰하는 모습을 보이는 현건.

그런 이성한이 권력은 똑같으니, 민승현 또한 조심하라는 메시지를 넌지시 전달함.

현건이 이성한을 믿고, 민승현 측이 아닌 로비스트와 접촉하게 함.

만년필이 있는지, 없는지 떠볼 수도 있는 기회.

그렇다면 이성한을 협박하고 이 자리에 보낸 것은 로비스트들일 것이다. 만년필이 있는지 없는지 떠보는 질문에 이성한은 칼자루를 현건의 손에 쥐여 주었다. 만년필이 있다고 대답하는 순간 그의 얼굴에 옅은 미소가 떠올랐던 것 같다.

당장 현건이 할 일은 최대한 빨리 만년필을 손에 넣는 것과 은밀하게 민승현과 접촉하는 것, 그리고 큰 도움을 주고 있는 이성한 역시 보호하는 것이었다.

현건은 전화를 들어 호텔 경호실장을 방으로 불러들였다.

"믿을 만한 사람으로 이성한 기자에게 사람을 붙여. 혹시 그 사람한테 무슨 일이 생기면 즉시 나한테 보고해."

"알겠습니다."

그는 아무래도 현 정부의 비호 아래 있는 것 같지는 않았다. 굉장한 정의 실현의 동지라도 만난 듯 그는 현건을 보며 눈을 반짝였다.

성한의 얼굴을 떠올리며, 현건은 쓰게 웃고는 마른세수를 한번 했다. 자신은 그런 대단하고 고매한 정의를 실현해서 누군가의 존경을 받고자 이런 일에 뛰어든 게 아니었다.

그저 사랑하는 여자를 지키기 위함일 뿐인데, 그저 그녀의 사랑을 온전히 받고 싶을 뿐인데……. 그녀를 떠올리자 어김없이 가슴속에 따스한 빈틈이 생겨났다. 그 빈틈이 반가운 듯 심장은 쉴 새 없이 두근거렸다.

"올라올 거였으면 미리 연락을 주지 그랬어."

그리 나무라면서 유정은 쉴 새 없이 부엌을 왔다 갔다 했다.

"나 없으면 너 점심 혼자 먹을 거잖아."

"밥 한 끼 혼자 먹으면 뭐 어때. 혼자 먹는 게 어려운 것도 아니고."

성한이 돌아간 뒤, 잠시 사무실에 들렀던 그는 혼자 있을 유정의 모습이 떠오르자 곧장 발걸음을 옮겨 방으로 향했다. 보고 싶을 때 볼 수 있다는 그 단순한 사실 하나만으로 세상 모두를 얻은 진기한 경험을 하고 있는 것 같았다.

"나도 혼자 먹기 싫어서."

"박 실장님 있잖아."

현건은 피식 웃으며 식탁 의자에 비스듬히 등을 기대고 앉았다. 헐렁한 티셔츠와 트레이닝팬츠를 입고 있는 그녀였지만, 이리 저리 부엌을 왔다 갔다 할 때마다 아리따운 실루엣이 살랑살랑 드러났다. 그 모습이 사랑스러워서 현건의 얼굴에는 슬며시 미소가 피어올랐다.

밀가루 봉지를 뜯으려던 유정이 시선을 느꼈는지, 현건을 바라보며 물었다.

"왜 그렇게 보고 있어?"

"좋아서."

실없는 현건의 대답에 유정이 허탈하다는 듯 피식 웃음 지었다. 그녀는 밀가루 봉지를 뜯어내려 가슴께에 두 손을 모으고 낑낑거리고 있었다. 가위를 쓰면 되지. 뒤뚱거리는 모습이 귀여워서 쿡쿡거리고 있는데, 이번에는 유정이 이맛살을 구기며 물었다.

"이것 좀 뜯어 주든가. 얄밉게 쳐다보고 있지만 말고."

그래, 하고 대답한 뒤 자리에서 일어나려는데, 펑 하는 소리와 함께 밀가루 봉지가 요상한 모양으로 뜯어졌고, 그 압력으로 하얀 가루가 이리저리 날렸다. 깜짝 놀란 표정을 지은 것도 잠시, 울상이 된 얼굴로 하얀 밀가루를 뒤집어쓴 그녀의 모습에 현건은 웃음을 터뜨리고 말았다.

"그러게 진작 좀 와서 뜯어 주지."

"가위를 쓰면 되지, 바보야."

쏟아지려는 밀가루를 급히 양푼 안에 넣은 유정은 옷에 묻은 밀가루를 털어 내기 시작했다.

"오지 마. 오빠 옷에 묻겠다."

"묻으면 좀 어때, 갈아입고 나가면 되지."

현건은 유정의 곁에 바짝 다가서서는 그녀의 허리를 꼭 감싸 안았다. 길고 가는 그녀의 예쁜 속눈썹 위에도 밀가루가 올망졸망 앉아 있었다.

"눈 감아."

"응?"

자신을 올려다보다가 눈에 밀가루가 들어간 그녀가 아야 소리를 내며 눈을 깜빡였다.

"그러게 눈 감으라고 했잖아."

현건은 그녀의 눈꺼풀 위에 입으로 솔솔 바람을 불어 밀가루를 털어 내고는, 혀로 그녀의 눈꺼풀 사이를 슬며시 파고들었다. 흠칫 놀란 그녀가 현건의 가슴을 밀어내며 말했다.

"뭐 하는 거야?"

"이렇게 하면 내 혀에 묻어서 빠질 거야. 기다려."

눈꺼풀 위에 부드러운 키스를 하던 그는 입술을 떼지 않은 채로 물었다.

"이제 어때?"

"괜찮은 것 같아."

그 말에 현건은 입술을 아래로 내려 밀가루가 조금 묻어 있는 입술을 머금었다. 텁텁한 밀가루조차 그녀로 인해 달콤하게 느껴졌다. 어느새 현건의 손은 하얀 면 티셔츠를 위로 올리며 그녀의 가슴께를 더듬고 있었다.

얼굴을 비틀어 입술을 떼어 낸 유정이 투정 부리듯 속살거렸다.

"손버릇이 너무 나빠."

"나쁜 손버릇 좋아하는 거 아냐?"

그 말에 얼굴이 핑크빛으로 물든 유정은 부러 뾰로통한 표정을 지으며 물었다.

"저런 걸 들고 낑낑거리면 와서 도와줘야지."

"미안, 넋 놓고 너만 보느라. 너무 예뻐서."

유정은 엉망이 된 자신의 차림새와 부엌을 보며 되물었다.

"그래서 이렇게 엉망진창 됐잖아."

"그래도 예뻐."

"바보 같아."

입술을 쭉 내밀며 삐죽이자, 현건이 그새를 놓치지 않고 쪽 소리가 나도록 입을 맞췄다.

"씻을래?"

"씻는 것도 보고 있게?"

뾰로통한 물음에 현건은 고개를 가로저으며 대답했다.

"왜 보고만 있어? 내가 씻겨 줘야지."

"정말 엉큼해."

현건은 유정을 품에 꼭 끌어안으며 낮게 속삭였다.

"5년 동안 내가 지켜보지 못한 거 다 만회하려고 하니까, 널 보고 있을 때 눈을 깜빡거리는 것조차도 아까워."

유정은 손을 올려 그의 팔뚝을 감싸 안으며 대답했다.

"앞으로 계속 질리도록 볼 텐데, 뭐."

"절대 안 질릴걸. 어떻게 질릴 수가 있어? 이렇게 밀가루를 뒤집어써도 사랑스러운데?"

밀가루가 내려앉은 그녀의 앞머리를 손가락으로 슬며시 쓸어 넘긴 현건은 그녀의 동그란 이마에 슬쩍 입을 맞추고는, 얼굴을 내려 붉고 작은 입술을 머금었다.

따뜻한 물로 길고 긴 샤워를 마친 둘은 머리가 젖은 채로 소파에 앉아 늦은 점심 식사를 함께 했다. 유정이 이곳에서 지낸 뒤로 다른 사람을 들이기 꺼려하는 현건이 청소도 직접 하는 탓에 누군가가 와서 청소를 해 주는 일은 없었다. 그 덕에 부엌은 여전히 밀가루 천지였다.

호텔 주방에서 올라온 스파게티를 먹으며, 유정이 걱정스러운 눈으로 물었다.

"오빠, 다시 안 가?"

그는 샤워 가운을 입은 채로 소파에 앉아 식사를 하고 있는 유정을 사랑스럽게 바라보며 대답했다.

"왜, 나 다시 갔으면 좋겠어?"

"일은 해야지, 남자가."

"나 그동안 정말 쉬지 않고 일만 해서 오늘 오후 정도는 농땡이 피워도 될 것 같은데?"

농담인 듯, 진심인 듯 그의 눈동자는 반짝거렸고, 목소리는 진중했다.

"그래도 돼?"

"내가 사장인데, 또 안 될 건 뭐야. 근데 차유정, 너 요리에 취미 없었잖아? 영문학 전공하려고 했었는데, 왜 식영과 갔어?"

그의 질문에 유정은 손에 들고 있던 접시와 포크를 테이블 위에 올려놓고는 작게 속삭였다.

"요리 잘하는 현모양처 되고 싶어서."

"뭐?"

헛웃음 섞인 현건의 되물음에 유정은 물을 한 모금 들이켜며 어깨를 으쓱했다.

"따뜻한 가족이 다시 갖고 싶어서. 일 마치고 돌아온 남편한테 맛있는 저녁 차려 주고, 애들한테 맛있는 간식도 해 주고……. 식영과 가면 요리도 배울 수 있고, 또 다른 친구들이랑 만든 거 같이 나눠 먹기도 하고……. 그 시간만큼은 혼자 요리해서, 혼자 먹고 그런 거는 안 하니까."

유정의 대답에 현건은 잠시 할 말을 잃은 듯했다. 잠시 동안의 침묵. 그의 깊고 낮은 음성이 조심스레 울려 퍼졌다.

"그럼……."

그는 한숨을 한번 내쉬고는 질문을 이어 갔다.

"나 말고 딴 놈한테 시집이라도 가려고 했어?"

현건의 물음에 유정은 그저 앞에 놓은 물 잔에 시선을 둘 뿐 대답하지 않았다.

"차유정, 그러려고 했어?"

그는 유정의 어깨를 돌려서 자신과 마주 보게 했다.

"넌 그럴 수 있다고 생각했다는 거지? 나 말고 다른 남자랑 사랑 같은 거 할 수 있다고 생각했다는 거야?"

그날 선 자리에서 우연히 유정을 만나지 않았더라면, 자신은 그렇게 유정의 존재를 모르고 살았을지도 모른다. 그런 생각이 들

때마다 온몸에 소름이 돋아나고, 진저리가 쳐졌다. 그런데 다른 남자와의 사랑과 그가 주는 행복이라니.

"지금은 오빠 옆에 있잖아."

고개를 들고 자신을 바라보는 유정의 눈가에는 눈물이 그렁그렁했다. 따스한 가족이, 집이 그리워서 그랬다는 그녀의 말이 사무쳐 현건은 절로 한숨이 나왔다.

"이리 와."

현건은 유정의 허리를 감싸 안아서 그녀를 자신의 무릎에 앉히고는 품에 안았다.

"다른 놈이랑은 이제 눈도 마주치지 마."

혹시나 그동안, 자신의 곁에 없던 시간 동안, 아주 잠시라도 다른 누군가를 마음에 품었던 적 있었으냐는 질문은 차마 할 수 없었다. 그녀가 막연히 다른 이와 함께하는 꿈을 꾸었다는 것만으로도 현건은 심장이 찢기는 것 같았다.

"오빠."

"응."

"근데."

"응."

"없었어."

유정의 목소리가 파르르 떨렸다.

"오빠 말고는…… 없었어."

현건은 가만히 그녀가 하는 말에 귀를 기울였다.

"내가 요리한 걸 먹어 줬으면 하는 사람도, 내가 지은 따뜻한 저녁 먹으며 하루 동안 움츠러든 그 어깨가 펴지는 모습을 보고, 그런 모습 보면서 '세상 모두가 날 몰라줘도, 이 사람한테 나는 이런 존재구나.' 하고 따뜻한 위안을 받고 싶은 그런 사람…….내가 정말 사랑하고 싶은 남자는, 그럴 때마다 떠오르는 사람은…… 오빠뿐이었어."

젖은 목소리로 속삭이는 유정의 말에 현건은 가슴 한구석이 뜨겁게 차올랐다. 벅찬 감동을 공유하듯 현건의 입술은 유정의 달콤한 입술을 찾아갔다.

"나도 너 말고는 없었어."

현건의 말에 유정이 예쁘게 웃으며 물었다.

"근데 왜 박 실장님 버리고 점심 먹으러 올라온 거야? 아까 대답 안 했잖아."

장난스러운 유정의 질문에 현건도 입술을 삐죽이며 대답했다.

"박 실장 요즘 연애하느라 바빠. 맨날 나 빼놓고 예약실 직원이랑 꽁냥질 한다니까."

뾰로통한 그의 표정을 마주한 유정이 곱게 눈을 흘기며 물었다.

"그게 부러웠어?"

"예전엔 박 실장 안 그랬어. 내 앞에서 얼마나 조심스러웠는데, 근데 이젠 대놓고 난리야."

"좀 봐줘. 오빠도 여기 올라와 있잖아."

현건은 유정의 어깨에 얼굴을 묻으며 대꾸했다.

"그래야 하나? 예전엔 그런 거 하나도 안 부럽고, 하나도 안 외로웠는데."

"근데?"

"이제 나도 우리 차유정 있으니까, 연애질 하는 것들이 눈에 보이면, 차유정이 더 보고 싶다니까."

그 말에 유정의 얼굴이 핑크빛으로 물들었다.

"사람 마음이 참 웃기지? 없다고 단념하고, 신경 안 쓸 땐 모르다가, 나한테도 그런 사람 있다는 생각이 드니까 미친 듯이 보고 싶은 거야. 꽁냥질을 하건, 연애를 하건 내가 더 잘할 수 있는데, 우리가 더 사랑하는데, 하는 아주 유치하고 원초적인 감정이라고 해야 하나?"

가만히 현건의 말을 듣고 있던 유정이 고개를 끄덕이며 되물었다.

"로미오와 줄리엣의 사랑보다 우리 사랑이 더 특별하고 위대한 것 같은 느낌?"

현건은 고개를 끄덕이며 대꾸했다.

"응, 그런 느낌. 세상에서 제일 흔한 게 사랑이라지만, 그중에서 내가 너랑 하는 사랑만 특별해지는 것 같은 느낌."

눈이 마주친 두 연인은 키득거리며 서로의 얼굴을 바라봤다. 좋은 분위기가 무르익으면 어려운 이야기도 술술 나오는 법이었다. 유정은 현건을 바라보며 조심스레 물었다.

"오빠, 나 옛날에 살던 집 어떻게 됐어?"

"장미넝쿨 집?"

유정이 고개를 끄덕이자, 현건이 그녀의 볼을 어루만지며 되물었다.

"그거 아버지랑 나랑 관리했어. 가 보고 싶어?"

"응, 가 보고 싶어."

그곳에 혹시 그 만년필이 있을지도 모른다는 생각이 든 건 그저 막연한 짐작이었다. 말을 하지 않을 뿐 그가 날마다 서재 문을 닫고 누군가와 통화를 하거나, 유정과 함께 있다가도 전화 통화를 위해 자리를 피하는 것을 보면, 그 혼자 무언가를 준비하고 있다는 생각이 들었다.

만년필을 넘기지 않으면, 곁에 있는 현건이 위험해질 거라고 말했던 섬뜩한 목소리와 요상하게 일그러진 얼굴이 계속 머릿속을 어지러이 맴돌았다.

아빠의 만년필은 반드시 자신이 손에 넣어야 했다. 무슨 일이 있어도 그것으로 인해 그가 다치는 일은 없기를. 유정은 애써 미소를 지어 보이며, 사랑의 환희로 가득 차 싱그러운 미소를 짓고 있는 이의 얼굴을 하염없이 바라봤다.

13.
서로가 서로에게

기억 속 그 골목길은 아주 넓고, 길었었다. 얼핏 보면 비슷해 보이지만, 그곳에 사는 사람들의 취향에 따라 집은 각기 다른 모습으로 꾸며져 있었다.

오랜만에 다시 찾은 골목길은 어릴 적보다 훨씬 짧아져 있는 듯했다. 유정은 아련함을 품은 골목길을 두리번거리며, 현건의 손을 꼭 붙들고 걸음을 옮겼다.

그들의 뒤에는 경호팀 직원 네댓 명이 서 있었고, 골목 시작과 끝에도 경호팀 직원이 사위를 살피고 있었다. 유정은 되도록이면 그들에게 신경 쓰지 않으려 애쓰며 집들을 둘러보았다.

장미를 유독 좋아했던 유정의 엄마를 위해 아빠는 담장 근처에 넝쿨 장미를 심어 놓으셨었다. 빨간 벽돌을 타고 올라가던 넝쿨 장미와 예쁜 꽃 모양 단조가 유독 아름다웠던 하얀 철제 대문 집,

그 집이 바로 유정이 어릴 적 살던 집이었다.

"여기 오빠 집 맞지?"

"응."

하얀색을 좋아했던 그의 어머니는 마치 산토리니 섬에 있는 집들처럼 집을 꾸미기를 즐겨 했었다. 담은 하얀색이었고, 두꺼운 나무 문은 진한 파란색으로 칠해져 있었다. 하얀 담은 때때로 동네 아이들의 스케치북이 되곤 했었다.

유정도 그곳에 '건♡유정'이라고 분홍색 크레파스로 낙서를 했던 적이 있었다. 매 계절 벽에 새로 페인트를 칠했던 현건의 아버지는 오랜 시간이 지나도록 그 낙서만큼은 칠하지 않고 그대로 남겨 두셨었다.

"이제 그 낙서는 없겠다."

"있어."

"어디?"

유정은 깜짝 놀라 그의 예전 집 담장을 샅샅이 살펴보았다.

"에이, 여기 집주인이 담장 모양이랑 색깔도 다 바꿨는데?"

고개를 갸웃하며 그를 올려다보자, 현건은 빙긋이 웃으며 대답했다.

"본가에 그 벽돌만 따로 떼서 가져다 놨어, 나중에 보여 줄게. 일단 들어가자."

대문을 들어서자, 유정이 살던 모습 그대로 가꾸기 위해 그가 얼마나 노력했을지 그 흔적이 엿보였다. 작은 나무 의자, 돌로 만들어 놓은 작은 연못, 옹기종기 모여 있는 장독대까지 마치 그곳에 계속 자신이 살고 있었던 착각이 들 정도였다.

한참 동안 마당을 살핀 유정은 조심스레 현관문을 열고 집 안으로 들어섰다. 유행이 지난 벽지도, 손때 묻은 가구들도, 반질반질한 나무 마루도 모두 그대로였다. 팽팽하게 당겨져 있던 끈이 끊어지듯 툭 하고 눈물이 터져 나왔다.

"여긴 그대로네. 정말 그대로야. 아무것도 변한 게 없어. 나만 변한 것 같아."

현건은 유정의 어깨를 감싸 안으며 다독였다.

"오빠, 우리 서재 가 보자. 아빠 서재."

"그래, 그러자."

삐거덕거리는 나무 계단을 올라 두 사람은 3층에 있는 서재로 향했다. 계단 끝에 올라서서 둘러보자 3층은 층 전체가 책으로 가득했다.

"네가 그리울 때마다 여기에 왔었어. 책 정리도 가끔 하고. 이 장소가 시들어 버리는 게 보고 싶지 않았어. 그렇게 되면 우리 좋았던 시절도 그렇게 시들고, 잊혀 버릴까 봐. 그게 두려웠어."

유정은 가만히 현건의 뺨에 손을 가져다 대었다.

"고마워, 오빠."

"고맙긴."

가장 고왔던 시절을 그릴 수 있는 곳, 따뜻한 가족이 있고, 애틋한 첫사랑이 있고, 정다운 이웃이 있었던 그때를 떠올릴 수 있는 곳이 그대로 남아 있다는 사실에, 유정의 마음속에 따뜻한 온기가 번져 갔다.

"너랑 여기 다시 올 수 있게 돼서 너무 좋다. 나 꿈꾸는 것 같아, 요즘. 여기서 너랑 같이 나란히 앉아서 다시 책 읽고, 장난치고, 이야기하고…… 그럴 수 있으면 좋겠다고, 여기 올 때마다 생각했어."

"이제 하면 되지."

현건은 고개를 끄덕이며 유정의 어깨를 끌어당겨 품에 안았다.

"여기서 내가 아끼던 책들만 오빠 서재로 옮겨 놓은 거야?"

현건은 고개를 끄덕이며, 자신의 과거와 마주하고 있는 유정의 표정을 살폈다. 발갛게 상기된 얼굴로 서재 이곳저곳을 살피는 유정의 얼굴엔 아련함이 가득했다.

"아빠는 잘 계시겠지……."

"잘 계실 거야. 차 교수님도 꼭 찾아 줄게."

유정은 고개를 끄덕이며 눈물을 떨궜다.

현건은 아무렇지 않은 척하는 유정의 목소리에 실린 서글픔과 쓸쓸함을 엿보았다. 그토록 애지중지하던 고명딸이었다. 어릴 때부터 유정의 곁을 지켰던, 가족처럼 여기는 이의 막내아들인 현건조차도 은근히 못마땅해하던 그였다.

그런 그가 3년이 지나도록 연락이 없다는 건 참으로 서글픈 일이었다. 무슨 일이 있어도 딸에게 그리하지 않을 분이신데. 현건은 그녀에게 들리지 않도록 한숨을 집어삼켰다.

조용한 서재 안, 갑작스레 울린 휴대전화에 현건은 이맛살을 찌푸렸다. 발신인을 보니 이성한의 곁을 지키고 있는 경호실 직원의 번호였다. 현건은 잠시 전화를 받고 오겠다며, 테라스로 나갔다.

"무슨 일이야?"

— 이성한이 사고를 당했습니다.

"뭐?"

현건의 심장이 쿵쾅쿵쾅 뛰었다.

"잘 지키라고 했잖아!"

— 뒤를 따르는 자가 있다는 생각이 들었는지 이성한이 저희를 따돌린 사이, 골목에서 괴한에게 급습을 당했습니다. 지금 병원으로 옮기는 중입니다. 곧바로 응급조치가 이뤄져, 생명에는 지장이 없다고 합니다.

"알겠어. 병원에 가서 다시 연락해."

전화를 끊은 현건은 서재 한편에 놓인 책상 서랍을 열심히 뒤지고 있는 유정의 곁으로 다가갔다.

"유정아, 뭐 찾아?"

"아. 응?"

현건의 등장에 그녀는 흠칫 놀란 듯한 표정을 지었다.

"만년필 찾아?"

"……응. 근데 없어."

"서랍만 뒤져 보고 없는지 어떻게 알아?"

유정은 체념한 듯 낮게 속삭였다.

"아빠랑 나의 비밀 장소였어."

"비밀 장소?"

고개를 끄덕이며, 유정은 의자에 앉아서는 옛 기억을 더듬었다.

"어릴 때 아빠랑 엄마 몰래 편지를 주고받았어. 아빤 당신이 나한테 있어서 첫사랑이자, 최고의 아빠가 되고 싶으셨나 봐. 왜 여자애들은 비밀 같은 거 공유하는 걸 좋아하잖아. 엄마 몰래 나랑 둘이서 비밀을 만드는 게, 아마도 딸이랑 친하게 지내는 방법이라 생각하셨나 봐."

한숨을 한번 내쉰 뒤 그녀는 말을 이어 나갔다.

"두 번째 책상 서랍을 끝까지 빼면, 제일 안쪽 면 나무에 홈이 파여 있었어. 이렇게."

유정은 작은 나무 조각을 들어내고 아직도 남아 있는 공간을 현건에게 보여 주었다. 연필 네댓 자루가 들어가기에 충분한 공간이었다.

"난 그 서랍 백번도 더 열어 봤는데, 몰랐네."

"여기에 가끔 아빠가 쓴 편지나 용돈이 들어 있었어. 엄마 몰래 주는."

"거기 있을 거라고 생각했던 거야?"

유정은 고개를 끄덕이며, 서랍을 정리해서는 다시 그 자리에 끼워 넣었다. 그 모습을 바라보며, 현건은 불현듯 아버지가 사고를 당하시기 전 본가 서재에 있는 책상 서랍 수리를 하신다며, 온종일 서재에 틀어박혀 계시던 날을 떠올렸다.

현건은 유정에게 다가가 그 앞에 무릎을 굽히고 앉아서 말했다.

"다른 데도 더 찾아보자, 알겠지?"

유정의 얼굴엔 잔뜩 실망한 표정이 역력했다.

"근데 차유정, 찾을 거면 같이 찾아야지. 너 혼자 몰래 찾아서 어디 팔아먹고, 부자 돼서 도망가려고 했어?"

장난스레 묻는 현건의 말에 유정은 정색하며 손사래를 쳤다.

"아니야! 그냥 여긴 뭐가 남아 있나 하고 생각이 나서 그런 거지, 뭐."

이렇게 거짓말도 잘 못 하는 아이가 어떻게 5년을 숨어서 거짓 인생을 살았을까? 이제 조금씩 자신의 앞에서 차유정다운 모습을 보이는 그녀가 현건은 한없이 반갑고, 사랑스러웠다.

"귀엽기는."

그리 말한 현건은 유정의 볼을 꼬집으며 환히 웃었다.

"아야, 뭐 하는 거야?"

"그런 표정 보니까, 꼬마 차유정이 생각나서."

유정은 현건에게 눈을 흘겨 보았지만, 그는 여전히 귀엽다는 듯 아랫입술을 깨문 채로 미소 짓고 있었다.

"차유정."

"왜?"

"앞으로 그런 표정 짓지 마, 너 막 놀려 주고 싶으니까."

서글픈 표정을 보면, 쓸쓸한 표정을 보면, 실망한 표정을 보면, 아파하는 표정을 보면 막 놀려서 잊게 해 주고 싶으니까. 충분히 서글펐고, 충분히 쓸쓸했고, 충분히 현실에 실망하고 아파했을 네가 더는 내 앞에서 그런 표정 짓는 거 보고 싶지 않으니까.

현건은 유정이 뭐라 말대꾸하기 전에 그녀의 입술을 냉큼 머금어 버렸다. 그저 달콤하게 키스만 하려고 했는데, 자연스레 현건은 의자에 앉아 있던 유정을 안아 들어 자신이 폭신한 의자에 앉았고, 유정은 그의 허리를 다리로 감싼 채로 그의 단단한 허벅다리 위에 앉은 모양이 되어 버렸다.

뜨거운 숨이 오가던 입술을 겨우 떼어 낸 현건이 속삭였다.

"내 지갑에 혹시 콘돔 들어 있나 좀 볼래?"

"오빠 진짜!"

유정이 현건의 가슴을 팡팡 내리치자, 그가 낮게 웃으며 중얼거렸다.

"아야, 아파. 그만 좀 때려, 차유정. 대체 무슨 아르바이트를 얼마나 했기에 이렇게 손이 매워졌어?"

"아, 아파?"

흠칫 놀란 표정을 지으며, 제 주먹을 빤히 쳐다보는 유정의 모습에 현건은 그만 웃음이 터지고 말았다. 솜방망이 같은 주먹이 아플 리가 있나.

한참을 웃던 그가 유정을 물끄러미 바라봤다. 떨어졌던 입술이 다시 천천히 맞부딪혔다. 현건은 그녀의 등허리를 감싸고 있던 손을 그녀의 가슴께로 옮겨 갔다.

조용한 집 안, 삐거덕거리는 의자 소리와 두 사람의 벅찬 숨소리, 그리고 커다란 심장 소리만 울렸다.

❀

아침 출근길, 현건은 급한 일은 오후에 처리하겠다는 말만 남기고, 곧장 차를 몰아 본가로 향했다. 어제는 종일 유정과 함께 옛집에서 시간을 보냈기에 본가를 찾을 만한 여유가 없었다.

"도련님, 오랜만에 오셨네요. 사모님은 병원에 가 계시고, 회장님은 필드 나가셨어요. 과일이나 차라도 내올까요?"

"아니요. 잠깐 서재에서 가져갈 물건이 있어서 왔어요. 신경 쓰지 마세요."

이 집 살림을 20년째 돌보고 있는 집사는 현건의 말에 눈치껏 어디론가 사라졌다. 아버지의 서재 문을 열고 들어가자, 그리웠던 향기가 한꺼번에 밀려들었다.

유정과의 추억이 어린 장소는 날마다 들락날락했으면서, 제 부모의 추억이 서린 공간엔 발길이 뜸했다는 생각에 괜한 죄책감이 몰려들었다.

그러나 그런 서글픈 감상도 잠시, 현건은 빠르게 발걸음을 옮겨 책상 서랍을 열어 보았다. 책상 왼편 작은 서랍장에 있는 서랍들을 전부 꺼내자, 두 번째 서랍의 크기가 다른 서랍들보다 조금 작게 느껴졌다.

현건은 손을 뻗어 책상 위에 있는 레터 오프너를 집어서는 두 번째 서랍의 제일 안쪽 나무 윗부분을 떼어 내기 시작했다. 단단히 고정된 것처럼 보이는 나무가 손쉽게 떨어져 나갔다. 그리고 그 안에 검은색 몸체에 금색 클립을 가진 만년필 한 자루가 들어 있었다.

만년필 주인이 누구인지 증명하는 듯한 금색 각인이 눈에 들어왔다. 'KS Cha'. 현건은 주머니에서 손수건을 꺼내어 조심스레 만년필을 집어서는 재킷 안쪽 주머니에 넣었다.

'이제 됐다.'

바이러스 연구소가 어쩌고, 생화학무기가 어쩌고 하는 복잡한 문제를 위한 해법이 아니었다. 세상에 윤민영으로 알려진 여자에게 차유정의 삶을 되돌려 주는 것, 이 만년필은 그 열쇠가 될 터였다.

호텔에 도착한 현건은 사장실에 들어서자마자, 여전히 이재윤으로 호텔에 남아 있는 민승현을 방으로 부르라 했다. 박 실장의 안내로 사장실 안에 들어서는 민승현의 얼굴에서는 그 어떤 표정 변화도 느낄 수 없었다.

"왜 아직도 내 호텔에 남아 있는 겁니까?"

"아직 제 임무가 끝나지 않았기 때문입니다."

민승현이 유정을 바라보던 눈길은 연민 이상의 것이었다. 사내가 여자를 보는 눈빛을, 그것도 자신의 여자를 넘보는 눈길을 현건은 눈치채지 않을 수 없었다. 현건은 시치미를 뚝 떼고 물었다.

"신정혁 씨."

"말씀하십시오."

그 부름에 민승현은 아무런 표정 변화도 보이지 않았다. 전 야당 대표를 그림자처럼 보좌하고, 그가 대통령이 된 뒤에도 아버지의 정치 인생을 위해 전 생애를 바쳐 살고 있는 남자의 얼굴은 참으로 정치인다웠다.

그러나 현건의 눈에 그의 눈빛은 참으로 서글퍼 보였다.

"유정인 잘 지내요. 그러니 이제 신경 끄고, 돌아가시죠?"

일부러 여유로운 척 허세를 부리며 질문을 던지자 그는 가소롭다는 미소를 지으며 대답했다.

"아직 제가 해야 할 일이 남아 있으니, 이곳에 있는 겁니다."

"고집 한번 세네. 그래, 그 할 일이라는 게 뭔지 들어나 봅시다. 내 호텔 안에서 무슨 일을 벌이고 있는 겁니까, 신.정.혁 씨?"

그의 거짓 이름을 딱딱거리며 불러 보이자, 그의 표정에 묘한 미소가 떠올랐다.

현건은 아무렇지 않다는 듯, 손가락 사이에 낀 만년필을 뱅그르르 돌려 보였다. 그제야 그의 시선이 현건에게서 그 만년필로 옮겨 갔다.

"그건!"

"생각보다 느리네. 내가 이걸 언제부터 손에 쥐고 있었는데……."

"저에게 주십시오. 부탁드립니다."

현건은 만년필을 바로 잡아서는 재킷 안주머니에 넣으며 나지막이 읊조렸다.

"이 만년필을 찾는 이가 누굽니까? 왜 찾고 있는지 알기 전에는 못 넘기겠습니다. 한 뼘도 되지 않는 한 자루의 만년필 때문에 한 여자의 인생이 어떻게 되었는지, 옆에서 지켜봐서 아실 텐데요?"

그 질문에 민승현은 잠시 머뭇거리는 듯했다.

"이성한과의 접촉이 있었다고 들었습니다. 이미 아시리라 생각되지만, 부당했던 회의로 인해 국내에 바이러스 연구소가 들어설 예정입니다. 물론 비밀리에 진행하려는 수작들입니다. 또 생화학전을 불사할 수도 있다는 말에, 돈이 되겠다 싶은 강대국들이 국내 연구소를 차지하려는 움직임을 노골적으로 드러내 놓고 있습니다."

그 대답에 현건은 골똘히 생각에 빠진 듯하다가 입을 열었다.

"화학무기금지협약(CWC)과 생물무기금지협약(BWC)으로 우리나라를 비롯한 해당 가입국은 생화학무기의 개발, 보관, 유통이 금지되어 있다고 하던데? 그런데 5년 전 비밀 회담에서 논의된 내용이 각국의 생화학무기 개발과 관련한 내용이었고, 이를 차 교수님이 통역하면서 녹음을 하셨다?"

현건의 질문에 그는 그렇다며 고개를 끄덕이고는 대답했다.

"그들에게 권력은 곧 법이 되고, 약속이 됩니다. 그리고 그런 권력을 따르는 이들은 돈과 그들의 약점으로 그 권력 덕을 보고 싶어 합니다. 바이오 개발 관련 회사들은 연구소 지원을 통한 권력과의 조우를, 차유정 양의 뒤를 쫓으며 만년필을 찾았던 이들은 그들의 약점을 없애 줌으로써 권력의 맛을 보기를 원하는 겁니다."

"그런데 그 권력이란 것이 참 웃긴 게, 한순간에 사그라지기도 한다는 거지. 정의롭지 못한 것에 분노하는 대중의 원성을 사기 시작하면, 복종과 지배 관계가 무너지는 거니까."

현건은 자신의 재킷 주머니가 있는 왼쪽 가슴을 두어 번 두드리며 말을 이어 나갔다.

"그래서 당신네가 이걸 얻으면, 세상에 대단한 평화와 안전을 가져올 거다, 이거잖아."

그는 현건에게 절대 정의를 바란다는 듯 고개를 끄덕였다.

"그렇습니다."

"그럼 우리 유정이는?"

현건의 질문에 그의 안색이 갑자기 파리하게 굳어졌다.

"차 교수님은 어떻게?"

그는 이 질문에도 대답이 없었다.

"내가 이걸 필요로 하는 사람을 직접 만나겠습니다."

현건의 말에 그의 얼굴이 단박에 구겨졌다.

"제 뜻과 그분의 뜻이 다를 수도 있습니다."

"위험할 수도 있다 경고라도 하겠다는 겁니까? 아버지를 못 믿어요?"

현건의 질문에 그는 당황한 듯한 기색이 역력했다.

"당신이 지금 여기서 할 일은 당신 아버지와 내가 만날 수 있게 약속을 잡는 것, 그리고 내가 당신 아버지를 만나고 돌아오는 동안, 여기서 주어진 임무를 다하는 것뿐입니다. 알겠어요?"

자신에게 위험한 일일지도 모른다는 생각보다, 자신이 그들을 만나러 갔을 때의 유정의 안위가 더 걱정되었다. 민승현이 가진 사내의 연정에 현건의 희망이 얹혔다.

"그럼, 곧 연락 드리겠습니다."

현건은 고개를 끄덕이며 나가 보라 손짓했다. 머리가 지끈지끈 아파 왔다. 이럴 땐 차유정이 특효약이지. 그는 자리를 박차고 일어나 호텔 지하 1층 아케이드에 있는 명품 주얼리 편집샵으로 향했다.

✻

그의 서재는 작은 도서관이라 해도 무리가 없을 만큼 많은 책이 들어차 있었다. 하루에 한 권씩만 읽어도 시간이 금방 가겠구나 싶었다. 그런데 활자를 좇는 것은 그저 눈의 움직임일 뿐, 그 내용에 집중할 수는 없었다.

아빠가 만년필을 가지고 있다면 그를 찾아야 했고, 아빠가 만년필을 가지고 있지 않다면 그가 숨겨 놓았을 곳을 찾아야 했다. 그들이 자신을 찾아와 만년필을 찾기 시작했다는 건, 이미 아빠가……

유정은 심란하게 머릿속을 덮쳐 오는 무서운 생각을 떨쳐 내려 고개를 내저었다.

아빠가 자신에게 남긴 물건이 없었나, 다시 기억을 되짚어 보았다.

작은 가족사진이 담긴 액자, 책 몇 권, 도망치듯 이사할 때마다 가지고 다녔던 여행용 가방……. 가방?

유정은 그의 드레스 룸 한쪽에 넣어 두었던 낡은 가방을 꺼내 서는 살피기 시작했다.

주머니 안쪽까지 샅샅이 뒤졌으나, 만년필은 들어 있지 않았다. 유정은 가방을 1층 거실에 펼쳐 놓은 채 가위로 조각조각 자르기 시작했다. 혹시 어딘가에 숨어 있는 주머니가 있지는 않을까 싶었다.

그때, 방문이 열리는 소리가 들려왔다. 유정은 가방 조각들을 끌어모으기 시작했다. 급하게 손을 움직이고 있는데, 그의 목소리가 들려왔다.

"히익! 이게 다 뭐야? 인형 옷 만들기 놀이라도 했나, 차유정 어린이?"

유정은 잔뜩 끌어안았던 천 조각을 바닥에 내려놓으며, 털썩 소파에 주저앉았다.

"일 안 하고 또 올라왔어?"

"보고 싶어서 왔지."

그녀의 옆에 바짝 붙어 앉으며, 현건은 성긋이 미소 지었다.

"머리가 너무 아픈데, 나한테 약은 차유정이니까. 머리 아파도 차유정, 배탈 나도 차유정, 감기 걸려도 차유정."

"순 엉터리."

그리 말하면서도 유정의 뺨은 핑크빛으로 물들어 갔다.

"근데 정말 뭐 하고 있었어?"

현건의 질문에 유정은 아무런 대꾸도 하지 않고 그저 흩어진 천 조각에 시선을 둘 뿐이었다.

"이 안에 혹시 숨어 있나 하고 찾아봤어?"

이번엔 슬며시 고개를 끄덕였다.

"유정아, 같이 찾자고 했잖아. 왜 혼자 못 찾아서 안달이야, 응? 혹시 그때 그놈들이 협박이라도 했어? 만년필 안 넘기면 나 해치겠다고?"

정곡을 찌르는 그의 질문에 붉어졌던 유정의 안색이 새하얗게 질려 버렸다.

"차유정. 너 정말 거짓말 못 하는 거 알아?"

현건은 유정을 자신의 무릎에 앉히며 덧붙였다.

"안 위험해. 걱정 마. 응?"

"무모한 짓은 하지 않겠다는 약속…… 지킬 거지?"

현건은 고개를 슬쩍 끄덕였다. 그 움직임에 유정은 다행이라는 듯 한숨을 내쉬었다.

"있잖아, 내 재킷 안쪽 주머니에……."

"오빠 또!"

유정이 버럭 목소리를 높이자, 현건은 그녀를 나무라듯 대꾸했다.

"차유정, 요 작은 머리에 대체 야한 생각이 얼마나 많이 들어 있는 거야? 어우! 앙큼해라!"

몸서리를 치는 그에게 유정이 밉지 않게 슬쩍 눈을 흘겼다.

"얼른 주머니에 손 넣어 봐."

"왜?"

"어서."

현건은 유정의 허리를 꼭 감싸 안은 채로 그녀를 채근했다. 유정은 조심스레 그의 재킷 안쪽에 손을 집어넣었다. 딱딱한 상자가 손에 잡혔다.

"꺼내."

딱딱한 상자는 진한 갈색이었고, 금색과 녹색이 섞인 리본이 멋스럽게 장식되어 있었다.

"열어 봐."

조심스레 상자를 열자, 커다란 금빛 하트 모양 펜던트가 달린 목걸이가 그 안에 들어 있었다. 펜던트의 한가운데에는 작은 루비 가 박혀 있었다.

"예쁘다. 이게 뭐야?"

"내 심장."

그의 대답에 유정의 얼굴에는 의뭉스러움이 가득 떠올랐다.

"잠시라도 떨어져 있기 싫어서 너한테 맡겨 놓는 내 심장. 절대 빼지 마."

그리 말한 현건은 상자 안에서 목걸이를 빼내어 유정의 목에 걸어 주었다. 금빛 줄이 길게 늘어졌고, 통통하고 커다란 하트는 그녀의 앙가슴 위에 놓였다. 목걸이를 물끄러미 바라보던 현건이 고개를 갸웃하며 속삭였다.

"요놈 가만 보니 참 부럽네, 온종일 이 위에 있을 거 아냐?"

슬쩍 눈을 흘긴 유정이 현건의 목을 꼭 끌어안으며 말했다.

"고마워. 오빠 심장 내가 잘 갖고 있을게."

"응, 근데 옷 안으로는 넣지 마, 여긴 나만 닿을 수 있는 곳이니까."

현건은 유정의 옷 안으로 손을 집어넣으며 그녀의 가슴을 슬며시 움켜잡았다. 유정이 나무랄 새도 없이 어느새 그녀의 입술은 그의 입술 안에 묻혀 있는 중이었다.

소파 위에서 시작된 두 사람의 몸짓은 그칠 줄을 몰랐다. 현건은 그녀의 골반을 쓰다듬고, 엉덩이로 손을 옮겨 가며 목에 입술을 묻었다. 자잘한 입맞춤을 쏟아붓고 있는데, 재킷 주머니 속 휴대전화가 요란하게 울려 댔다.

곧 연락을 주겠다던 민승현의 말이 불현듯 떠올라 현건은 주머니에서 휴대전화를 꺼내 얼른 발신인을 확인했다. 역시나 발신인은 신정혁이었다. 바로 받을 걸 기대하진 않았는지 벨소리는 곧 끊겼다.

"나머지는 이따가."

동그란 이마에 자신의 반듯한 이마를 맞댄 채로 현건이 낮게 속삭였다. 그러자 그녀의 뺨은 붉은 기를 더해 갔다.

"저녁 맛있게 해 놓을게. 빨리 와."

"그 저녁 지금 당장 먹었으면 좋겠네. 엄청 맛있겠는데?"

현건의 능청스러운 대꾸에 유정은 그의 가슴을 아프지 않게 내리치며 속삭였다.

"으으. 저질."

"왜? 밥이 맛있겠다는데 왜 저질이야? 차유정, 무슨 생각 했어? 어우, 야하기는!"

유정이 뭐라 덧붙이기 전에 현건의 그녀의 작고 붉은 입술에 쪽 하고 재빨리 입을 맞추고는 일어났다.

문 앞까지 배웅을 나온 유정의 얼굴엔 아쉬움이 가득 묻어났다. 현건은 유정의 허리를 끌어안으며 물었다.

"차유정, 왜 올라왔냐고 할 땐 언제고. 아쉬워?"

그녀는 그의 슈트 재킷에 있는 먼지를 털어 내는 척 딴청을 피우며 말했다.

"치이. 일 마치면 바로 와."

"왜?"

"몰라서 물어? 보고 싶고, 빨리 같이 있고 싶으니까 그렇지."

현건은 피식 웃으며 유정의 발개진 볼에 입을 맞췄다.

"우리 차유정이 업무효율성 극대화에 지대한 공을 세우겠는데? 빨리 올게. 맛있는 거 해 놔."

유정은 고개를 끄덕이며 빙긋이 웃었다.

방문이 닫히고 난 뒤, 유정은 괜히 허전한 마음에 한참 동안이나 통통한 하트 펜던트를 만지작거리며 그 자리에 서 있었다. 제 심장이라며 목걸이를 걸어 준 남자가, 가슴골에 놓인 펜던트를 질투하는 모습이란.

유정은 피식하고 터져 나오는 웃음을 그대로 머금은 채 부엌으로 향했다. 오후 내내 그를 위한 저녁 식사를 만들고 싶었다. 당장 자신이 그에게 해 줄 수 있는 것이 이것밖에는 없어도, 이렇게라도 그를 위해 무언가를 해 줄 수 있다는 사실에 미소가 피어올랐다.

그가 나가고 난 뒤, 오늘따라 조용한 방 안이 쓸쓸하게 느껴져서 유정은 TV를 틀었다. TV에서는 예능 프로 재방송이 한창 흘러나오고 있었다.

오늘 호텔 주방에서 올라온 식재료에는 전복과 생닭, 산삼, 송로버섯 등이 있었다.

"나보고 야하다더니, 올리는 재료는 전부 보양식 재료네."

피식 웃음 지은 유정은 생닭을 열심히 손질하기 시작했다. 한참 식재료를 다듬고 있는데, 깔깔거리는 웃음이 가득했던 TV가

갑자기 조용해지는가 싶더니 뉴스 속보가 방송되는 것 같았다.

— 뉴스 속봅니다. 청와대 소속 헬기가 경기도 성남시 중원구의 한 야산으로 추락해…….

쏴아 하는 물소리와 함께 뉴스 속보 소리는 더 이상 들리지 않았다. 유정은 흐르는 물에 손질한 닭을 깨끗이 씻어 내고는 수전을 잠갔다.

— 방금 들어온 소식에 의하면 헬기에 타고 있던 이는 G.O호텔 대표 고현건 사장과 그의 비서실장인 박 모 씨이며, 이들은 서울 한국대병원으로 이송 중이라고 합니다.

갑자기 눈앞이 새까매지는 것 같았다.

호텔 앞에서 유정은 급히 택시를 잡아탔다. 택시 안에서는 여전히 뉴스 속보가 흘러나오고 있었다.

이성한 기자라는 사람이 취재했다는 내용이 단독보도라는 타이틀로 흘러나왔다. 고현건 사장에게 사고가 생기면 제보하라고 했다며 건넨 내용이라고 했다.

뉴스에서는 5년 전 비밀 회담과 전 정부의 밀약, 그리고 그 과정에서 얽힌 차강석 교수의 죽음에 관한 비밀을 밝히고 있었다.

차 교수는 5년 전에 죽었다고 알려졌지만 사실 그가 죽은 건 3년 전 로비스트들이 덮친 교통사고 때문이었고, 그 과정에서 고현건의 아버지인 고동욱 박사도 크게 다쳤다고 했다.

이들은 정부 관계자에 의해 병원으로 옮겨졌고, 차 교수의 두 번째 죽음은 다른 이의 죽음으로 둔갑되어, 로비스트들은 여전히 차 교수의 행방을 찾고 있었다고도 했다.

유정은 울음소리가 터져 나오려는 입을 손으로 틀어막았다.

'아빠…… 아빠가?'

연락이 전혀 되지 않았던 3년의 시간 동안, 혹시나 세상을 떠나신 것은 아닐지 하는 불길한 상상을 하지 않았다고 하면 거짓일 것이다.

그런데 그런 사실을 뉴스를 통해 마치 타인의 부고처럼 전해 듣는 순간은 믿겨지지 않을 만큼 현실감이 없었다. 유정은 쉴 새 없이 흘러내리는 눈물을 닦아 내며, 뉴스에 귀를 기울였다.

고현건은 차강석 교수의 딸인 차유정과 연인 관계이며, 그 당시 회의 내용을 녹음한 만년필을 손에 넣은 뒤, 현 정부에 전달하려다 사고를 당한 것이라고 기자는 열심히 떠들어 댔다.

'바보같이. 무모한 짓 안 하겠다며……'

아빠의 부고와 연인의 사고, 받아들일 수 없는 현실은 이미 유정에게 들이닥쳐 있었다.

대학병원 앞에 택시가 멈춰 섰다. 유정은 차에서 내리자마자 병원 안으로 뛰어 들어갔다.

어디로 가야 할지 두리번거리고 있는데 커다란 카메라를 든 이들이 달려가는 게 눈에 들어왔다. 유정은 그들을 따라 3층에 있는 수술실 앞에 다다랐다.

불투명한 유리문 앞에 기자들이 잔뜩 모여 있는 것으로 보아, 이 수술실이 그가 도착한 곳인 것 같았다. 사람들 사이를 헤집고 들어가기가 쉽지 않았다. 그의 상태를 취재하려는 기자들은 그 사이를 파고드는 유정을 이리 밀치고 저리 밀쳤다.

제일 앞에 선 병원 관계자가 브리핑 준비를 하는 것 같았다.

"이봐요, 아가씨. 비켜요. 순서대로 와서 포토라인 잡아 놓은 거 안 보여요?"

몇몇 기자들의 눈이 유정에게로 향했다가 다시 병원 관계자에게로 향했다. 차림새로 보아 기자는 아닌 것 같다는 속닥거림이 들려왔다.

"곧 수술이 진행될 예정입니다. 공식적인 브리핑은 나중에 하도록 하겠습니다. 질서 정연하게 기다려 주시기 바랍니다."

짧은 브리핑에 기자들은 그럴 줄 알았다는 듯 허탈한 한숨을 내뱉었다. 그의 말이 끝남과 동시에 유정이 소리쳤다.

"얼마나 다쳤어요?"

"공식적인 발표는 나중에⋯⋯."

"얼마나!"

병원 관계자의 말을 끊어 내며, 유정이 더 큰 목소리로 외쳤다.

"얼마나 다쳤냐고요. 그 사람 얼마나⋯⋯."

끅끅거리는 울음을 토해 내는 유정에게 모든 이의 시선이 집중되었다. 유정의 외침에 병원 관계자가 그녀에게로 다가왔다.

"저, 여기서 이러시면……."

"내가…… 내가 그 차유정이에요. 그 사람 얼마나 다쳤냐고요!"

차유정이라는 그녀의 말에 여기저기서 플래시가 터지고, 질문이 쏟아지기 시작했다.

14.
아름다운 무엇이 될 수 있기를

하얀 뺨 위에 푸른 수염이 돋아나 까끌까끌했다. 그는 두 눈을 꼭 감은 채로 힘겨운 호흡을 이어 가고 있었다. 유정은 가만히 그의 볼을 쓸어 보기도 하고, 그의 손을 잡아 보기도 했지만, 기적 같은 변화는 일어나지 않았다.

"가야 할 시간입니다."

남자의 말에 유정은 낮게 속삭였다.

"조금만 더 있을게요. 조금만."

벽에 걸린 시계를 흘끔 보자 벌써 새벽 5시 50분이 다 되어 가고 있었다. 모두가 잠든 새벽, 사람들의 눈을 피해 그녀는 이렇게 몰래 그의 병실을 찾곤 했다.

무슨 꿈을 그리도 오래 꾸는 것인지, 그는 그저 두 눈을 꼭 감은 채로 누워 있을 뿐이었다.

유정은 몸을 일으켜 그의 입술에 살짝 입을 맞췄다. 폭신하고 따뜻했으나, 야속하게도 아무런 반응도 나타나지 않았다.

"또 올게. 금방 올게."

채근하는 남자의 뒤를 따라 유정은 무거운 발걸음을 이끌어 병실을 나섰다. 유정의 앞에 선 남자는 현건의 병실 앞을 지키고 있는 이들에게 비밀을 지켜 줄 것을 당부했다.

둘의 모습이 저만치 사라지고 나자, 병실 문 왼쪽에 선 남자가 한숨을 폭 내쉬었다.

"벌써 2주 됐나? 사고 난 지?"

오른편에 선 남자는 그렇다며 고개를 끄덕였다.

"그러게. 저 여자도 참 안됐던데……."

"어쩌겠어. 원수의 딸이나 마찬가진데, 고현건 사장은 저 여자 지키려다 이러고 누워 있고, 고동욱 박사는 저 여자 아버지 지키려다 그러고 누워 있고."

"어휴. 그 만년필도 가짜였다며?"

"그렇다고 하더라고. 그걸 모르고 전달하려고 간 건지, 아니면 진짜는 어디에 또 숨긴 건지 고현건 사장 깨어날 때까지 알 수 없지, 뭐."

남자 둘은 제 일인 듯, 땅이 꺼져라 한숨을 내쉬었다.

"지금은 저렇게 보호받는 듯 보이고 이렇게 몰래 여기 찾아오고 하지만, 결국 저 여자도 그 만년필 찾고 나면, 쥐도 새도 모르게 사라지지 않을까?"

"뭐, 지금도 쥐도 새도 모르게 사라진 거나 마찬가지지. 그때 수술실 앞에서 그 난리가 났었는데도, 언론 통제당해서 저 여자가 나타났다는 내용은 하나도 보도 안 됐잖아."

"그러게. 그땐 이 정부가 드디어 누구 하나 제대로 보호해 주나 싶었는데, 그것도 아닌가 봐?"

"뭐, 그 높으신 분들 뜻을 우리가 알 수가 있나?"

남자 둘의 한숨 섞인 대화가 VIP 병동을 조용히 울렸다.

검은색 방탄 차량이 건물 안 지하 주차장에서 멈춰 섰다. 남자의 보호를 받으며 유정은 엘리베이터에 올랐고, 그들이 탄 엘리베이터는 1층 현관 앞에서 멈춰 섰다.

어디쯤인지 가늠할 수도 없는 곳에 있는 커다랗고 적막한 집에서 유정은 홀로 온종일 시간을 보내야만 했다. 요리나 청소 등의 집안일을 하는 이들이 왔다 갔다 하기는 했지만, 그들은 유정에게 말을 붙이거나 가까이 다가오지는 않았다.

유정을 데려다준 남자는 다시 현관으로 향하고 있었다.

"저……."

"뭡니까?"

그 역시도 유정에게 일정한 거리를 두고 있는 것은 마찬가지였다. 유정은 애써 미소 지어 보이며 말했다.

"내일은 좀 일찍 가 봤으면 좋겠어요. 병원에서 머물 수 있는 시간이 너무 짧아서……."

그녀의 부탁에 남자의 미간이 미세하게 좁아졌다.

"오늘도 새벽 2시에 도착해서 4시간이나 그곳에 있었습니다. 더 이상은 무립니다."

남자는 단호하게 대답하고는 뒤돌아서서 나가려고 했다.

"그리고."

남자는 그 자리에 서서 고개만 돌려 유정을 바라봤다.

"책을 좀 보고 싶어요. 갖다 주실 수 있죠?"

남자는 고개를 끄덕이며 되물었다. 그 목소리는 평소와 다를 바 없이 자상하게 들리기까지 했다.

"읽고 싶은 책 있어요?"

"그냥 소설이면 될 것 같아요. 신간으로."

"알겠어요. 적당한 게 있나 한번 찾아볼게요."

그리 대답하는 남자의 얼굴에 흐릿한 미소가 떠오르는 듯했다. 유정은 애써 더 환한 미소를 지어 보이며 방으로 향했다.

방 안에 들어선 유정은 문을 닫자마자 등을 문에 붙이고 섰다. 다잡고 있던 감정은 온전히 혼자가 되었다는 생각이 들 때만 터져 나왔다. 스르륵 문에 기댄 몸이 바닥으로 미끄러져 내렸다. 걷잡을 수 없는 눈물이 계속 흘러내렸다.

이제 정말 유정이 희망을 걸 수 있는 이는 현건뿐이었다. 그리운 아빠의 모습을 다시는 볼 수 없다는 슬픔에 더해 어쩌면 그를 마주할 수 없을지도 모른다는 사실은 유정을 나락으로 내몰려 하는 것만 같았다.

"오빠, 제발 일어나. 제발."

자신의 심장이라며 절대 빼지 말고 걸고 있으라고 했던 목걸이의 하트 펜던트를 만지작거리며 유정은 한참을 울다 겨우 잠이들었다.

병실 안에 들어서는 현건의 모친 혜숙의 얼굴은 여전히 어두웠다. 그들의 인연은 진정 악연이라고밖에 생각할 수 없었다. 친구를 지키려다 사고를 당한 남편과 그 딸을 사랑해서 사고를 당한아들.

수술실 앞 보호자 대기실에 있다가 어떤 남자의 보호를 받으며들어서는 유정을 발견했을 때, 밟고 있던 땅이 뒤집히는 것만 같았다. 뉴스에서 떠들어 대는 내용이 사실이 아니라 여겼었다. 죽은 사람들이 살아 있고, 그로 인해 자신의 남편과 아들이 사고를당했다는 사실은 말도 안 되었다.

그런데 그걸 몸소 증명하겠다는 듯 그 앞에 나타난 유정을 마주하자, 갑자기 분노가 치밀었다.

'네가! 네가 어떻게! 네가 우리 가족한테, 왜!'

죽었다고 여기기 전까지 20년을 함께한 아이였다. 친구 같던그 애 엄마가 세상을 등지고 나서는 제 딸인 양 돌봐 주었던 아이였다. 그런데 눈앞에 나타난 그 아이의 존재가 한없이 원망스럽고, 저주스러웠다.

'네가 감히! 내 아들을 저렇게 만들어 놓고, 감히!'

유정에게 득달같이 달려들려는 혜숙을 큰아들 현준이 가로막았
다.

'어머니, 진정하세요.'
'진정? 어떻게 진정을 해! 저 집 사람들 때문에 우리가 어떻게
살았는데! 살아 있어도 산 것같이 못 살았던 네 동생은 지금 어떻
게 됐는데!'

울부짖고 소리치다가 혜숙은 끝내 혼절하고 말았다. 흐려지는
시야 사이로 온몸을 바들바들 떨며 울고 있는 아이의 모습이 눈
에 들어왔었다.
'하나도 가엾지 않아, 하나도 불쌍하지 않아. 그런 대단한 일로
숨어 살았건 어쨌건, 우리 가족과는 상관없는 일이야.'
혜숙은 정신이 들자마자 현건의 병실 앞에 경호원을 배치했다.
그 누구도 자신의 허락 없이는 병실에 들이지 말라 신신당부하기
도 했다.
병실 앞에 선 혜숙은 경호원들의 면면을 살피며 물었다.
"밤새 특별한 일은 없었죠?"

"네, 없었습니다."

고작 유정이 병원을 떠난 지 3시간이 지났을 뿐이었지만, 그들은 아무 일도 없었다며 믿음직스런 모습을 보이기 위해 노력했다.

혜숙은 고개를 한번 끄덕이고는 안으로 들어갔다. 커다랗고 휑한 전실을 지나, 병실 안으로 들어서자 여전히 미동도 없이 누워 있는 아들의 모습이 눈에 들어왔다.

"불효도 정도가 있는 거다. 그만 일어나야지."

혜숙은 어느새 해쓱해진 아들의 얼굴을 쓰다듬으며 눈물을 참아 냈다. 눈물이 똑 하고 떨어지고 나면, 왠지 더 서글픈 일이 생겨날 것만 같아서 애써 슬픔을 감추려 노력했다.

"아버지께 다녀오마. 아들, 힘내야 한다."

혜숙은 한숨을 한번 내쉬고는 돌아섰다.

"어……."

그때 갑자기 들려온 소리에 그녀는 재빨리 고개를 돌려 아들의 얼굴을 바라봤다.

의료진이 나가고 난 뒤, 현건은 손을 뻗어 혜숙의 손을 꼭 잡았다.

"죄송해요, 어머니."

잔뜩 잠긴 목소리가 이상하게 갈라져 나왔다. 혜숙은 아들의 손을 꼭 맞잡으며 고개를 끄덕였다.

"죄송한 줄 알면, 어서 일어나."

"근데, 더 죄송해야 할 것 같아요."

그리 말한 현건은 말을 내뱉기 괴로운 듯 슬쩍 얼굴을 구기며 낮게 속삭였다.

"혹시 그 아이 보셨어요, 우리 유정이?"

"좀 쉬어야겠구나."

무슨 소리냐, 죽은 애를 왜 찾느냐, 기억이 나질 않느냐 묻지 않는 걸 보니, 어머니도 유정을 만났다는 확신이 들었다.

"어디 있어요, 어머니?"

혜숙은 한숨을 한번 내쉬고는 대답했다.

"모른다."

"어머니!"

현건이 상체를 일으키려다 고통스러운 신음과 함께 고개를 뒤로 젖혔다.

"찾아야 해요. 어디 있어요, 네? 여기 왔었죠? 그랬죠? 제발요, 어머니!"

그리 묻는 현건의 목소리는 괴로움으로 가득했다. 마치 그 아이가 없으면, 이렇게 눈을 뜬 것도 소용없다는 듯. 현건은 가쁜 숨을 몰아쉬며 혜숙의 대답을 기다렸다.

"사고 났던 날 여기 왔었는데, 어떤 남자가 와서 데려갔다는구나."

"그대로 데려가게 두셨어요? 유정인데! 우리 유정인데! 그냥 그대로 가게 두셨어요?"

현건은 애써 몸을 일으키려 노력했지만, 허사였다. 2주 동안 꼼짝도 하지 않았던 몸의 이곳저곳에서 찌릿한 통증이 느껴졌다. 커다랗게 한숨을 내쉬며 천장을 바라보고 있는데, 병실 문을 열고 누군가 들어오는 소리가 났다.

"건이 깨어났다면서요?"

그리 묻는 사람은 형인 현준이었다.

"밖에는 새어 나가지 않게 했지?"

혜숙의 질문에 현준은 고개를 끄덕이며 대답했다.

"건이 상태 관련해서는 의료진 전부 함구하기로 했어요. 걱정 마세요."

"형, 유정이는?"

"건아."

현건을 바라보는 현준의 얼굴에는 그저 안쓰러운 기색만 감돌 뿐이었다.

"천천히 생각해 보자, 건아."

"뭘 천천히 생각해! 나 말고, 아니 우리 말고 아무도 없는 애야. 내가 이러고 있으면, 형이라도……."

현건은 고통스러운 듯 인상을 찌푸리며 말을 멈췄다. 혜숙의 호출에 의료진이 들어왔고, 링거 호스에 간호사가 주사를 놓는 듯했다.

"좀 쉬는 게 좋겠구나."

어머니의 목소리가 머릿속을 왕왕 울렸다. 어지러운 이명과 함께 현건은 다시 잠이 들었다. 아무리 눈을 뜨려고 해도 무거운 눈 꺼풀은 속절없이 감겨 왔다.

세상은 온통 먹빛이었다. 어둠 사이로 아직 자신이 살아 있다고 알려 주는 초록색 사인만이 빛을 발하고 있을 뿐이었다. 약에 취한 듯 정신은 몽롱했고, 몸은 여전히 뻣뻣했다. 아무것도 할 수 없는 상황에 한숨조차 나오지 않았다.

마치 가위에 눌린 듯 갑갑했다. 어서 짙어진 세상이 걷히고 날이 밝았으면, 하는 것이 현건의 바람이었다.

'대체 유정이를 데려간 이들은 누구일까? 민승현을 찾아야 할까? 주머니에 넣어 두었던 만년필이 텅 비어 있었던 걸 알아챘을 텐데……'

복잡한 생각이 실마리를 찾지 못하고 계속 엉켜 붙기만 했다. 그저 몽롱한 머릿속만 바삐 움직이고 있는데, 누군가의 따스한 손길이 느껴졌다. 그와 함께 흐릿하고 조용한 목소리도 들려왔다.

'오빠, 내일 또 올게.'

분명 유정의 목소리였다. 목소리를 내려고 발버둥 쳐 보았지만, 소용없었다. 아무리 움직이려 애를 써도 몸이 말을 듣지 않았다. 그녀를 향해서는 늘 빠르게 뛰던 심장도 그저 제 속도로 움직일 뿐이었다.

병실 문이 열리는 소리가 들렸고, 발걸음이 멀어지는 것 같았다.

'안 돼, 가지 마! 안 돼!'

아침 햇살에 병실이 따스하게 물들 무렵, 현건은 겨우 눈을 떴다. 침대 바로 옆 의자에는 어머니가 앉아 계셨다.

"언제 오셨어요?"

탁한 목소리가 갈라져 나왔다.

"좀 전에 왔다. 괜찮니?"

"괜찮아요."

새벽녘 있었던 일은 분명 꿈이 아니었다. 유정의 목소리는 분명 그렇게 말했다. '내일 또 올게.' 그녀를 보호하고 있는 이가 누군지는 모르지만, 고맙게도 사람들의 눈을 피해 이곳에 오고 있는 듯했다.

"약 기운 때문인지 조금 고단해요."

"그래, 푹 쉬렴."

어머니는 가슴께로 이불을 올려 주며 대답했다. 현건은 그대로 눈을 감았다.

오늘따라 그의 어머니가 병실에서 밤을 지새울 예정이라고 했다.

"혹시 깨어났다고 하던가요?"

유정의 물음에 남자는 고개를 내저었다.

"그럼, 혹시 많이 안 좋은 건가요?"

울먹이는 유정에게 남자는 그도 아닌 것 같다며 대답했다.

"담당 의료진이 고현건 씨 상태에 대해서는 입을 꼭 다물고 있어요. 아무래도 오늘은 그냥 돌아가는 게 좋겠어요."

조수석에 앉은 유정은 고개를 떨어뜨린 채로 살짝 끄덕였다. 그저 잠들어 있는 그를 잠시 볼 수 있는 것, 그것이 요즘 그녀가 삶을 살아가는 이유이자 희망이었다. 그걸 잘 알고 있다는 듯 남자는 괜히 자신이 미안한 기색을 내비쳤다.

"내일은 꼭 볼 수 있을 거예요. 기운 내요."

"고마워요."

그리 말한 유정은 빠르게 지나가는 바깥 풍경에 시선을 돌렸다.

혹시나 그가 깨어난 것은 아닐지, 깨어나서 자신을 찾고 있는 것은 아닐지, 아니면 새벽마다 자신이 다녀가는 것을 알고 그의 어머니가 병실을 지키고 계신 것은 아닐지, 다시는 그를 볼 수 없게 되는 것은 아닐지.

유정은 걷잡을 수 없는 어둠 속으로 빨려 들어가는 생각을 가다듬으려 저 멀리 보이는 도심의 야경으로 시선을 돌렸다. 빛은 언제나 가까이에 온 듯하다가 사그라지곤 했다. 하지만 그는 유정의 인생에서 유일하게 사그라지지 않는 빛과 같은 존재였다.

그 빛의 따스함을 다시 품을 수 있기를. 자신이 품을 수 없는 빛이라면, 세상이 어두워도 어딘가에는 태양이 비추고 있는 것처럼, 멀리서라도 그 빛이 존재한다는 것을 느낄 수 있기를. 유정은 온 마음을 다해 빌고, 또 빌었다.

"어머니, 오늘은 들어가셔서 쉬세요."

"그래도 내가 있어야지."

"시간이 지나면 회복되는 거잖아요. 고집부리지 마시고, 들어
가 쉬세요. 이러다 어머니가 병 얻으시겠어요."

자신을 바라보는 어머니의 눈가에 어린 번민을 애써 무시하며
현건은 빙긋이 미소 지었다.

"그래. 오늘은 들어가고, 내일 아침 일찍 올게."

"아버지한테도 가 보셔야죠. 아들만 챙긴다고 서운해하세요."

"그래, 그래야지."

어머니는 고개를 끄덕이시며 성긋이 미소 지으셨다. 어머니가
병실을 나가시고 난 뒤, 현건은 재깍거리며 움직이는 시계 초침만
바라보았다.

'언제였을까? 몇 시쯤 병실 안에 들어왔던 걸까? 어제는 어머
니가 계신 줄 알고 못 온 거겠지?'

어제 아침까지만 해도 분명히 유정이 왔었다는 확신이 들었건
만, 시간이 지날수록 불안하고 초조해졌다. 자신이 혹시 환청을
들은 건 아닐지, 꿈결에 느낀 손길은 그리움이 만들어 낸 환상이
아닐지 하는 생각에 가슴이 저며 왔다.

제발 오늘 밤에는 다시 그녀를 마주할 수 있기를. 현건은 그렇
게 빌고, 또 빌었다.

병원 VIP 전용 주차장에 검은색 방탄 차 한 대가 멈춰 섰다. 누가 타고 있는지 안다는 듯 경호원들이 차를 둘러쌌다.

운전석에 있던 남자가 차에서 내려 조수석 문을 열어 주자, 사위를 살피며 유정이 내렸다.

"오늘은 안 계시다고 하네요."

"고마워요."

고맙다는 유정의 말에 남자는 그저 눈을 느리게 깜박이며 고개를 끄덕였다.

VIP 병동은 현건의 입원으로 경비가 더욱 삼엄해져 있었다. 그러나 남자의 존재에 대해 알고 있다는 듯 그들은 길을 터 주었다.

그의 병실 앞에서 경호원 둘이 유정을 흘끔 바라보았다. 유정은 그들에게 그저 고개를 숙여 보이는 것으로 고맙다는 인사를 대신할 뿐이었다.

"저기."

그중 턱이 뾰족하게 생긴 남자가 입을 열었다. 유정이 그에게 시선을 돌리자, 반대쪽에 서 있던 남자가 눈치를 주며 고개를 저었다.

"아닙니다. 의료진이 방금 다녀갔습니다."

"네, 감사합니다."

유정은 짧은 인사를 하며 전실 안으로 들어섰다. 병실 문을 열었는데, 뒤에서 남자의 목소리가 들려왔다.

"늦게 도착해서 시간이 많지 않아요. 금방 나와야 합니다."

고개를 끄덕이며 유정은 작게 한숨을 내쉬었다.

병실 안은 여전히 적막했다. 유정은 침대 가로 곧장 걸어갔다. 잿빛 하늘이 파랗게 물들어 갈 시각이었다. 동녘 저편에서 태양이 가까워 오고 있는 것 같았다.

"오늘 좀 늦었어. 뭐, 위험한 일이 좀 있었다나 봐. 오빠 이렇게 만든 사람들 중에 여러 명이 붙잡혀 들어갔대."

유정은 한숨을 한번 내쉬고는 말을 이었다.

"그때 도로에서 봤던 그 남자만 잡으면 된대. 좀 전에 그 여자 비서가 잡혔다나 봐. 곧 잡힐 거라고 했어."

자꾸만 목이 메어 와서, 유정은 길게 숨을 들이마시고는 천천히 내쉬었다.

"이제 그 사람만 잡으면, 나도 더 이상 숨어 지내지 않아도 될 것 같아. 오빠가 빨리 일어났으면 좋겠어."

목소리가 사정없이 떨렸다.

"아줌마가 나 좀 미워하신다? 나 이해해. 나 때문에 오빠가 이렇게 된 거잖아."

용기를 불어넣듯 유정은 또다시 숨을 골랐다.

"내가 평생 갚으면서 살게. 오빠만 일어나면 나 무슨 일이든 할 수 있어. 오빠 가족한테 아무리 미움받아도, 나 다 견딜 수 있어. 오빠 위해서 뭐든 다 할 수 있어. 이제 숨어서만 살지 않을 거야. 그러니까 일어나, 어서."

눈물방울이 후드득 뺨을 타고 흘러내렸다.

"오빠, 힘내서 일어나. 내 말 듣고 있는 거지?"

"어."

순간 심장이 멎어 버린 것만 같았다. 유정은 소맷부리로 급히 눈물을 닦아 내며 현건의 얼굴을 살폈다. 그가 슬며시 눈을 뜨고는 고개를 돌려 유정을 바라봤다.

"다 들었어. 나 일어났으니까 어디 가지 마, 이제. 여기 있어. 내 옆에."

"오빠!"

현건은 자신의 손을 맞잡은 유정의 손을 그대로 끌어당겨, 그녀를 자신의 품에 안았다. 가슴에 얼굴을 기댄 유정은 바보같이 엉엉 울음을 쏟아 냈다.

"쉬잇. 울지 마."

"언제 일어났어?"

유정은 두 손으로 현건의 얼굴을 감싼 채 물었다.

"이틀 전에."

"이틀이나 전에?"

현건은 베개에 닿은 머리를 끄덕이며, 손을 들어 유정의 뺨을 쓸어 냈다.

"왜 이렇게 살이 빠졌어? 빠질 살이 어디 있다고. 어제 어머니 계셔서 못 온 거야?"

유정은 고개를 끄덕이며 눈물을 닦아 냈다.

"나 오고 있는 건 어떻게 알았어?"

"이틀 전 새벽에 네가 왔던 것 같아서. 꿈은 아닌 것 같았는데 어제 안 오기에, 어머니가 계셔서 안 온 건가, 정말 꿈인가 했는데. 여기 왔네, 우리 유정이."

유정은 그의 얼굴을 보듬으며 빙긋이 웃었다.

"많이 아팠지?"

"괜찮아. 아픈 것보다 너 못 본 게 더 힘들었어. 이제 정말 어디 가지 말고, 여기 있어. 알겠지?"

힘차게 고개를 끄덕이는 유정을 마주한 현건은 그제야 피식 웃음을 터뜨렸다.

"이제 가야 할 것 같습……."

병실 문을 열고 들어온 남자는 침대 위에서 부둥켜안고 있는 둘을 보고 멈칫하는 것 같았다.

"못 갈 것 같은데, 이제?"

현건의 말에 남자는 빠른 걸음으로 침대 가로 다가왔다.

"괜찮으십니까?"

"괜찮아요. 근데 유정이를 데리고 갔던 사람이 당신입니까?"

남자는 고개를 끄덕였다.

"고마워요, 민승현 씨. 근데 이제 내가 데리고 있어야 할 것 같은데?"

승현은 이맛살을 구기며 대답했다.

"슈트 주머니에서 발견된 만년필에는 아무것도 들어 있지 않았습니다. 혹시 그게 가짜였단 걸 아셨습니까?"

그 질문에 현건은 피식 웃으며 대답했다.

"내가 거기 갔던 건 만년필을 전하기 위함이 아니라, 당신네들 의중을 떠보기 위함이었어. 알아보니, 유정이를 여태껏 보호해 주고, 로비스트들도 꽤 잡아들였다고?"

승현은 선의를 담은 미소를 지어 보이며, 고개를 끄덕였다.

"근데 유정이와 차 교수님의 존재에 대해 정부가 함구하고 있다고 들었습니다. 민승현 씨?"

"녹음본이 어디 있는지 모르는 상황에서 이들의 존재를 쉽게 인정할 수는 없었습니다."

"그럼 녹음본을 주면, 인정할 겁니까?"

그 질문에 승현이 바짝 긴장한 듯했다.

"혹시 그 녹음본을 갖고 계십니까?"

"오늘 오전에 차강석 교수와 그 따님, 차유정 양의 명예 회복에 대해 정부가 공식적인 입장을 밝힌다면, 녹음본을 넘겨주겠습니다."

현건의 말에 그의 얼굴에는 의아함이 가득했다.

"원하시는 건 그게 전부입니까?"

승현의 질문에 현건은 미간을 좁히며 되물었다.

"내가 뭘 더 원해야 하는데?"

"죄송합니다. 사업을 하시는 분이시기에, 뭔가 다른 것을……."

그 말에 현건이 콧방귀를 뀌며 대꾸했다.

"내가 그런 모리배로 보여? 그럴 거였으면 돈 많이 준다는 놈 한테 벌써 넘겼겠지."

현건은 유정의 손을 잡아 자신 쪽으로 끌어당기며 말을 이어 나갔다.

"우리 유정이가 세상에 떳떳하게 설 수 있는 사람이라는 것만 입증해 주면 됩니다. 뭐, 세계 평화를 위해 이바지한 공이 크다는 것도 덧붙이면 더 좋고."

그는 농담인 듯 진담인 듯 웃으며 말했다.

"그럼, 일이 끝난 뒤에 오겠습니다. 경호원이 배치되어 있어 안전할 겁니다. 근데……."

현건은 눈썹을 치켜뜨며 그를 바라봤다. 어느새 병실 안은 밖에서 들어오는 태양빛으로 인해 환하게 밝아져 있었다.

"어머님께서 유정 양에 대한 노여움이 크십니다. 혹여 유정 양이 힘들어할 일이 생긴다거나……."

"왜요? 그래서 유정이 마음 아프게 하면, 본인이 데려가겠다 이건가?"

승현의 얼굴에 비친 안타까움에 현건은 단호하게 말을 이어 나갔다.

"나를 낳아 주신 분께 내 여자가 미움을 사게 할 만큼 내가 어리숙해 보이나 본데, 걱정 마요. 그렇지는 않으니. 그만 가 봐요. 녹음본 빨리 받으려면, 해야 할 일이 꽤나 많을 텐데? 그 연구소인지 뭔지 착공이 코앞이라지?"

승현은 이내 사무적인 태도로 돌아와서는 고개를 끄덕였다.

승현이 병실을 나서고 난 뒤, 얼마 지나지 않아 또다시 병실 문이 열렸다.

"네가 어떻게!"

그리 말한 이는 혜숙이었다. 그녀의 옆에는 현준도 함께 자리하고 있었다.

"어머니, 진정하세요. 꼭 들으셔야 할 게 있어요."

현건의 낮고 진중한 목소리가 조용한 병실을 울렸다.

15.
아주 오래전부터

"아빠, 어디 가요?"

"응, 오늘 학술회의가 있어서, 거기 다녀올 거야."

"근데 넥타이가 이게 뭐야? 에이, 너무 아저씨 같아."

유정은 격자무늬 넥타이를 풀어내고는 희미한 도트무늬가 들어
간 진녹색 넥타이를 아버지의 목에 멋지게 매 드렸다.

"우리 딸 시집가도 되겠네."

"언제는 시집 절대 안 보낸다면서?"

학술회의에 간다는 아빠의 눈가에는 안타까움이 가득해 보였
다. 엄마도 없이, 바쁜 아빠에게 힘들다는 내색 한번 안 하는 딸
을 안쓰럽게 바라보는 눈빛을 유정은 애써 모른 척했다.

"얼른 와, 아빠. 안 그럼 나 오늘 건이 오빠랑 데이트하고 느즛
게 들어온다?"

"욘석. 건인지 건어물인지 내가 나중에 혼내 줘야겠어. 어디 남의 귀한 딸을 늦게 들여보내?"

코끝을 슬쩍 잡아당겨 보이는 아빠에게 눈을 찡긋하며 유정이 배시시 애교를 부렸다. 그 모습에 강석의 얼굴에는 또다시 미안함이 떠올랐다.

"아빠, 무슨 일 있어?"

"아니야. 얼른 다녀올게."

하얀 철제 대문을 나선 강석은 자신을 마중 나온 검은색 차량에 올라탔다.

"준비되셨습니까?"

강석은 가볍게 고개를 끄덕였다. 옆에 앉아 있는 야당 대표 민진석은 무거운 일에 아무렇지 않은 척 담담하게 대처하는 그의 태도가 더 믿음직스럽게 느껴졌다.

"만년필 클립을 한 번 돌리면 녹음이 시작될 겁니다. 그럼, 부탁드립니다."

"알겠소. 나중에 우리 유정이를 보호해 주겠다는 약속은 꼭 지키셔야 합니다."

"힘이 닿는 데까지 돕겠습니다."

두 사람은 의미심장한 눈빛을 주고받으며 고개를 한번 끄덕였다.

회의가 끝난 후, 통역관들은 전부 같은 차에 몸을 실었다. 어디 좋은 곳에 가서 저녁 식사를 한다고 하는데, 강석은 늦은 시각까지 혼자 있을 유정이 걱정되어 먼저 들어가야겠다며 자리를 피했다.

밤늦게 민진석이 연락을 준다고 했으니, 강석은 집으로 돌아가 그들의 연락을 기다릴 생각이었다. 집으로 돌아가는 택시 안, 운전자는 이상한 곳으로 차를 몰기 시작했다.

"저기, 이 길이 아닙니다만."

강석의 말에 운전자는 룸미러로 통해 강석을 흘끔 보며 대꾸했다.

"차 교수님, 당장 몸을 피하셔야 할 것 같습니다. 따님께는 아버님이 문자를 보낸 것처럼 연락을 해 두었습니다. 지금 댁으로 가시는 건 무립니다."

"뭐라고요?"

그는 휴대전화로 방금 전 일어난 교통사고에 관한 기사를 찾아 강석에게 내밀었다.

"한남대교 남단에서 일어난 교통사고입니다. 그 차에 오르시려고 했었죠?"

강석은 믿을 수 없단 눈빛으로 운전자를 바라봤다.

"이미 2명은 사망, 살아남은 두 사람도 병원에 가면 곧 죽게 될 겁니다. 당장 저희 대표님이 차 교수님을 만나 뵐 수는 없는 처지에 놓였습니다. 저쪽에서 누군가 눈치를 채고 통역관들을 없애고 있는 것 같습니다. 일단 몸을 피하셔야 합니다."

강석은 다급히 대꾸했다.

"우리 유정이는요? 유정이는?"

"약속된 장소로 나오면, 이 택시에 태울 겁니다."

그날 밤 세상에서 그들의 존재는 지워졌다. 빙판길 교통사고. 아무도 그들의 죽음에 의심을 품지 않았다.

그들이 사라지고 2년 뒤, 현건의 아버지 동욱은 아들이 정리해 놓은 그들의 집을 찾았다. 3층 서재는 마치 강석이 지금까지 살아 있는 것처럼 잘 관리되고 있었다.

"어딜 갔나, 자네."

동욱은 책 하나하나를 천천히 살폈다. 책들이 배열된 순서를 훑어보기도 하고, 친구의 손이 닿았던 책을 한 권씩 꺼내 보기도 했다. 그러다 강석의 기준으로 보았을 때, 엉망진창으로 배열된 서가가 눈에 들어왔다.

'그 친구라면 이 꼴을 절대 못 보았을 테지.'

동욱은 책의 제목을 살피며, 알파벳순으로 정리하려 했다. 그러다 번뜩 제목의 조합이 눈에 들어왔다. 원서의 제목 첫 글자만 따서 읽자, 정신이 번쩍 들었다.

"Life goes on. 삶은 계속된다."

N으로 시작되는 책 바로 옆에 꽂혀 있는 책은 칼 세이건의 Contact이었다. 동욱은 급하게 책을 집어 들었다. 여덟 페이지가 아주 작게 접혀 있었다. 페이지의 첫 글자일지, 끝 글자일지, 그

도 아니면 숫자일지, 동욱은 한참을 고민하다, 가장 끝에 있는 숫자들의 배열로 전화번호를 유추해 냈다.

곧장 학교로 향한 그는 학생들도 종종 이용하곤 하는 학과 사무실에 놓인 전화기로 전화를 걸었다.

몇 번의 신호음이 끊기고, 유령 같은 존재의 목소리가 들려왔다.

— 동욱이, 자넨가?

환청을 들은 줄로만 알았는데, 정말 친구 강석의 목소리였다. 학교로 소포를 하나 보낼 테니 꼭 안전한 곳에 보관해 달라고 그는 간곡히 부탁했다.

며칠 뒤 학교로 작은 물건이 하나 배달되었다. 작은 상자 안에는 검은색 만년필이 한 자루 들어 있었다. 무게로 보아 예사 만년필은 아닌 듯했다. 뚜껑을 열려고 살짝 돌렸는데, 지지직 거리는 잡음과 함께 말소리가 들려왔다.

녹음된 내용을 들은 동욱은 바로 집으로 향했다. 서재 서랍 제일 안쪽에 홈을 하나 만들고 그곳에 만년필을 넣어 두었다. 이 내용이 세상에 공개되어야 하는 것인지 아닌지 감이 서지 않았다. 이것 때문에 그들이 그렇게 죽은 듯 살아야 했다는 사실이 비통했다.

그 후 그 번호로 다시 연락을 해 보았지만, 연락처의 주인은 이미 바뀌고 난 뒤였다. 왜 이런 물건을 자신에게 넘겼나 하는 원망도 해 보고, 그냥 없애 버려야 할까 하는 생각도 들었다.

종강이 가까워지던 어느 날, 동욱은 학교 벤치에 앉아 지나가는 청춘들의 움직임을 주시하고 있었다. 동욱의 옆으로 언제부턴가 그를 고깝게 보던 동료 교수 한 명이 다가와 앉았다.

"저쯤 됐을 거야. 살아 있었으면?"

동욱은 고개를 갸웃하며 그를 바라봤다.

"차 교수 딸 말일세."

괜한 소리를 한다며 동욱은 한숨을 한번 내쉬었다.

"자넨 그 친구한테 큰 빚을 진 거나 다름없네."

"그게 무슨 소린가?"

"그 친구 죽기 한 달 전쯤 학교에 협조 공문이 내려왔었다고 하네. 그 자리에 통역관으로 갔어야 할 사람은 자네였어."

"뭐?"

동욱은 미간을 좁히며 그를 바라봤다.

"정부에서 원한 전문참관인이자 통역관 자리가 자네였는데, 강석이 그 친구가 자기가 대신 가겠다고 나섰다네. 자네는 그때 학술회의 때문에 제주도에 내려가 있었지."

그는 한숨을 한번 내쉬며 담배를 입에 물고는 말을 이었다.

"예감했던 거야. 좋은 자리가 아니라는 걸. 본인은 유정이 하나만 있으면 된다는 말을 달고 살았었지. 바꿔 말하면 유정이만 데리고 사라지면 된다는 뜻 아니겠나?"

의미심장한 그의 말에 숨이 턱 막혀 왔다. 동욱 앞에서 날마다 너스레를 떨던 그였다.

‘듬직한 아들 둘에, 마누라도 있고, 아버님도 살아 계시고 자네 참 좋겠네. 홀아비가 키운 딸이라도, 아! 내 딸이라 그러는 게 아니라 우리 유정이 참 괜찮으니, 며느리로 들이면 어여삐 봐 주게.’

당장 강석을 찾아 나서야 했다. 그깟 만년필 한 자루만 보내 놓고 숨어 버리면 안 되는 일이었다. 동욱의 심장이 쿵쾅거리기 시작했다.

"우리가 빚을 진 거예요, 어머니. 아버지는 그렇게 차 교수님 만나러 가셨다가, 사고를 당하신 거예요. 그 로비스트 짓이었고요."

"그럴 리가, 아니야. 그럴 리가."

혜숙은 입을 틀어막으며 터져 나오는 울음을 참으려 애썼다. 현준은 휘청거리는 어머니를 부축해서 소파에 앉혀 드렸다. 유정은 그저 고개를 푹 숙인 채 눈물을 떨구고 있을 뿐이었다.

현건은 손을 뻗어 유정의 손을 꼭 잡았다.

"저 유정이 못 놔요. 그런 이유 아니라도 못 놔요, 어머니."

"그만 들어가시는 게 좋겠어요, 어머니."

현준은 어머니를 부축해 병실을 나섰다. 혜숙은 그저 황망히 걸음을 옮길 뿐 아무런 말도 없었다.

"나중에 이야기하자. 상황 좀 정리되면."

현준의 말에 현건은 알겠다며 고개를 끄덕이고는 유정에게로 시선을 돌렸다.

"차유정."

유정은 고개를 들어 그를 바라봤다.

"너 때문에 이렇게 된 거 아니야. 그렇게 따지면 네가 우리 때문에 이렇게 된 거야. 나도 너한테 평생 갚으면서 살 거야."

"순 엉터리. 그건 아빠의 선택이었지. 어떻게 그게 오빠 가족 때문이야."

"이리 와."

현건은 자신의 손을 꼭 잡고 있는 유정을 끌어당겨 품에 안았다.

"아무 데도 가지 마, 이제. 우리 꼭 붙어 있자, 앞으로."

유정은 고개를 끄덕이며, 서러운 눈물을 토해 냈다.

그날 오전, 약속한 대로 차강석 교수와 차유정에 관한 정부의 공식 입장 발표가 있었다. 이와 함께 전 정부의 비리에 대한 전방위적 수사가 진행될 예정이라는 발표도 덧붙었다.

"이제 됐네. 우리 유정이, 차유정으로 살 수 있는 거야. 차 교수님도 같이 계셨으면 좋았을 텐데……. 내가 교수님 빈자리 다 채우지는 못해도, 노력할게."

고개를 끄덕이며 빙긋이 미소 짓는 유정의 눈가에 뜨거운 눈물이 고였다. 그가 일어나지 못했다면, 이루지 못했을 일일지도 모른다. 그저 그의 존재만으로도 고마운데, 그는 아빠의 부재마저 자신의 탓으로 돌리며 미안해하는 듯했다.

"미안해하지 마, 오빠. 그건 정말 아빠의 선택이었지, 오빠가 미안해할 일 아니야. 나쁜 아니라 다른 사람들한테도 좋은 분으로 기억될 수 있게 해 줘서, 다른 사람들한테도 존경받으실 수 있게 해 줘서……."

유정은 벅차오른 감정을 가다듬듯 한숨을 한번 내쉬고는 미소를 머금었다.

"고마워, 오빠."

"말로만?"

그녀의 미소에 실린 수만 가지 감정에 현건도 눈시울이 붉어지는 듯했다. 현건은 애써 환하게 웃음 지으며, 그녀를 꼭 안아 주었다.

청와대 대변인의 발표가 끝난 직후, 누군가 병실 문을 두드렸다.

"들어오세요."

유정의 대답에 방 안으로 들어선 이는 민승현과 그의 아버지였다.

"직접 오실 줄은 몰랐습니다."

"노여움과 불신이 크실 것 같아 직접 찾아왔습니다. 그리고 차유정 양."

진석의 부름에 유정은 그에게로 시선을 옮겨 갔다.

"아버님께서는 다른 이의 이름으로 안치되어 있던 사립 봉안당에서 국립묘지로 이장되실 예정입니다. 국가의 원수로서 안전을 지켜 드리지 못해 죄송합니다."

그가 고개를 꾸벅 숙여 보이자, 유정은 크게 숨을 들이쉬며 고개를 끄덕였다.

"녹음본 이제 주시겠습니까?"

현건은 고개를 한번 끄덕이고는 유정을 바라봤다.

"유정아, 목걸이 어딨어?"

"이 안에."

유정은 얇은 니트를 가리키며 속삭였다.

"잠깐 뒤 좀 돌아 주시겠습니까?"

현건의 부탁에 승현과 그의 아버지는 멋쩍은 듯 뒤돌아섰다.

"너 그거 옷 속에 넣어서 하지 말라고 했지?"

현건은 뾰로통한 표정을 지으며 유정의 옷 속으로 불쑥 손을 집어 넣어서는 목걸이를 빼냈다.

"오빠, 지금 뭐하는 거야?"

깜짝 놀란 유정이 목소리를 낮추며 나무라자, 뒤돌아선 이들의 헛기침 소리가 들려왔다. 현건은 그럼에도 아랑곳하지 않고, 유정을 나무랐다.

"말을 안 들어, 차유정. 한 번만 더 옷 속에 넣어서 해 봐."

그리 말한 그는 빨간색 루비가 박혀 있는 곳을 손톱 끝으로 세게 눌렀다. 그러자 루비가 박힌 부분이 툭 하고 튀어나왔고, 그는 그 부분을 시계 방향으로 돌리기 시작했다. 한 바퀴 돌리자 통통한 하트가 반으로 갈라졌고, 안에는 작은 칩 하나가 들어 있었다.

현건은 목걸이를 원래의 모양대로 만들어 유정에게 건넸고, 칩을 손에 쥔 채로 뒤돌아 서 있는 남자들을 불렀다.

"자, 가져가요."

그 말에 남자 둘이 동시에 붉어진 얼굴을 돌렸다.

"으흠. 그럼 이건 저희가 가져가겠습니다."

"계속 민영, 아니 유정이 목에 걸려 있던 겁니까?"

현건은 고개를 끄덕이며 피식 웃었다.

"가장 중요한 건 가장 귀한 것과 함께 두는 버릇이 있어서."

"허허, 거참 젊은 사람이라 그런지 솔직하십니다. 저흰 그럼 이만 자리를 피해 드리겠습니다."

승현 아버지의 말에 현건은 장난스러운 얼굴로 대꾸했다,

"그러셔야죠. 바쁘신 분들인데…… 보시다시피 멀리 못 나갑니다. 살펴 가십시오."

"아, 그리고 그놈은 은거지에서 경찰과 대치 중입니다. 곧 잡힐 겁니다."

알겠다며 고개를 끄덕이는 현건의 표정이 사뭇 진지했다. 그들은 다시 한 번 고맙다는 인사를 남기고는 유유히 병실을 빠져나갔다.

"하암. 피곤하다."

현건은 하품을 하며 노곤한 표정으로 유정을 바라봤다. 그러고

는 손으로 침대를 툭툭 치며 그녀를 불렀다.

"차유정, 여기 누워."

"환자 침대에 어떻게 누워."

"이 침대 너랑 나랑 뒹굴고 남을 정도로 넓어. 얼른 누워."

유정은 새침한 표정을 지으며 그를 나무랐다.

"오빠 피곤하다며. 얼른 좀 자. 나 올 줄 알고 밤새 기다린 거 아니야?"

"그러니까. 차유정 끌어안고 자야지 잠이 올 것 같으니까, 얼른 이리 와."

현건은 계속해서 보채듯 말했다.

"어라? 뭐든 다 하겠다며? 내가 원하는 건 다 해 준다며?"

"애같이 왜 이래, 자꾸."

유정은 슬며시 침대에 기대앉으며 그에게 슬쩍 눈을 흘겼다. 현건이 다가온 그녀를 낚아서 끌어안자, 유정도 못 이기는 척 그 옆에 몸을 누였다.

품 안 가득 유정을 끌어안은 현건이 속삭였다.

"좋다, 차유정."

귓가에 속살거리는 그의 목소리가 한없이 달콤했다.

"근데, 오빠 정말 괜찮아?"

"괜찮아. 수술 부위도 거의 다 아물었댔어. 별로 다치지도 않았는데, 뭐."

"근데 왜 그렇게 오래 잤어?"

"그동안 잠이 부족해서 그랬나 보지. 앙큼한 차유정이 나 안 재워서."

유정이 뭐라 대꾸하려는데, 그의 입술이 그녀의 입술 위에 내려앉았다. 살짝 입을 맞춘 그는 조용히 속삭였다.

"너도 새벽부터 여기 오느라 못 잤을 거 아냐. 좀 자."

"그래도. 환자 침대에서 어떻게 자."

"그럼 딴 거 할까?"

현건은 한쪽 다리로 유정의 다리를 감싸며 단단해진 몸의 부위를 그녀의 허벅지에 비벼 댔다.

"오, 오빠?"

"이봐, 오빠 괜찮다고 했지? 딴 거 하기 전에 좀 자. 나도 자게. 피곤해. 안 자고 꼼지락거리면, 수술 부위 터지거나 말거나, 내가 하고 싶은 대로 할 거야."

그는 고집스럽게 두 눈을 꼭 감고는 유정을 끌어안았다. 오랜만에 안긴 그의 품 안은 참으로 포근했다. 못 잔다 고집을 부리던 유정도 어느새 스르륵 잠이 들었다.

✻

"차유정!"

급하게 자신을 부르는 그의 목소리에 유정은 그의 방에 딸린 욕실로 다가섰다.

"오빠, 왜?"

퇴원 후, 현건은 유정을 데리고 호텔 꼭대기가 아닌 본가로 향했다.

"들어와 봐."

"왜? 오빠 무슨 일 있어?"

욕실 문을 열고 들어서자마자 현건이 그녀를 와락 끌어안았다. 이미 그는 옷을 다 벗어 던진 상태였다.

"오, 오빠?"

"씻겨 줘."

"뭐?"

"병원에서 시원하게 샤워한 적이 없단 말이야. 지금도 다리는 좀 불편하고. 그러니까 네가 씻겨 줘."

유정은 화들짝 놀라서 눈을 동그랗게 뜨고는 그를 올려다보았다.

"뭐든 다 해 준다고 했던 사람 어디 갔나? 다 거짓말이었나 보네? 나 위해서 뭐든 다 해 주겠다더니?"

현건은 고개를 갸웃하며 그녀를 내려다봤다.

"아, 알겠어."

그리 대답한 유정을 현건은 곧장 뜨거운 물줄기가 쏟아지는 샤워기 아래로 이끌었다. 그 바람에 하얀 저지 셔츠가 젖어서 몸에 딱 달라붙었다.

"젖어 버렸네?"

그리 말하는 그에게 유정은 아주 살짝 눈을 흘겼다. 병원에서 호시탐탐 기회를 엿보던 그를 밀어내길 수차례였다. 의료진이 수시로 왔다 갔다 하고, 밖에 경호원도 서 있다고 나무라도 그는 상관없다는 듯 유정에게 틈이 날 때마다 입을 맞추고, 끌어안곤 했었다.

"정말 못 말려."

그는 유정의 몸에 딱 달라붙어 버린 티셔츠와 함께 흠뻑 젖은 면 트레이닝팬츠도 벗겨 냈다. 하얀색 속옷이 물에 젖어 그녀의 아스라한 속살이 드러났다. 바짝 달라붙은 몸 사이로 물줄기가 계속 흘러내렸다.

단단한 그의 가슴과 몰캉한 그녀의 가슴 사이에는 미처 흘러내리지 못한 뜨거운 물이 고이기도 했다. 커다란 손이 그녀의 매끈한 피부를 따라 움직였다. 그 손짓에 유정의 속옷이 벗겨져 나갔고, 오롯한 그녀의 여체가 드러났다.

유정은 스펀지를 집어 바디클렌져로 거품을 내기 시작했다. 단단한 그의 가슴에 거품을 문지르자, 그가 숨을 크게 들이쉬었다. 유정은 천천히 손을 옮겨 가며, 그의 상체 구석구석을 스펀지로 문질러 주었다.

손을 아래로는 더 움직이지 못하고 머뭇거리자, 현건은 유정의 손에 들린 스펀지를 뺏어서 바닥에 떨어뜨렸다.

"이걸로도 충분할 것 같은데?"

그는 유정의 손을 자신의 골반 위에 올려두었다. 몽글몽글한 거품이 묻어 있는 손이 그의 피부 위에서 저절로 미끄러져 내려 갔다. 단단한 그의 허벅지 사이로는 언제부턴가 그의 열정이 자리 하고 있었다.

유정은 조심스레 그의 물건을 움켜잡고, 손을 위 아래로 움직 이기 시작했다. 흘러내리는 물줄기 사이로 그의 숨소리가 거칠어 지는 소리가 들려왔다. 그동안 가만히 있던 그의 커다란 손도 거 품을 머금은 채 유정의 몸 위를 어루만졌다.

"유정아."

"응."

열기 어린 목소리가 욕실 안을 조용히 울렸다. 물줄기와 거품 이 닿은 피부는 이제 따끔거릴 정도로 예민해진 것 같았다.

현건은 유정을 벽으로 몰아세우고는 그녀의 젖은 머리칼을 뒤 로 쓸어 넘겼다. 그의 젖은 입술이 와 닿자, 유정은 발꿈치를 슬 쩍 들어 올리며 그의 목을 끌어안아 깊게 입을 맞췄다. 그와 동시 에 현건은 그녀의 오른쪽 다리를 잡아 들어 자신의 허리에 감게 했다.

순식간에 두 사람의 몸이 하나가 되었고, 찰박거리는 소리와 거친 숨소리가 욕실 안을 끈적하게 울렸다.

길고 긴 샤워를 마친 두 사람은 점심 식사를 위해 1층 부엌으 로 내려왔다. 부엌에는 이미 혜숙과 도우미 아주머니께서 바삐 움 직이고 계셨다.

"저도 도울게요."

유정은 혜숙의 곁에 바짝 다가서며 말했다. 혜숙은 유정에게 한번 시선을 두었다가 그리하라며 고개를 끄덕였다. 현건은 그런 두 사람의 뒷모습을 식탁 앞에 앉아 가만히 지켜보고 있었다.

텅 비었던 식탁 위가 먹음직스런 음식들로 가득 채워졌다.

"잘 먹겠습니다."

예전보다 훨씬 밝아진 아들의 얼굴을 마주한 혜숙은 작은 한숨을 집어삼키며 입을 열었다.

"아버지가 저리 누워 계신 이상, 내가 유정이를 보는 눈길이 마냥 부드럽지 않을지도 몰라."

혜숙은 마음을 가다듬듯 다시 숨을 고르고는 말을 이어 나갔다.

"그래도 노력해 보마. 사람이 떨어져 지내면 정들기는 쉽지 않을 테니, 여기서 지내는 게 어떻겠니? 호텔로 돌아가지 말고."

뜻밖의 말에 유정은 고개를 세차게 끄덕이며 대답했다.

"네, 그럴게요. 저도 여기 있으면……."

"무슨 소리야? 둘이……."

유정은 식탁 밑에서 발로 그의 발을 툭 치며 눈치를 줬다.

"그래, 저놈은 아직도 저렇게 뭘 모르고 철이 없어. 그저 둘이만 있고 싶은 마음은 알겠다만."

혜숙은 잠시 뜸을 들이고는 말했다.

"나도 유정이 떠나고, 꽤 힘들고 외로웠어. 딸처럼 여겼었는데…….”

“저도…… 많이 그리웠어요. 저 마주할 때 괴로우실 거라는 거 알아요. 충분히 이해해요. 그때로 다시 되돌아갈 수는 없겠지만, 노력할게요.”

유정의 말에 혜숙은 고개를 끄덕이며 대꾸했다.

“그래, 얼른 먹자.”

특별한 날이 아니고서는 식탁 앞에 마주 앉아 식사를 나눌 이가 없었다. 가끔 시아버지와 함께 식사를 하곤 했지만, 그것도 일주일에 한두 번 손에 꼽힐 정도였다. 아들이 누워 있는 시아비와 남편이 저리된 며느리 사이에는 애틋한 가족애가 오고 가는 대화도 거의 없었다.

“정말 맛있어요. 이 고들빼기김치 엄청 먹고 싶었었는데…….”

그리 고생을 하며 살았다는데도, 유정은 여전히 밝고 맑았다.

“울 엄마가 다른 건 몰라도, 김치는 정말 기가 막히잖아?”

괜히 역성을 드는 현건에게 혜숙은 슬쩍 눈을 흘겼지만, 입가엔 미소가 머물고 있었다.

말은 둘이 있고 싶다 하면서도 현건은 퇴원하자마자 본가를 찾았다. 또 퇴원 전 유정이 지낼 수 있는 방을 만들어 달라고 부탁을 하기도 했었다.

‘다 같이 외롭고 힘들었던 거예요, 어머니. 조금만 마음을 열어 주세요.’

힘든 일일 거라 생각했었다. 마음을 열기 쉽지 않을 거라고 여겼었다. 아들 방 바로 옆에 있는 방을 정리하면서도 마음이 내키지 않았었다.

그저 인연이 여기까지이기를, 더 이상의 삶을 함께하지 않기를 바랐었다. 그런데 사람은 겪어 보지 않은 일을 너무 쉽게 판단하는가 보다.

앞에 앉은 유정은 계속해서 자신의 눈치를 살피며 조심스레 식사를 하고 있었다. 누군가 자신의 기분을 맞춰 주기 위해 노력했던 게 언제였던가 싶어서 혜숙은 괜히 묘한 기분이 들었다. 그런 그녀의 기분을 눈치채기라도 한 듯 현건이 입을 열었다.

"어머니."

왜 부르냐는 듯 고개를 들자, 아들이 밥그릇을 내밀며 빙긋이 웃었다.

"밥 좀 더 주세요."

혜숙은 따사로이 미소 지으며, 그릇을 받아 들었다. 서늘했던 집 안이 온기를 되찾고, 굳어 있던 심장이 다시 뛰기라도 하는 듯 눈가가 촉촉이 젖어 들었다.

사는 거 별거 없다. 뜨거웠던 순간이 서늘해지고, 마법 같던 순간이 아스라이 사라져도 서로를 위한 마음으로 살다 보면, 삶은 어느새 어여쁜 자태와 고운 색으로 물들어 있을 게다. 그리 살거라.

혜숙은 입안을 맴도는 말을 조심스레 삼켰다. 아직 그런 말을 하기에는 이르지 않을까 싶어서, 또 마음을 전부 주었다가 상처를 입을까 겁이 나서 그랬는지도 모른다.

언젠가는 온전히 마음을 열 날이 오겠지, 그리 생각했다. 환한 얼굴을 하고 있는 아들의 얼굴을 바라보며, 혜숙은 미소를 머금었다.

16.
먼 훗날까지

현건을 따라 도착한 곳은 둘이 맞선을 보았던, 그의 호텔 33층 프라이빗 룸이었다. 문을 열고 들어가니, 은하수를 닮은 야경이 둘을 맞았다.

"여기 야경이 정말 멋지다는 생각을 했어."

"언제?"

유정은 마치 돈에 팔려 오기라도 한 듯 비참하게 앉아 있었던 그날을 떠올리며, 피식 웃었다.

"그날, 그때 오빠 기다리던 날."

현건은 유정이 자리에 앉을 수 있도록 의자를 빼 주고 그녀를 향해 싱긋 웃었다.

"야경만 멋졌어? 네 앞에 앉아 있던 남자는?"

현건의 장난기 어린 질문에 유정은 피식 웃음을 터뜨렸다. 평소에도 다정다감한 사람이지만, 오늘 그가 풍기는 다정함은 묘한 설렘을 머금고 있었다.

"멋졌어. 눈이 부실 만큼."

현건은 유정을 향해 환하게 미소 지으며 속삭였다.

"난 놀라 자빠지는 줄 알았어. 네가 고개 돌렸을 때."

눈을 가늘게 뜨며 나무라듯 말하는 그의 목소리에도 두근거림이 가득했다. 병원을 나온 지 한 달. 현건은 다시 호텔로 복귀했고, 유정은 그의 본가에서 묵묵히 자리를 지키는 중이었다.

가혹한 신세를 원망하며 눈물짓던 순간에도 시간은 흘러가고 있었고, 이토록 행복한 순간에도 시간은 똑같이 흘러가고 있다. 빠르게 시간이 흐르길 바랐던 그 순간들이 바래져 가고 찰나마다 소중한 기운이 깃들고 있었다.

식사하는 내내 작은 웃음소리가 끊이질 않았다. 은하수가 흐르는 듯한 야경 때문인지, 오랜만에 그와 단둘이 하는 외출이 준 설렘 때문인지, 둘만의 공간에 갇힌 듯 두 사람의 눈빛이 별빛처럼 아련했다.

"그래서 돈 많은 노인네 손주를 갖고 놀겠다고, 그날 여기 나왔단 말이야?"

맞선 이야기를 하던 유정은 고개를 끄덕이며 물을 한 모금 들이켰다.

"그땐 솔직히 할아버님이 너무 치사해 보였어. 옷 물어내라고 하신 것도, 그것 때문에 선 자리 나가라고 협박하신 것도."

유정은 아랫입술을 삐죽이며 어깨를 으쓱했다.

"내가 보기에도 우리 할아버지가 좀 치사하시긴 했네. 그래서, 돈 많은 노인네 손주는 잘 갖고 노셨나?"

현건의 삐딱한 질문에 유정은 피식 웃음을 터뜨렸다.

"글쎄, 그 남자가 나한테 목숨 걸고 나선 거 보면, 내가 남자 굴리는 재주가 있나 봐?"

유정의 대꾸에 현건은 크게 웃음을 터뜨렸다. 이제 좀 차유정 답네. 현건의 까만 눈동자 가득 반짝이는 유정의 모습이 고였다.

"근데 선의 목적은 그런 불장난이 아닌데?"

현건의 물음에 유정은 고개를 갸웃하며 그를 바라봤다. 의아한 얼굴을 한 유정을 향해 빙긋이 웃으며 현건이 덧붙였다.

"이런 게 맞선의 목적이지."

아이보리색 불망 레이스 러너 위에 남색 벨벳 상자가 놓였다. 상자의 모서리에는 금테가 둘러져 있었고, 활짝 열린 상자 안에는 영롱한 빛을 머금은 반지가 들어 있었다.

유정은 벌어진 입을 다물지 못하고 현건을 바라봤다.

"오빠…… 이게……."

눈가에 차오른 눈물이 사방을 흐릿하게 만들었다. 유정은 입술을 꾹 깨물며 눈물을 참아 내려 애썼지만, 중력을 이겨 내지 못한 눈물방울은 어느새 뺨 위로 흩어져 내리고 있었다.

"나 지금 청혼하는 거야."

콕 집어 말해 줘야 알아듣네, 우리 눈치 없는 차유정. 그렇게 덧붙인 현건은 테이블 위에 놓은 상자를 집어 들고 유정이 앉아 있는 의자 옆에 무릎을 꿇었다. 유정은 몸을 돌려 슬며시 가라뜬 눈으로 그를 바라봤다. 방울진 눈물이 쉴 새 없이 떨어졌다.

"내가 널 처음 본 게 여섯 살이었어. 넌 그때 밤비 무늬가 있는 주황색 담요 위에 누워 있었어. 내가 손대면 바스러질까 두려울 정도로 작았어. 어릴 때는 동생이 생긴 것 같아서 너무 좋았다? 네가 '오빠, 오빠.' 하면서 달려오면, 난 내가 할 수 있는 모든 힘을 다해서 널 보호해 주겠다고 생각했지."

왜냐면 내가 오빠니까. 현건의 목소리가 슬쩍 물기를 머금어 가고 있었다.

"네가 밥상머리에서 나한테 시집오겠다고 했을 때, 나 사실 좀 창피했어. 동생이랑 결혼하는 남자가 세상에 어디 있나, 싶었거든. 너한테 난 오빠고, 넌 동생이다, 하고 알려 주려고 밤새 고민했던 것 같아. 그런데 말이야."

현건은 묽어진 목소리를 가다듬듯 헛기침을 한번 했다.

"난 너를 처음 본 순간부터 내 인연이라고 여겼나 봐. 평생 내가 보듬어 줘야 할 소중한 존재라고 생각했었나 봐. 굳이 내가 오빠고, 동생이라고 강요할 이유가 없더라?"

유정은 가만히 현건의 목소리에 귀를 기울였다.

"네가 중학생이 되고, 고등학생이 되고, 난 어엿한 남자가 되고. 그때 나 사실 나쁜 생각도 했었다? 넌 아직 어린 학생인데, 네가 자꾸 여자로 보여서, 내가 정말 미친 게 아닌가 하는 생각도 했었어."

미친놈이라 자신을 욕했다던 현건의 말에 유정의 입술이 호선
을 그리며 미소를 지어 냈다.

"그런데 넌 남의 속도 모르고 주말마다 침대 위에 벌러덩 누워
서 깨우고 말이야."

현건이 슬쩍 눈을 흘기며 유정을 나무라듯 말했다.

"그래서 싫었어?"

"싫었으면 내가 화냈겠지. 내가 너한테 화내는 거 봤어?"

아니. 유정은 자그맣게 대답하며 고개를 내저었다.

"그렇게 기다려 온 사람이었어, 너⋯⋯."

현건은 그다음에 이어질 말에 대한 서글픔을 집어삼키듯 숨을
들이마셨다.

"네가 죽었다고 했을 때, 고흐의 말을 빌리자면. 내 별이 사라
진 기분이었어. 어쩔 수 없이 걷고는 있지만, 아무리 걸어도 그
별은 만날 수 없는 기분이었어."

유정은 손을 뻗어 현건의 뺨을 어루만졌다. 이제 여기 있다는
듯, 아무 데도 가지 않겠다는 듯. 현건은 자신의 뺨 위에 오른 작
고 부드러운 손을 잡아서 입을 맞췄다.

"거절할 권리 없다. 너한테는 나랑 같이 걸어 줄 의무만 있는
거야."

현건의 말에 유정이 슬쩍 고개를 끄덕이며 대답했다. 응. 그녀
의 대답과 함께 현건의 얼굴에 눈부신 미소가 떠올랐다. 그는 고

아한 빛을 머금고 있는 반지를 유정의 네 번째 손가락에 끼워 주었다.

유정의 얼굴에 꽃다운 미소가 활짝 피었다. 손을 활짝 펴고 말끄러미 반지를 바라보는 그녀를 현건은 다정한 눈길로 바라보았다.

"예쁘다."

그리 말하는 여자의 목소리가, 얼굴이, 미소가 현건의 눈에 만배는 더 예뻐 보였다. 현건은 활짝 편 유정의 손에 자신의 왼손을 깍지 끼며 다른 손으로 그녀의 뺨을 감쌌다. 유정의 얼굴이 핑크빛을 띠며 수줍음에 물들어 갔다.

현건은 굽히고 있던 무릎을 세워 그녀와 눈높이를 맞췄다. 그녀의 까만 눈동자가 미세하게 떨리고 있었다. 그 떨림은 두려움도, 서글픔도 아닌 사랑으로 충만한 행복이었다. 그 행복에 이끌리듯 현건은 유정의 입술에 자신의 입술을 겹쳤다.

꽃잎같이 부드러운 입술을 머금고, 깍지 낀 그녀의 손을 자신의 어깨에 올리게 한 뒤 가슴 한가득 여린 그녀를 끌어안았다. 작은 등을 오르내리는 커다란 손의 움직임이 농밀해졌고, 가쁜 숨이 서로의 코끝을 맴돌았다.

뜨거운 감동을 나누던 현건이 슬쩍 입술을 떼어 내고는 이마를 맞댄 채 작게 속삭였다.

"잠깐 올라갈래? 그냥 집으로 갈까?"

그의 물음에 유정이 예쁜 미소를 지으며 얼굴을 붉혔다.

그날처럼, 널찍한 호텔 복도를 걸었다. 그날 현건은 그저 무심한 걸음으로 앞서 나갔고, 유정은 조용히 그의 뒤를 따랐었다. 하지만 지금 두 사람은 세상에서 가장 청아한 눈빛을 나누며 나란히 걷고 있었다.

현건은 커다란 손으로 유정의 어깨를 부드럽게 감싸 쥐었고, 유정은 그런 그의 허리춤에 손을 올리고 빙긋이 웃었다. 구겨져 있던 생의 한 자락이 곱게 다려지고, 그 안에서 반듯하게 웃고 있는 남자가 주는 포근함에 유정은 심장이 떨려 왔다.

아직 곱게 펴지 못한 자락이 너울지고 있다 할지라도, 청혼을 받은 오늘 밤만큼은 그저 행복한 여자이고 싶었다. 자신을 위해 얼마든지 목숨을 내걸 수 있다 말하는 남자의 애틋한 사랑에 취해 머릿속이 아득해져도 좋다고. 새하얀 피부 위에 열꽃으로 도배가 될 정도로 그의 품에 안기고 싶은 밤이었다.

두꺼운 나무 문이 열리자, 두근거리는 그의 향내를 품은 공기가 유정을 덮쳐 왔다. 그와 동시에 심장은 뜨거운 열정을 향한 기대감으로 빠르게 내달렸다. 그 달음질을 진정시키려 유정은 길게 숨을 내뱉었다.

문이 닫히는 소리와 함께 현건이 유정을 자신의 품으로 끌어당겨 안았다. 현건은 흠, 하는 길고 만족스러운 한숨을 내쉬며 그녀의 동그란 이마에 입술을 가져다 대었다.

살갗의 보드라운 감촉을 느끼며, 현건은 이마에서 관자놀이로,

관자놀이에서 뺨으로, 뺨에서 목덜미로 입술을 옮겨 갔다.

일부러 느릿하게 움직이는 그의 입술이 피부에 와 닿을 때마다 유정은 토막 난 더운 숨을 자잘하게 내뱉었다.

"오빠⋯⋯."

열감에 젖어 가라앉은 그녀의 목소리에 현건은 유정의 동그란 이마에 자신의 반듯한 이마를 맞댄 채 물었다. 거리는 서로의 숨결을 나누어 마실 수 있을 만큼 가까웠다.

"왜?"

현건은 무심한 듯 속살거리며 트렌치코트와 재킷을 벗어 던지고는 그녀의 허리를 끌어당겨 안았다. 검은색 플란넬 드레스 팬츠를 뚫고 나올 듯 기세등등한 물건을 유정의 아랫배에 밀착시켰다. 슬쩍 몸을 비틀어 비벼 대자, 그녀의 입이 아 하는 모양으로 작게 벌어지며, 신음을 숨긴 뜨거운 숨이 터져 나왔다.

"차유정."

짓궂도록 낮은 목소리가 울려 퍼졌다. 단지 이름을 불렀을 뿐인데, 유정의 입술 끝이 파르르 떨렸다. 사랑의 충만함에 젖어 자신의 품에 안기기 직전 안달이 난 여자의 모습을 현건은 한껏 즐기고 싶었다. 이 정도 전희를 즐길 만한 자격이 자신에게는 충분해 보였다.

유정은 떨리는 손을 뻗어 현건의 드레스 셔츠 단추를 하나씩 풀기 시작했다. 작은 단추가 손끝에서 계속 미끄러져서 미간이 절로 찌푸려졌다.

현건은 유정이 하는 양을 가만히 내려다보았다. 처음 자신의 품에 안기던 밤, 그토록 당당했던 그녀가 오늘따라 새색시처럼 부끄러운 얼굴로 자신의 품 안에 서 있었다.

"킨제이 보고서에 드레스 셔츠를 효율적으로 벗기는 법은 안 나와 있나 봐?"

낮게 속살거리는 그의 질문에서 웃음이 묻어났다. 유정이 뭐라 대꾸하려 고개를 들었을 때 그의 입술이 내려왔고, 벌어진 입은 그의 뜨거운 열기로 가득 찼다. 유정의 부드러운 입술과 말캉한 입안을 점령한 현건은 그녀의 옷을 한 꺼풀씩 벗겨 내기 시작했다.

다급한 손길이었지만 부드러웠고, 뜨거운 목적을 향한 몸짓은 단호했다. 현건은 유정의 발이 바닥에서 떨어지도록 안아 들었고, 자신의 허리에 다리를 휘감을 수 있도록 자리를 잡아 주었다.

옷과 옷 사이로 비부와 비부가 뜨겁게 맞닿았고, 현건의 입안에서 유정의 여린 신음이 울려 퍼졌다. 현건은 키스를 멈추고, 짓궂은 듯 한쪽 입술을 끌어 올리며 웃었다. 그의 긴 다리는 휘적휘적 움직여 어느새 2층으로 향하는 계단을 오르고 있었다.

일부러 유정의 허리를 받쳐 안았던 팔의 힘을 느슨하게 풀자, 그녀의 다리가 자신의 몸을 더 꽉 조여 오는 게 느껴졌다. 자신의 목에 두른 그녀의 가녀린 팔에도 힘이 들어갔다. 계단으로 다리를 내려 제 발로 걸을 수도 있었지만, 그녀는 절대 떨어지지 않겠다는 움직임으로 그의 몸에 매달려 있었다.

오로지 자신의 몸에 의지해 가쁜 숨을 내뱉는 유정의 모습에 현건은 미칠 듯한 환희가 몰려오는 것만 같았다. 유정을 안고 계단을 오르고 있는 건 자신인데, 그녀의 호흡이 더 위태롭게 귓전을 스쳤다.

현건은 침대 위에 천천히 유정을 내려놓았다. 유정은 침대 끝에서 베개가 있는 안쪽으로 몸을 물리며, 가슴이 들썩이도록 숨을 가다듬었다. 현건은 빠른 동작으로 나신이 되어 유정의 곁으로 다가갔다.

"그동안 갈고닦은 고급 지식은 없고?"

현건의 장난기 어린 목소리는 한없이 쉬어 매혹적이었다. 유정은 수줍은 듯 미소 지으며 고개를 저었다.

"내가 내밀한 견문을 쌓기를 바라는 거야?"

그리 말하는 유정의 목소리는 다분히 도발적이었다.

"견문이라 하면……. 보고 듣는 걸 말하는 거지?"

그리 묻는 현건의 입가가 매력적인 호선을 그리며 휘었다. 유정은 그의 농에 장단을 맞추기 위해 어깨를 으쓱해 보였다. 현건이 덧붙이듯 말했다.

"보고 듣는 건 진정한 지식이라 할 수 없지. 품격 있는 지식을 쌓으려면 직접 체험해 보는 게 가장 좋아."

어느새 유정은 침대에 바로 눕혀져 있었고, 현건은 유정의 머리 양옆에 손을 짚은 채, 그녀를 내려다보고 있었다.

"그럼, 이게 뭐 게임 체험판이라도 되는 거야?"

유정이 고개를 비스듬하게 비틀며 물었다. 그녀의 얼굴엔 요염한 미소가 걸려 있었다. 그 미소를 마주한 현건이 무언가 큰 깨달음을 얻었다는 듯 과장된 표정을 지으며 되물었다.

"우리 예비 와이프께서는 체험판은 시시해서 싫다 이거네? 본게임을 원한다는 거지?"

적요한 방 안 소름 끼치도록 낮은 현건의 음성이 그르렁거리는 짐승의 날 선 울음소리처럼 울려 퍼졌다. 본능을 그대로 드러낸 그의 표정과 눈빛과 목소리에 유정의 심장은 벌컥거리며 뜨거운 피를 내뿜었다.

손톱 밑까지 열기가 퍼진 듯, 온몸이 갈증에 시달리는 것 같았다. 타는 듯한 열감에 휩싸인 유정은 일부러 뾰로통한 표정을 지으려 애썼다. 여유로운 웃음을 흘리며 자신을 내려다보는 남자의 즐거움에 뭐라 투정을 부리려는 찰나 그의 입술이 재빠르게 그녀의 입술을 집어삼켰다.

현건은 유정의 입술을 머금고는 말캉한 혀로 그녀의 입안 구석구석을 유영했다. 침대 위에서 굳이 공명정대할 필요는 없지 않은가? 목숨 걸어 지킨 내 여자가 새빨갛게 달아오를 만큼 부당해도 되지 않을까? 그녀의 기대치를 훌쩍 뛰어넘는 황홀감을 줄 만큼 비겁해도 되지 않을까?

오직 한 남자만을 원하는 그녀의 사랑에 언제나 넘치듯 화답해 줄 수 있는 자신은 정의로운 남자니까. 침대 위에서만큼은 정의롭지 못한 남자가 되어 보고 싶었다.

현건은 유정의 두 손을 옭아매듯 잡았다. 손가락 하나하나가 얽히고, 끝까지 결합한 남녀의 손은 뜨겁고 내밀했다. 현건은 무자비하게 입술을 옮겨 갔다.

흥분으로 부풀어 오른 하얀 젖무덤을 덥석 물고 거세게 빨아들이자, 유정이 몸을 비틀며 신음했다. 현건은 자신의 왼손으로 유정의 가녀린 두 팔목을 모아서 세게 움켜잡았다. 옴짝달싹도 하지 못하도록 오른팔로 그녀의 허리를 끌어안은 그는 바짝 선 유두를 조근조근 깨물기 시작했다.

"아야…… 하앗……."

유정은 여린 신음을 뱉으며 고개를 뒤로 젖혔다. 허공에 떠 있는 발끝은 사방으로 뻗쳐 나갈 듯 위태롭게 흔들렸다.

"오빠……."

현건은 그녀의 부름이 들리지 않는다는 듯 허리에 감겨 있던 손을 내려 손바닥 안으로 그득하게 감겨 오는 풍만한 엉덩이를 주물러 댔다. 그녀의 엉덩이 아래로는 이미 미끌미끌한 애액이 흘러내리고 있었다.

손끝에 감겨 오는 미끈한 감촉에 딱딱하게 부풀어 오른 현건의 남성이 불끈 요동쳤다. 현건은 엉덩이 아래에 있던 손을 옮겨 그녀의 다리 사이를 가르며 부드럽게 부풀어 오른 살점을 가르고 손가락을 집어넣었다.

봉긋한 가슴에 머물렀던 입술이 그녀의 입술을 향해 올라갔고 그는 아량을 베풀듯 그녀의 손목을 풀어 주었다.

"목에 감아."

유정은 낮게 읊조리는 그의 목소리에 따라 현건의 목에 팔을 둘렀다. 현건은 그녀의 옆에 몸을 누인 채 자신의 목에 비스듬히 매달려 있는 여인의 새하얀 목덜미에 얼굴을 묻었다.

나릿하게 숨을 들이마시자, 환상적인 향내가 폐부 깊숙한 곳까지 파고들었다. 일생을 함께하기로 한 여자, 제 목숨보다 소중한 여자, 그런 여자가 자신의 침대 위에서 풍기는 향기에 현건은 취한 듯 어지러웠다.

요염한 취기와 더불어 현건의 손이 빠르게 그녀의 안을 휘저었다. 따뜻한 샘을 파고드는 손가락의 개수를 늘려 가며 그는 유정의 숨소리와 신음이 다급해지는 것을 느꼈다.

그녀의 욕망이 임계점을 벗어나 자신에게 애원하고, 매달리는 순간이 오는 것을 보고 싶었다. 그녀를 위해 모든 것을 내걸었던 자신에 대한 위안이라도 되는 양 현건은 그녀를 자극하고, 또 자극했다.

"오빠…… 아아…… 제발……."

제발이라는 두 음절에 현건의 입가에 슬쩍 미소가 떠올랐다. 자신의 목에 두르고 있던 팔을 풀어낸 그녀는 다급한 손길로 입술을 찾았다. 모든 것을 빨아들이고 싶다는 듯 그녀의 키스는 강한 흡입력을 가지고 있었다.

현건은 일부러 고개를 비틀어 입술을 떼어 냈다. 가라뜬 눈으로 그녀를 바라보자 그녀의 눈시울이 파르르 떨리는 게 보였다.

그녀의 샘 안에 있던 손가락을 빼내고, 넓은 손바닥으로 비부를 훑어 내자 갸르릉거리는 신음이 그녀의 입안에서 터져 나왔다.

"하웃, 오빠."

"자꾸 왜 불러?"

낮게 깔린 목소리는 음산하기까지 해서 유정은 온몸에 소름이 오소소 돋아나는 것 같았다. 검다 못해 푸른 눈빛과 느릿한 시퀀스에서 그의 저의를 느낄 수 있었다.

"안아 줘."

"지금도 안고 있잖아."

현건이 긴장을 풀고 느슨하게 웃는 사이, 유정이 현건의 등이 매트리스에 닿도록 그의 가슴을 밀쳤다.

"너, 뭐……."

하는 거야? 라는 현건의 물음이 채 끝나기도 전에 유정은 그의 위에 올라타 있었다.

"체험판 아니고 본게임이라며?"

유정은 야릇한 신음을 뱉어 내며, 자신의 가장 뜨거운 속살로 그의 단단한 남성을 품었다. 그러고는 현건을 약 올리듯 천천히 허리를 돌리기 시작했다.

맞닿은 살결이 비비적거리며 찌릿한 마찰감을 만들어 냈고, 자신의 안에서 맴돌고 있는 그의 물건이 말캉한 질 내벽을 훑고 있었다. 자신의 움직임에 자신이 신음 짓고 있다는 사실이 퍽 외설적이었고, 이에 심장은 더 크게 요동쳤다.

놀란 듯했던 현건의 얼굴은 이내 열감에 휩싸인 표정으로 변해 갔다. 더운 숨과 함께 현건은 유정을 도발하듯 말했다.

"그럼 우리 차유정 컨트롤 솜씨 좀 감상해야겠네."

유정은 등 뒤로 손을 뻗어 현건의 세워진 무릎을 움켜잡은 뒤, 허릿짓에 속도를 더해 갔다. 유정의 야한 움직임에 그의 입에서 생전 듣지 못한 낮은 울림이 터져 나왔다. 자신이 불러일으킨 울림에 유정은 온몸이 찌릿하도록 쾌감이 몰려오는 것 같았다.

미간을 찌푸리며, 농도 짙은 신음을 내뱉는 유정을 향해 현건이 재빠르게 몸을 일으켰다.

"이렇게 빨리 끝나는 게임은 시시하지 않나?"

현건은 유정의 입술에 자신의 입술을 가져다 대고 낮게 속삭였다. 속삭임 뒤에 입술을 집어삼킨 현건은 한 손으로는 그녀의 가슴을 움켜잡고, 다른 한 손으로는 허리를 받쳐 안아 재빠르게 위치를 바꾸었다.

농밀한 호흡이 섞이고, 끈적한 신음이 울렸다.

현건은 입술을 떼어 내고 붉어진 유정의 얼굴을 내려다보다가 목덜미에 얼굴을 묻었다. 사랑하는 이의 품에 안겨 온몸으로 위력을 발산하고 있는 여자의 향기는 위험하리만큼 매혹적이었다. 짙은 향을 내뿜는 여체에 화답하듯 현건은 몸을 들썩이기 시작했다.

때론 깊게, 때론 얕게, 빠르게, 느릿하게, 강하게, 약하게. 다채로운 움직임이 잠식해 올 때마다 유정은 그에 걸맞은 신음을 내뱉었다. 그럴수록 그의 움직임은 세밀해졌고, 더 짓궂어지는 것만 같았다.

마침내 신음조차 내뱉을 수 없을 정도로 차오른 환희에 숨이 막혀 오는 순간, 유정은 세상이 멈춘 듯 그의 눈동자 속 심연을 바라봤다.

남자의 눈동자가 더욱 깊어지고, 그의 턱 끝에 걸려 있던 땀방울이 유정의 목덜미에 똑 하고 떨어진 순간, 현건은 유정의 입안을 파고들며 파정했다.

깊은 키스를 나눈 뒤에도 현건의 입술은 유정의 얼굴 근처를 맴돌았다. 짓궂게 굴었던 자신을 미워하지 말라는 듯 유정의 뺨에 깃털처럼 부드러운 입맞춤을 더 하고, 땀에 젖은 머리칼을 쓸어 주며 그녀를 보듬었다.

부드러운 현건의 움직임에 유정이 피식 웃었다.

"오빠."

"응?"

현건은 나릿한 목소리로 되물으며 그녀를 품에 안았다.

"사랑해."

작고 떨리는 음성이 현건의 가슴팍에서 울려 댔다.

"나도."

만족스러운 한숨이 밴 목소리가 유정의 머리칼을 간질였다.

별관 오픈과 함께 진행되는 신년 행사로 호텔이 떠들썩했다. 현건이 사장 자리에 오르고 난 뒤, G.O호텔은 월드 트래블 어워드의 월드 리딩 럭셔리 호텔 분야를 석권하고 있을 뿐 아니라, 매출액 또한 매년 최대치로 경신되고 있었다.

원래도 직원들의 복지에 힘쓰던 사람이었지만, 그의 결혼을 기점으로 직원들에 대한 복지 수준은 북유럽의 수준과 견줄 만할 정도로 향상되었다. 특히 여직원 복지에 그가 들인 공 덕분인지 여직원의 이직률은 제로, 여대생들에게 가장 일하고 싶은 회사 1위로 뽑히기도 했다.

"오늘 그 라푼젤도 온대?"

"어. 웬일로 온다더라?"

식품사업부 한선주 대리와 프런트 데스크 이선영 대리는 팔짱을 낀 채로 직원 전체 오찬이 진행될 예정인 별관 그랜드볼룸으로 걸음을 옮기고 있었다.

"그 라푼젤이 차유정, 그 여자 맞지?"

"응. 안전 문제로 뭐, 언론 인터뷰는 안 한다고 공개도 꺼리더니. 이제 좀 해결이 된 것 같더라고."

"대단한 여자긴 한데, 미치도록 부럽다."

울상을 지으며 입술을 삐죽 내미는 한 대리를 향해 이 대리도 똑같이 입술을 삐죽 내밀어 보이며 대꾸했다.

"그러게. 결혼하고 나서 우리 고스트 얼굴 완전히 폈더라. 지연 언니가 박 실장님한테 들었는데, 고스트 어지간히 심각한 일에도 얼굴 한 번 안 구긴다더라, 요즘."

"죽었다가 살아온 사랑이 있는데, 뭐 얼굴이 구겨질 일이 있겠냐?"

"그러게. 완전 운명이지. 어떻게 그런 여자가 선 자리에 나와."

두 사람의 러브 스토리는 알음알음 회자되어 호텔 직원이라면 누구나 동경하는 이야기가 되어 있었다.

"나도 그런 사랑 해 봤으면 좋겠다."

"그럼 태어날 때부터 고스트 같은 옆집 오빠가 있었어야 한다?"

이 대리의 말에 두 사람은 동시에 헛웃음이 터지고 말았다.

"근데 이상한 소문 있더라."

"뭐?"

한 대리는 미간을 슬쩍 구긴 채로 심각하게 이야기를 꺼냈다.

"라푼젤이 다른 사람인 척 그 방에 숨어 있을 때, 호텔에서 일했대."

"진짜?"

"어, 누가 그러더라고. 사정이 딱해서 여기서 일하게 해 줬는데, 정체가 밝혀지고 나서부터는 그만뒀나 봐."

"대박. 그래서 여직원 처우가 이렇게 좋아진 거야? 그 여자 입김에? 대체 누구래?"

이 대리의 물음에 한 대리는 그런가? 하고 고개를 갸웃했다.

"G.O호텔 사업부 전체 직원이 비정규직까지 하면 지금 한 3,500명 정도 되지 않아? 찾기는 글렀네."

"뭐, 오늘 온다니까, 얼굴은 볼 수 있겠지. 근데 막 얼굴 가리고 앉아 있는 거 아냐?"

"에이! 설마."

손사래를 치던 한 대리가 갑자기 호들갑스럽게 화제를 바꿨다.

"아! 맞다. 오늘 신입들도 오찬 참석이지?"

한 대리의 물음에 이 대리는 격하게 고개를 끄덕이며 대답했다.

"완전 기대된다!"

"왜, 잘생긴 연하남이라도 한 명 잡으시게?"

"나 어제 경락도 받았어. 오홍홍."

한참 수다를 떨던 두 사람은 연회장 안으로 들어서자마자 정해진 자리를 찾느라 분주했다. 서로 얼굴 볼 일이 적은 타 부서 사람들과의 친목 도모를 목적으로 각자 정해진 자리에 앉아야만 했다.

"어? 이쪽 테이블이야?"

"그러게? 우린 얼굴 볼 일 많은데?"

잠시 떨어졌던 한 대리와 이 대리는 또다시 찰싹 붙어 앉아서는 대화를 이어 갔다. 그런데 원형 테이블 열 자리 중 두 자리에 이름이 달려 있지 않았다.

"자리 두 개에 이름이 없네? 빈자린가?"

한 대리가 두리번거리며 다른 테이블을 살폈다.

"아! 신입 자린가 보다. 다른 데도 한두 자리씩 비었다."

"어, 그러네."

둘은 키득거리며, 잘생긴 신입이 앉았으면 좋겠다. 얼굴 소용 없다, 몸매 좋은 신입이었으면 좋겠다, 하고 입씨름을 해 댔다.

순식간에 직원들이 착석했고, 인사부장과 함께 신입 냄새를 폴폴 풍기는 풋내기들이 연회장으로 쏟아져 들어왔다.

"저 신입 누가 뽑았냐? 완전 대박인데?"

남자 직원 한 명을 두고 이러쿵저러쿵 이야기를 하고 있는데, 나긋한 목소리가 들려왔다.

"실례합니다."

자리에 착석한 이는 한 대리가 잘 아는 얼굴이었다.

"어머어머! 이게 누구야? 민영 씨! 이번에 신입으로 온 거야?

대박! 완전 대박! 부서 어디야? 우리 부서 안 오고 다른 데 갔어?
히잉. 민영 씨 온단 말 부장님이 안 하셨는데, 서프라이즈야?"

한 대리가 빠르게 말을 내뱉는 사이, 어느새 행사 시작을 알리
는 안내 방송이 흘러나왔다. 한 대리는 손을 뻗어 그녀의 손을 꼭
잡고는 말했다.

"잘 왔어, 민영 씨. 우리 호텔 더 좋아졌다? 고스트 결혼했어.
들었지? 결혼하고 호텔 분위기가 매일 허니문이야."

한 대리가 그리 말하자, 그녀의 뺨이 핑크빛으로 물들어 갔다.

"이어 고현건 사장님의 신년사가 있겠습니다."

현건이 직원들의 박수를 받으며, 단상 한가운데 섰다.

"봄이 올 듯했는데, 겨울이 아쉬운 듯 머물고 있는 것 같습니
다."

가벼운 날씨 이야기로 그가 입을 열자, 직원들의 얼굴에 미소
가 번졌다. 그의 이야기가 계속되는 동안 한 대리는 쉴 새 없이
그녀의 귀에 작게 속닥거렸다.

"어쩜 말을 저렇게 잘하냐? 누가 같이 사는지, 진짜 부럽다."

"저기."

"응?"

한 대리가 고개를 갸웃하며 그녀를 바라본 순간, 이 대리가 옆
에서 좀 조용히 하라며 눈치를 줬다.

"모두가 즐겨야 하는 날, 오찬을 준비하느라 쉬지 못한 직원분

들께 미안한 마음뿐입니다. 이분들께는 따로 감사 인사를 전하도록 하겠습니다."

그리 말하며 현건은 주방 총 책임자에게 눈길을 한번 주었다. 늘 짧은 신년사를 하던 현건이었는데, 파란만장했던 지난 한 해에 대한 여운 때문인지 이야기가 길게 이어졌다. 현건은 이제 이야기를 마칠 준비가 되었다는 듯 숨을 고르고는 목을 한번 가다듬었다.

그녀를 향한 사랑 고백은 언제나 진행 중이었지만, 이렇듯 사람들이 많이 모인 자리에서는 처음이었다. 게다가 오늘은 별관 오픈 행사와 맞물려 언론사도 함께하는 자리였다. 그는 용기를 머금듯, 미소를 한번 머금었다.

"사람은 살아가면서 저마다 다른 가치를 두고 살아가게 됩니다. 한때 저의 목표는 훌륭한 호텔인이 되는 것이었습니다. 지금 저의 목표는 사람을 품을 수 있는 넓은 마음을 가진 사람이 되는 것입니다. 호텔은 많은 사람이 오가는 곳입니다. 그들의 이야기를 품을 수 없는 곳이라면, 그들에게 아름다운 추억과 편안한 안식과 두근거리는 사랑을 전해 줄 수 없는 곳이라면, 이곳은 그저 방만 가득한 건물에 불과하지 않을 겁니다. 사람과 사람이 마음을 나누고, 품을 수 있는 곳이 될 수 있도록 올 한 해도 잘 부탁드립니다."

잠시 숨을 고른 그는 보다 더 부드러운 미소를 지었다.

"그리고 저는 세상을 다 준다 해도 바꿀 수 없는 사랑하는 제

아내에게 더 멋진 남편이 될 수 있도록, 그에 더해 올여름 태어날 아기에게 멋진 아빠가 될 수 있도록, 노력하겠습니다."

오! 하는 탄성과 함께 박수가 쏟아졌다. 건배 제의와 함께 그는 이제 자신도 자리로 돌아가 사랑하는 아내와 식사를 하겠다며, 즐거운 시간 되라는 인사를 덧붙였다.

단상 위에서 내려와 연회장 안을 걷는 그에게 시선이 집중되었다. 그는 테이블을 돌며 직원들에게 인사를 건넸다.

신입 직원들로 이름표가 없는 빈자리가 다 채워졌지만, 군데군데 빈자리가 있었기에 그가 어디에 자리를 잡고 앉을지에 모든 이의 이목이 쏠렸다.

마침내 현건이 유정의 옆자리에 앉으며 말했다.

"먹고 있지, 기다렸어?"

"어? 어."

유정은 빙긋이 웃으며 그를 바라봤다.

"여기서 일할 때 많이들 도와줬다고 들었어요. 고마워요. 진작 식사라도 같이 하려고 했는데, 사정이 있어서 좀 늦었습니다."

현건의 말에 테이블에 둘러앉은 한 대리, 이 대리를 비롯한 직원들의 얼굴이 벌겋게 달아올랐다.

"죄송해요. 아까 들어와서 말씀드리려고 했는데."

"내가 말하겠다고 했어요. 이런 재미있는 걸 혼자 하게 둘 수는 없으니까."

현건은 장난스럽게 눈을 찡긋하며 유정을 바라봤다.

한 대리와 이 대리는 쩍 벌린 입을 다물지 못하고 유정을 바라봤다. 이제 보니 그녀는 신입 직원의 복장이라고 하기에는 굉장히 우아한 트위드 원피스를 입고 있었다. 그리고 아랫배가 슬쩍 불거져 나온 것이 그제야 눈에 들어왔다.

"그, 그러니까. 민영 씨가 차유정 씨, 아니 사모님이시라고요?"

현건은 그녀의 어깨를 살포시 안으며 빙긋이 미소 지었다. 그림같이 어울리는 두 사람의 모습을 마주하자 한 대리의 얼굴에도 슬며시 미소가 번졌다.

"혹시 뵐 수 있는 기회가 있으면 말씀드리려고 했는데. 호텔에서 잠시 일하셨다는 이야기를 들었거든요. 원래도 좋았지만, 덕분에 여직원들 처우가 많이 좋아졌어요. 감사합니다."

"말씀 편하게 하세요, 대리님. 제가 여기 사장은 아니잖아요."

유정은 부끄러운 듯 발그레한 미소를 지으며 말했고, 그 말에 한 대리도 빙긋이 미소 지었다.

식사를 하는 내내, 현건은 유정을 살피느라 바빴다. 입맛에 맞아? 입덧은 어때? 하며 자상하게 묻기도 하고, 손수 스테이크를 썰어서 그녀의 접시에 놓아 주기도 했다.

유정은 괜찮다며 고개를 끄덕이기도 하고, 빙긋이 미소 지으며 그를 바라보기도 했다.

오찬 행사가 끝나고 사무실로 돌아가는 길, 한 대리와 이 대리는 그저 미소를 띤 얼굴로 걸음을 옮길 뿐이었다.

"부러워 죽겠지?"

이 대리의 물음에 한 대리는 피식 웃으며 대꾸했다.

"왜? 우리 민영, 아니 유정 씨 같은 여자랑 결혼한 고스트도 복받은 거지."

"아까 그 테이블 신입 아이돌, 너네 부서래."

이 대리의 귓속말에 한 대리의 눈이 순식간에 커다래졌다.

"정말?"

"왜 이게 난 고스트 선물 같지? 우리 유정이 잘 봐줘서, 고마워요! 하는."

"허? 진짜 그런 건가?"

두 사람은 키득거리고 웃으며, 바삐 발걸음을 옮겼다.

언론사와의 공식 인터뷰를 끝낸 현건은 곧장 자신의 방으로 향했다. 홀몸이 아닌 그녀가 놀랄까 싶어 현건은 일부러 인기척을 내기 위해 노력했다. 그녀가 있을 거라고 생각했던 서재에 가 봤지만, 그곳은 텅 비어 있었다.

현건은 혹시나 하는 마음에 2층으로 발걸음을 옮겼다. 긴장이 풀린 탓에 고단했던 듯 유정이 침대에 살포시 누워 잠이 들어 있었다. 슬며시 미소를 머금은 청아한 얼굴에 가슴이 두근거리기 시작했다.

신접살림도 본가에 차린 탓에 둘만의 시간이 부족할 대로 부족한 그였기에, 이리 곱게 잠들어 있는 모습을 볼 때면 심장이 쉴 새 없이 내달렸다.

현건은 그녀의 뺨으로 슬쩍 흘러내린 머리카락을 귀 뒤로 넘기고는 그 위에 입을 맞췄다.

"음? 왔어?"

"더 자. 피곤해?"

"아니. 그냥 잠깐 누웠는데, 잠이 들었나 보네."

예쁜 미소를 지으며 슬며시 눈을 감았다 뜨는 모습이 무척이나 사랑스러웠다. 현건은 자신도 그 옆에 몸을 누이고는 그녀의 입술에 입을 맞추기 시작했다.

복잡했던 일이 모두 해결되고 난 뒤, 세상에 그녀를 자신의 여자라 밝힌 오늘이 그녀를 처음 안았던 날 만큼이나, 그녀를 아내로 맞았던 날 만큼이나, 그녀가 낳을 아이의 아빠가 된다고 했던 날 만큼이나 기쁘고, 행복했다.

그저 입맞춤으로만 끝내려 했던 움직임이 점점 짙어졌다. 연노랑색 트위드 원피스의 지퍼를 내리자, 그녀가 놀란 듯 속삭였다.

"오, 오빠?"

"이제 안정기잖아. 천천히, 조심히 할게."

"그래도. 아가 놀래."

"내가 안 놀라게 잘 할게. 걱정 마."

현건은 천천히 그녀를 품에 안았다. 다칠까, 상할까, 그녀를 어루만지는 손길은 한없이 부드러웠다.

임신 때문인지 그녀의 가슴은 더없이 보드랍게 부풀어 올랐고, 엉덩이는 풍만했다. 매 순간 아름답다 느껴지는 것이 신기할 정도였다.

등 뒤에서 그녀를 꼭 안은 채로, 그녀의 왼쪽 가슴 밑동에 손을 얹은 현건은 세차게 뛰는 심장 소리가 잦아들기를 기다렸다.

"안 놀랐지?"

유정은 천천히 고개를 끄덕였다.

"아빠가 엄마를 많이 사랑한다는 것만 알아차렸을 거야, 우리 아가는."

자신을 안심시키려 말하는 유정의 목소리에 현건의 얼굴에 미소가 떠올랐다.

"그걸 이제야 알았대?"

유정은 등 뒤에 있는 현건을 마주하려 돌아누우며, 수줍은 듯 미소 지었다.

"사랑해."

"나도 사랑한다."

현건은 유정의 이마에 슬쩍 입을 맞추며 말했다.

"우리 정말 오래 걸렸어."

"응, 그러게."

유정은 현건의 뺨을 쓸어내리며 빙긋이 웃었다.

"근데 말야."

현건은 유정을 품에 꼭 끌어안고 보듬으며 속삭였다.

"서로가 서로에게 사랑이 된다는 건 평생에 걸친 일인 것 같아. 난 어제보다 오늘 더 널 사랑할 거고, 어제 한 사랑보다 더 예쁘게 널 사랑할 거고, 그리고 내일은 오늘보다 더 예쁘게, 더 많이 사랑할 거야."

"살아가면서 계속 서로에게 그런 사람이 되어 가자, 그거지?"

"응. 끊임없이 노력할게."

유정의 눈가에 눈물이 핑 돌았다.

"나도 오늘이 가장 아름다운 날이다. 오늘이 가장 많이 사랑하는 날이다. 오늘이 가장 행복한 날이다. 내일은 그보다 더 아름답고, 더 사랑하고, 더 행복할 수 있게, 오빠한테, 아니……."

유정은 결혼해서도 오빠라 부르는 자신이 괜히 부끄러워 호칭을 정정하려 했다.

"근데 유정아."

"응?"

"난 평생 너한테 오빠 하고 싶어. 그건 바꾸려고 노력하지 마. 어른들 계실 땐 다르게 불러도, 단둘이 있을 땐 그냥 오빠 하면 안 돼?"

"나도 오빠가 좋아."

현건은 배시시 웃는 유정의 볼에 슬쩍 입을 맞췄다.

"오빠한테 그런 사람이 되도록 평생 노력하며 살게."

"그럼 난 그 노력에 보답하는 남자가 돼야지."

현건의 대답에 유정이 푸시시 웃으며 말했다.

"뭐야, 이럼 끝이 없겠다. 나는 커서 뭐가 될래요, 하는 어린아이들 같아."

"그런 어릴 적 꿈 이루신 분이 앞에 있네? 따지고 보면 프러포즈는 네가 먼저 했다, 차유정."

"치. 누가 먼저인 게 뭐가 중요해?"

현건은 만족스러운 한숨을 내쉬며 대답했다.

"그래. 안 중요해. 6살 때 널 처음 보고 작다, 보호해 주고 싶다 느낀 내가 먼저였는지, 오빠 좋아! 하고 외친 꼬마 차유정이 먼저였는지. 하나도 안 중요해. 중요한 건……."

"음?"

유정은 현건의 얼굴을 바라보며 물었다.

"서로가 서로에게 평생의 단 하나뿐인 사랑이 되어 간다는 게 중요한 거지."

"사랑이 되었다가 아니라, 되어 간다?"

현건은 자상한 미소를 지으며 그녀를 지그시 바라봤다.

"아까도 말했지만, 내 사랑은 점점 더 커질 거니까. 사랑이 되었다가 아니라, 여전히 되어 가고 있는 거지."

그의 검고 맑은 눈동자 가득 자신의 행복한 모습이 비치고 있었다. 유정은 해맑은 미소를 머금으며 나지막이 속삭였다.

"나 좀 잘래. 옆에 있어 줄 수 있어?"

"그럼. 누구 명령인데, 있어야지."

"그냥 해 본 말이야. 얼른 내려가. 일해야지."

유정이 슬쩍 눈을 흘기자, 현건이 키득 웃으며 대꾸했다.

"걱정 마, 일 다 처리하고 올라온 거야."

두 사람은 서로를 부둥켜안은 채 스르륵 잠이 들었다. 꿈속에 서조차 그녀를 곁에 두고 싶다는 현건은 유정의 이마 위에 입술을 얹은 채로 미소 짓고 있었고, 그런 그의 품 안에서 유정은 가장 편안한 미소를 머금고 있었다.

Until Becoming Love, The Love Goes On.

— *The end*

외전
그녀의 친구

떠들썩한 술집을 빠져나온 인애는 가라앉은 도심의 밤공기를 한껏 들이켰다. 해단식이 진행되는 동안 그는 아무 말도 없었다. 인애도 그에게 별다른 시선을 주지 않은 채 그저 팀원들이 따라 주는 술잔을 기울일 뿐이었다.

그를 처음 만난 건 5년 전이었다.

국회에서 인턴 생활을 하던 인애는 날마다 쏟아지는 잡무에 시달렸다. 찾아오라는 자료 찾아서 정리하고, 보고하고, 복사하고, 문서 만들고. 담당 의원이 기획재정위에 속한 탓에 행정학을 전공한 인애는 날마다 어려운 숫자들과 씨름도 해야만 했다.

시쳇말로 열정 페이라 불리는 극악무도한 월급을 받고, 인턴이라는 이름하에 엄청난 일들을 해낼 수 있었던 건 바로 옆 의원실에 있는 보좌관과 마주친 이후였다. 훤칠한 키에 잘 어울리는 검은 슈트를 입은 그를 복도에서 처음 마주쳤을 때, 모델이 의원실엔 무슨 일로? 하는 생각이 들 정도였다.

멍하니 그가 지나가는 모습을 바라보고 있는데, 같이 인턴 일을 하고 있는 과 선배가 슬쩍 옆구리를 찔렀다. 막강한 힘을 가진 의원의 보좌관이라는 선배의 말에 인애는 입을 떡 벌리고 말았다.

어린 나이, 훤칠한 외모, 거기에 능력까지 갖춘 그에게 인애는 자신도 모르게 괜히 신경이 쓰이는 것 같았다. 그저 자신이 하고 싶은 일을 하는 이에 대한 동경이라고 인애는 생각했다.

복도에서 마주칠 때마다 그는 옅은 미소를 지으며, 인애에게 목례를 해 왔다. 인애가 일하는 의원실 보좌관의 간단한 소개로 인사를 나눈 이후, 그는 인애를 그냥 지나쳐 가는 법이 없었다.

그저 소개받은 이에 대한 가벼운 인사일 뿐인데 잊지 않고 인사를 받아 주는 그가 고맙기도 하고, 그 짧은 찰나의 눈 맞춤에 심장이 콩닥거리기도 했다.

국정감사 기간, 같은 당에 속해 있던 옆 의원실 보좌관들과 인턴들은 한 회의실에 모여 질의 시간에 나올 내용들을 정리하고 있었다. 워낙에 정치권 움직임에 눈치가 빠른 이들이 모인 자리여서 그런지 이야기는 살얼음판을 걷는 듯했다.

인애와 함께 인턴으로 들어온 과 선배는 물 만난 물고기처럼 잘 짜인 기안서를 제출했고, 그와 반대로 인애는 버거운 상황에 한숨만 집어삼킬 뿐이었다. 잠깐의 쉬는 시간, 모두들 빠져나간 회의실 안에서 또다시 한숨을 내쉬고 있는데 누군가 말을 걸어왔다.

"학생인가?"

말을 건 이는 바로 옆 의원실의 그, 민승현 보좌관이었다. 날마다 검은색 슈트를 입은 모습만 봐 왔는데, 오늘은 답답한지 슈트 재킷은 벗은 채로 흰 드레스 셔츠만을 입고 있었다.

팔뚝까지 걷어 올린 소매 밑으로 불끈 솟아오른 푸른 혈관도 보였다. 거기에 왼 손목에 찬 크로노그래프 메탈 시계는 그가 움직일 때마다 반짝거리며 빛을 더했다.

마치 남성 잡지 속 시계 모델과 같은 모습을 한 그가 말을 걸어오자, 인애는 자신도 모르게 대답하는 것을 잊어버리고 말았다.

"학생 아니야? 인턴 대부분 대학생이던데?"

"아, 맞아요. 학생."

두 번째 물어 온 질문에 겨우 정신을 차리고 대답한 인애는 푸시시 웃고 있는 그의 얼굴을 그만 넋을 놓고 바라보고 말았다.

"힘들지 않아?"

"할 만해요."

기어들어 가는 목소리로 인애가 속삭이자, 그가 피식 웃으며 되물었다.

"근데 왜 얼굴은 죽을상이야?"

"그냥……."

목소리가 어찌나 다정한지 인애는 눈가에 왈칵 눈물이 고이고 말았다. 그 모습을 본 승현은 주머니 속에서 타탄체크 무늬 손수건을 꺼내어 인애에게 건넸다.

"감사합니다."

인애는 고개를 푹 숙인 채로 그가 건네는 수건을 받아 눈물을 찍어 냈다. 수건에서는 가슴을 두근거리게 하는 그의 향기가 듬뿍 묻어났다. 손수건을 지금 돌려줘야 하나 하는 찰나, 밖으로 나갔던 사람들이 회의실 안으로 들어왔다.

그는 아무 일도 없었다는 듯 이내 서류에 시선을 묻고 있었다. 그저 인턴으로 일하는 여학생이 안쓰러워서 말 한마디 건넨 것이겠거니 하면서도 인애의 심장은 터질 듯 두근거리고 있었다. 회의를 끝마칠 때까지 인애는 오직 한 가지에만 집중할 수 있었다.

간간이 들려오는 그의 목소리. 때론 단호했다가, 때론 다감했다가, 때론 무심한 듯도 보이는 그의 목소리에 푹 빠져 있던 인애는 그만 의원님이 부르는 소리도 듣지 못하고 멍하니 앉아 있었다.

"인애 씨, 커피 좀 부탁한다고."

"네. 죄송합니다, 의원님."

인턴 중 유일한 여자였고, 나이가 가장 어렸기에 커피 심부름은 마치 당연한 일인 것처럼 인애의 차지가 되었다. 남자가 커피 타면 사약이라도 됩니까, 하고 따져 묻고 싶었지만, 그런 말이 통할 리 없다는 것을 알기에 인애는 그저 커피 잔이 놓인 쟁반을 나를 뿐이었다.

무거운 커피 잔이 가득 오른 쟁반을 나르려는데, 뒤에서 누군
가 다가왔다.

"이것만 들고 가면 되는 건가?"

"아, 네."

승현은 피식 웃으며 쟁반을 들고는 탕비실을 나섰다.

"제가 들고 가도 되는데……."

보폭이 넓은 그를 따르느라 인애는 종종걸음을 하고 있었다.

"정치인 되는 게 꿈인 학생인가?"

"네."

인애의 대답에 승현이 빙긋이 웃으며 대답했다.

"정치가 꿈이라는 학생한테, 커피나 나르게 하는 현실만 맛보
고 돌아가게 할 수는 없으니까. 나중에 훌륭한 정치인 되면 나도
좀 잘 봐주고."

그의 너스레에 인애는 갑갑한 회의실에서 느꼈던 긴장감이 조
금씩 풀리는 것 같았다. 하지만 그와 동시에 심장은 미칠 듯이 내
달리고 있었다.

회의가 끝난 뒤, 뒷정리는 역시나 인턴들의 몫이었다. 약삭빠
른 선배는 의원님께 아이디어를 더 드려야겠다며 그를 따라 나가
버렸고, 엉망이 된 회의실에는 인애 혼자 남게 되었다.

테이블 위에 어질러진 서류들을 정리하고, 여기저기 흩어져 있

는 종이컵과 음료수 병을 정리한 인애는 느지막이 회의실을 나섰다.

가방을 가지러 의원실로 향하는 길, 옆 의원실에서 그의 목소리가 들려왔다. 남의 말을 엿듣는 나쁜 습관이 있는 것은 아니었다. 그런데 조용조용 흘러나오는 목소리에 계속 귀를 기울이고 싶었다. 인애는 그의 목소리가 들려오는 문 앞에 서서 귀를 기울였다.

"그럼, 제가 맡겠습니다."

"지금까지 네가 해 온 일들이 어려워질 수도 있어. 위험한 일이다, 승현아."

"괜찮아요. 제가 하겠습니다."

정치권에서도 올바르기로 소문난 의원이었고, 그의 아들이 그 밑에서 보좌관을 하고 있다는 사실은 모두들 알고 있었다. 흠잡을 곳 없는 부자였기에, 그들을 음해하려는 뜬소문조차 없는 이들이었다.

그런 그들이 위험한 일이라며 무언가를 숨긴 대화를 나누는 듯했다. 조용한 복도 안, 인애는 누가 들을까 싶어 심장이 콩닥콩닥거렸다. 그들이 무언가 위험한 일을 꾸미고 있다 여기고 싶지 않았다.

그러면서 동시에 대체 저들이 위험하다고 하는 일이 무엇인지 궁금했다. 위험한 일은 언제나 그만큼의 매력이 흐르는 법이었다. 거기에 승현같이 매혹적인 남자가 끼어 있는 경우라면 두말할 나

위 없었다.

"그 여자 곁을 지키기만 하면 되는 거 아닙니까?"

여자? 여자를 지킨다고? 인애의 미간이 삽시간에 좁아졌다.

"그리 간단한 문제는 아니다."

"복잡한 문제일수록 간단하게 생각하라 말씀하신 분이 아버지십니다. 믿을 만한 사람을 구하고 계시지 않습니까? 아들보다 더 믿을 만한 사람이 있으십니까?"

더 이상 그의 목소리가 들려오지 않아 문에 더 바짝 귀를 대고 있는데, 그만 벌컥 하고 문이 열리고 말았다. 승현은 평소엔 볼 수 없었던 굳은 얼굴로 인애를 내려다보고 있었다.

"이인애 씨, 여기서 뭐 하고 있습니까?"

그의 존칭에 놀란 나머지 인애의 입에서 딸꾹질이 흘러나왔다.

"따라와요."

그는 화가 난 듯 보였다. 평소에도 걸음이 빠른 그였는데, 화가 난 그의 걸음은 인애가 뛰다시피 해야 따라잡을 수 있는 정도였다.

건물 밖으로 나온 그는 주차장을 향해 빠르게 걸어갔다.

"저, 어디 가세요?"

검은색 세단 앞에 멈춰 선 그는 조수석을 가리키며 말했다.

"타요."

"네?"

"타라고."

고압적인 그의 태도에 기가 눌린 인애는 냉큼 차에 올라탔다. 차 안에는 그의 손수건에서 배어나던 향기가 은은하게 풍기고 있었다. 심장이 두근거리는 게 그의 차에 올랐기 때문인지, 아니면 그가 화를 내고 있기 때문인지 알 수 없었다.

적막한 차 안, 그의 목소리가 음산하게 울려 퍼졌다.

"어디까지 들었지?"

"보호해야 할 대상이 있다는 것까지 들었습니다."

"하아."

그의 입에서 깊은 한숨 소리가 터져 나왔다. 차라리 아무것도 못 들었다고 거짓말을 해야 했을까? 인애는 아랫입술을 비틀어 깨물었다.

"못 들은 걸로 해."

"제가 도울게요."

"뭐?"

어디서 그런 용기가 튀어나왔는지, 인애는 자신이 돕겠다는 말을 하고 있었다. 그는 어이가 없다는 표정으로 인애를 쏘아보고 있었다.

"제가 돕겠습니다. 여자를 보호해야 하는 일이라고 들었습니다. 위장을 해야 하는 일이라면, 여자가 한 명 있는 게 낫지 않을까요?"

"누가 누굴 보호해?"

성현은 인애의 가녀린 팔목을 검지로 톡톡 치며 비웃듯 말했다.

"제가 혼자 그 여자분 곁에 있을 경우는 아마 없을 거라 생각됩니다. 따로 경호팀이 만들어지는 거라면, 위험한 상황일 때 도와주실 수 있는 거 아닌가요? 친구인 척 그 여자분 곁에 있는 것도 도움이 되리라 생각됩니다. 그리고."

"그리고?"

인애는 용기를 불어넣듯 크게 숨을 들이마시고는 말을 이었다.

"저를 적으로 만들고 싶지 않으시면, 아군으로 만드셔야겠죠."

당찬 문장을 내뱉기는 했지만, 심장이 쿵쾅쿵쾅 뛰고 있었다. 그와 함께 비밀을 도모할 수도 있다는 기대감과 그와 영영 적이 될지도 모른다는 불안감이 묘한 조화를 이루며 심장박동 수를 올리고 있었다. 그때, 그가 입을 열었다.

"아군이 되는 편이 좋겠네, 그럼."

묘한 미소를 짓는 그의 얼굴을 바라보며, 인애는 너무 깊이 빠지고 말았단 생각과 동시에 빠져나올 수는 있을지 가늠해 보았다. 이 상황과 저 남자에게서. 답은 '아닌 것 같다'였다.

기본적인 경호 훈련을 받은 인애는 보호 대상이었던 윤민영, 아니 차유정이 대학에 입학함과 동시에 그녀 역시 대학에 위장 입학했다. 인애에게는 수아라는 이름이 주어졌다.

여리여리한 유정은 여자가 보기에도 입이 떡 벌어질 만한 외모를 가지고 있었다. 큰 눈망울, 버선코처럼 선이 고운 콧날, 야무져 보이는 붉은 입술, 새하얀 피부……. 그런 그녀의 아름다움을 자신만 느끼고 있는 건 아니라는 생각은 승현을 지켜보며 확신으로 변해 갔다.

학교 선배로 유정의 곁을 지켰던 그의 눈빛은 여인을 바라보는 사내의 것이었다. 자신에게는 한 번도 내비친 적 없었던 아련함 가득한 눈빛. 그 눈빛을 마주할 때마다 인애는 심장이 오그라들어 버릴 것만 같았다.

보통 여자의 질투심이라면 그런 유정이 얄미울 만도 한데, 인애는 그저 유정이 안타깝기만 했다. 이토록 고운 여인이, 이토록 착한 사람이 이렇게나 기구한 삶을 살고 있다는 사실에도 심장이 오그라들기는 마찬가지였다.

윤민영이라는 사람으로 살면서 친구 하나 제대로 사귀지 않았던 그녀에게 수아로 분한 인애는 아이러니하게도 진정한 친구가 되어 주기 위해 노력했다. 둘은 동갑임에도 불구하고 나이를 밝히지 않아, 표면적으로는 수아가 한 살 많은 격이 되었다.

그녀와 그렇게 친구로 지낸 지 3년이 다 되어 가던 어느 날, 특유의 귀여운 표정을 짓던 유정이 심각한 목소리로 말을 걸어왔다.

"수아야."

"응?"

팔자에도 없던 식영과 수업을 듣느라 손가락이 성할 날 없었던 둘은 서로의 손가락에 밴드를 붙여 주며 잔디밭 위에서 노닥거리고 있었다.

"너 재윤 선배 좋아해?"

큰 눈망울을 반짝거리며, 자신도 그 감정에 동화된 듯 묻는 유정의 뺨은 핑크빛으로 물들어 있었다. 저런 얼굴로 누군가를 좋아한다 고백하면, 남자들이 다 받아 주지 않을까 싶을 정도로 그녀는 사랑스러워 보였다.

"어떻게 알았어?"

"딱 보면 알지."

"근데 선배는 나 안 좋아하는 것 같아."

유정은 무슨 뜻이냐는 듯 고개를 갸웃했다. 태생이 남자에 관심이 없는 여자인 건지, 유정은 대놓고 관심을 표현하고 있는 승현에게 그저 무심할 뿐이었다.

인애는 그냥 그렇다며 고개를 내저었다.

그해 겨울, 유정은 평생을 그리던 그를 만나게 되었고, 세상은 변해 갔다. 인애의 임무는 거기까지였다. 임무를 마친 팀의 해단식 자리, 팀원들은 모두 한결같이 승현의 뒤를 따르기로 했다. 그중 다른 길을 택한 이는 인애뿐이었다.

술에 취한 탓에 머리가 어질어질했다. 인애는 술집 건물과 옆 건물 사이 좁은 골목에 들어가 벽에 몸을 기대고 비스듬히 서 있었다. 누군가 골목 안으로 들어오는지 밝은 빛이 잠시 그림자에 가려졌다.

"넌 왜 떠나겠다는 거야?"

목소리의 주인공은 승현이었다.

"몰라서 묻는 거예요?"

"5년을 그렇게 지내 왔는데, 갈 곳이 어디 있어. 그냥 남아. 내가 책임질 테니까."

승현의 말에 인애가 피식 웃었다.

"다른 종류의 책임은요?"

"뭐?"

그는 미간을 좁히며 되물었고, 인애는 가만히 고개를 들어 그를 올려다봤다.

"내가 왜 선배, 아니 민승현 씨를 돕겠다고 했는지 알아요?"

승현은 무슨 말인지 모르겠다는 듯 고개를 갸웃했다.

"같이 있고 싶어서요."

그가 뭐라고 대꾸하려는 찰나, 인애는 발뒤꿈치를 들고 그의 입술에 입을 맞췄다. 그는 당황한 듯 밀어내지도 못하고 그저 가만히 서 있을 뿐이었다.

"이제 끝. 내 마음도, 당신 위해서 일했던 것도 끝."

인애는 고개를 가로저으며 발걸음을 옮겼다.

"나 이제 잡지 마요."

흔들거리는 발걸음과 함께 심장도 요동쳤다. 기나긴 짝사랑과의 안녕을 고하는 순간은 참으로 짧았다.

스위스로 날아오는 동안 승현은 온갖 자료를 정리하느라 정신이 없었다. 비행 내내 잠을 자지 못한 탓에 온몸은 뻐근하고, 정신은 몽롱했다. 각국의 내로라하는 정치인들이 모인 탓에 복지 정책 포럼이 열리는 제네바는 경비가 삼엄했다.

호텔로 향하는 차 안, 승현은 정리되지 않는 자료들을 보며 불현듯 그녀의 얼굴을 떠올렸다. 지난 2년간, 하루에도 몇 번씩 그 얼굴이 떠오르는 탓에 승현은 가슴이 답답해졌다.

자신이 수년간 짝사랑했던 여인의 얼굴도 아니고, 왜 그녀의 얼굴이 떠오르는 것인지 도무지 알 수가 없었다. 자신이 깨닫지 못했을 뿐, 실상 마음은 그쪽으로 기울고 있었던 것일까? 차유정에 대한 감정은 짝사랑도 아닌 그저 동경이었을까?

풀리지 않는 수수께끼에 대한 답을 구하지 못한 채, 승현은 그렇게 날마다 그녀를 떠올렸다. 스위스로 날아온 지금까지도 그녀 생각을 하고 있다는 사실에 헛웃음이 났다.

그녀를 마지막으로 본 날, 그녀는 이제는 끝이라며 쿨하게 돌아섰다. 그러고는 연락도 되질 않았다. 백방으로 수소문을 해 봤지만, 그녀의 존재는 그 어디에서도 찾을 수 없었다.

5년 동안 정말 일 하나는 끝내주게 가르쳐 놨구나 싶었다. 무슨 일이 생기면 차유정을 데리고 꼭꼭 숨으라는 말에 그녀는 알겠다며 고개를 끄덕이곤 했었다. 그렇게 대답할 때마다 입술이 가늘게 맞물리던 그녀의 얼굴이 떠올랐고, 순식간에 그녀와의 입맞춤이 상기되었다.

승현은 가만히 입술에 손을 가져다 대 보았다. 그날의 어설펐던 키스가 떠올라 괜히 기분이 아찔해졌다. 때론 농익은 여인의 유혹보다 어설픈 끌림이 더 무서운 법이니까.

자료는 제대로 보지도 못하고, 엉뚱한 생각들로 머리를 채우는 사이, 어느새 차가 호텔 앞에 도착했다. 승현은 차에서 내리면서도 엉뚱했던 그녀와의 일들을 떠올리며 피식 웃었다. 이 정도면 중증이다 싶을 정도로 승현의 머릿속을 차지하는 그녀의 비중은 아주 컸다.

호텔 로비를 들어서며 승현은 프런트 데스크를 찾기 위해 두리번거렸다. 그때 로비 라운지에서 태블릿PC를 들고 서성이는 그녀의 모습이 눈에 들어왔다.

처음엔 잘못 봤나 싶었다. 이제는 헛것이 보이는 지경이 되었나 하는 생각도 들었다.

승현의 발걸음은 저절로 그녀의 앞으로 향하고 있었다.

"이인애 씨?"

창밖으로 향해 있던 그녀의 시선이 승현에게로 꽂혔다. 쌍꺼풀이 없는 기다란 눈이 커다랗게 뜨였다.

"어떻게 여기……."

"여기 정책 포럼이 있어서."

인애는 아, 하는 입 모양을 만들며 고개를 끄덕였다.

"반갑네. 오랜만에 보니까."

승현의 말에 인애가 옅은 미소를 지으며 말했다.

"전 별로 안 반가운데요."

그녀의 말투에 여전히 가시가 돋아 있다는 것은 감정이 남아 있다는 증거였다.

"여긴 무슨 일?"

"같은 일이요."

승현은 그러냐는 듯 고개를 주억거렸다.

"가던 길 가시죠?"

인애의 질문에 승현이 피식 웃으며 대답했다.

"가던 길 가려고 했는데……."

"했는데?"

"내가 빚지고는 못 살아서."

승현의 말에 인애가 고개를 갸웃하며 그를 올려다봤다. 그가 그녀의 앞으로 한 발짝 다가섰다. 당황한 그녀가 뒤로 한 발짝 물러서려는 찰나, 성현의 입술이 인애의 입술 위로 내려앉았다. 가벼운 입맞춤이 끝나고, 쉴 새 없이 눈을 깜빡거리는 그녀를 향해 승현이 입을 열었다.

"날 위해서 5년을 다른 사람으로 살았다며 그렇게 도망가는 법이 어디 있어? 빚 갚을 기회는 줘야지. 이제 내가 널 위해 살고 싶은데 말이야."

승현을 바라보는 인애의 얼굴에 황당함이 가득한 표정이 어렸다. 하지만 그녀의 뺨은 어느새 핑크빛으로 물들고 있었다.

[삶은 걸어서 별까지 가는 것이다.]

빈센트 반 고흐의 문장을 접하고, 이 글을 쓰기 시작했습니다.

살다 보면, 참 어리석게도 반짝이는 별에 현혹되어 별까지 걸어가는 과정을 자꾸 잊곤 합니다.

사랑을 할 때도 마찬가지인 것 같다는 생각이 들었습니다. 맹목적인 사랑에 기대어, 진정한 자신을 잃어버릴 때도 있고, 그가 원하는 모습이 되기 위해 때로는 자신의 진정한 모습을 버리기도 합니다.

어떤 이기적인 사랑은 이와 반대로 상대방에게 그런 모습을 강요하기도 합니다. 나에게 어울리는 사람이 되어 달라, 내가 원하는 사랑이 되어 달라며, 상대방의 진정한 모습을 저버리라 할 때도 있습니다.

별에 현혹되어 함께 걷는 것을 잃어버린 까닭은 아닐까 하는 생각과 함께, 사랑을 이룬다는 것은 한순간에 결정되는 것이 아닌, 전 생애에 걸친 일일 것이라는 생각이 들었습니다.

서로의 별이 되어 한평생 서로를 보듬고, 바라보며, 그리 사랑하는 이들을 그리고 싶었습니다. 서로에게 가장 소중한 사랑이라는 존재가 되어 가는 과정에 있는 이들의 이야기 말입니다.

그런 뜻으로 지어진 제목이 Becoming이었습니다. 무언가가 되어 간다는 의미, 서로에게 가장 알맞은 이가 된다는 의미의 제목이기도 합니다.

어릴 때부터 함께한 이들로 남자 주인공과 여자 주인공의 캐릭터를 잡은 뒤, 두 사람을 어떤 계기로 이별하는 설정을 만들며, 작가는 참으로 사악해졌습니다.

이 글에서 똑똑하고, 차분하고, 어여쁜 유정은 5년이나 다른 이의 삶을 살아가며 생고생을 합니다. 그러면서도 본연의 이미지를 잃지 않는, 자신의 모습을 끝까지 지켜 내는 유정의 모습을 그리기 위해 노력했습니다. 그 모습이 첫 번째 비커밍이 아니었나 하는 생각을 조심스레 해 봅니다.

그런 그녀를 바라보는 현건. 세상 단 하나뿐인 연인이라 생각했던 유정을 잃고, 자신에게는 그녀 하나뿐이라며, 홀로 삶을 걷는 그에게 민영이라는 존재가 나타나고 겪는 일련의 에피소드들은 '그의 사랑은 오직 차유정 하나다.' 라는 이야기였습니다. 그에게 사랑이 될 수 있는 여자는 오직 그녀. 이 과정이 두 번째 비커밍이 아니었나 하는 생각을 또다시 조심스레 해 봅니다.

로비스트가 유정의 이름을 부르며 유유히 떠나는 장면에서 작가가 묘한 카타르시스를 느끼지 않았다고 한다면 그건 거짓일 겁니다. 유정의 정체가 밝혀진 상황에서 그들은 더 이상 홀로 걷지 않아도 되었습니다.

서로가 바라보는 단 하나의 별을 향해 함께 걸어가는 일, 전 생애에 걸쳐 서로의 사랑이 되어 가는 일, 이게 마지막 비커밍이 아니었나, 하는 생각을 마지막으로 조심스레 해 봅니다.

자칫 밋밋한 이야기가 될 수 있었던 부분을 '남주가 다치는 게 좋겠다!' 시며 사고를 유도하신 주종숙 팀장님(물론 헬기까지 추락시키라는 말씀은 안 하셨습니다. 그냥 살짝 다쳤으면 좋겠다고 하셨는데, 사악한 작가는 무려 헬기를 떨어뜨렸습니다.), 어마어마한 수정 과정을 거치며, 편집에 노고가 많으셨던 은정 씨에게 이 자리를 빌려 감사의 인사를 전합니다.

마지막으로 이 글을 읽어 주신 독자님들께 감사드립니다.

저는 앞으로 더 설레는 글, 더 쫀쫀한 글, 더 앙큼한 글을 들고
여러분을 찾아뵙기 위해 노력하겠습니다.

2015년 봄바람이 욜랑욜랑 불어오는 어느 새벽.
'비커밍 작가', 비커밍을 쓴, 더 좋은 작가가 되고 싶은
오아란 올림.

비커밍

1판 1쇄 찍음 2015년 3월 17일
1판 1쇄 펴냄 2015년 3월 23일

지은이 | 오아란
펴낸이 | 정 필
펴낸곳 | 도서출판 **뿔미디어**

편집장 | 이재권
기획 · 편집 | 주종숙, 이은정

출판등록 | 2002년 9월 11일 (제1081-1-132호)
주소 | 경기도 부천시 원미구 소향로 17, 303(두성프라자)
전화 | 032)651-6513 / 팩스 032)651-6094
E-mail | scarlets2012@hanmail.net
블로그 | http://blog.naver.com/dahyangs
홈페이지 | http://bbulmedia.com

값 9,000원

ISBN 979-11-315-6321-2 03810